dtv

premium

STEFAN
MAIWALD

WENN DIE GONDELN UNTERGEHEN

Ein Venedig-Krimi

dtv

Ausführliche Informationen über unsere Autoren und Bücher
www.dtv.de

Von Stefan Maiwald
sind bei dtv außerdem erschienen:
Der Spion des Dogen (26124, 21723)
Der Knochenraub von San Marco (26171, 21757)
Die Toten von Rialto (26224)

MIX
Papier aus verantwortungsvollen Quellen
FSC® C083411
FSC www.fsc.org

Originalausgabe 2020

Umschlaggestaltung: buerosued.de
nach einer Idee von Fabian Kendzia
Vignette im Innenteil: Julia Knödler
Satz: Fotosatz Amann, Memmingen
Gesetzt aus der Stempel Garamond 10,25/14,35
Druck und Bindung: CPI books GmbH, Leck
Printed in Germany · ISBN 978-3-423-26259-0

Für Laura

Ein Leben voller Ähs

Mittwoch, 16 Grad, sonnig mit verhaltener Prognose für den Nachmittag, erste Optimisten in den Biergärten

Es gab Blumen. Wie immer hatte jemand sie in Frau Ettlichs Laden unten an der Ecke gekauft, jener Frau Ettlich, neben deren sauertöpfischem Gesicht jeder Strauß wie ein farbenfrohes Feuerwerk wirkte. Frau Ettlichs Hund, ein zwanzig Jahre alter Mischlingsrüde, der stets mitten im Verkaufsraum lag, einer Ratte mit Afrolook ähnelte und auch genauso roch, verlieh jedem Bouquet ein zusätzliches, wenig behagliches Odeur. »Meister-Floristin« stand draußen am Laden angeschrieben. »Kauf verwelkende Pflanzen und nimm einen kleinen Anflug von Depression gratis dazu mit« hätte besser gepasst.

Der leitende Polizeidirektor Dr. Alfred Paul, Typ Stock aus Titanstahl im Hintern, hielt eine kurze Rede und überreichte den leicht hündisch müffelnden Strauß. Max-Heinrich Hempel beugte sich vor, um das Geschenk entgegenzunehmen. Fotos wurden gemacht. Dann wurde es still. Ein paar Anwesende räusperten sich. Man erwartete von Max-Heinrich zweifellos eine Dankesrede. Also räusperte sich auch er.

»Äh«, lautete sein erstes Wort. Und das sollte recht lange sein einziges bleiben, jedenfalls länger, als es jede rhetorische Pause gerechtfertigt hätte.

Denn eigentlich war sein ganzes Leben ein einziges Äh. In der Schule Mittelmaß (seit jeher der freundliche Ausdruck für »immerhin kein Förderunterricht«), auf dem Gymnasium das Abitur mit verheerendem Notenschnitt absolviert, das Jurastudium, zu das ihn Heinrich senior gedrängt hatte, nach zwei Semestern aufgegeben. Die Aufnahmeprüfungen für den gehobenen Polizeidienst dank Heinrich seniors Kontakten bestanden, wenn auch knapp. Dann aber, wer hätte das gedacht, keinen spitzenmäßigen, aber immerhin respektablen Abschluss hingelegt, sehr zur Freude des Notars im Ruhestand, der sich mit viel Liebe, aber auch viel Ehrgeiz um seinen einzigen Sohn kümmerte, denn er konnte nicht einsehen, dass der nur so wenig von Heinrich seniors unbestrittener Brillanz geerbt hatte.

Nach einigen Ähs zum Aufwärmen legte Max-Heinrich los: »Äh, also, liebe Kolleginnen und Kollegen, ich möchte mich ganz herzlich bei euch und bei Ihnen bedanken. Denn ohne eure stete Unterstützung wäre es mir nicht möglich gewesen, den Fall aufzuklären. Gut, dass diesen dreisten Kunstfälschern das Handwerk gelegt worden, nein, wurde. Denn wer einen Tinto…, einen Tinto…, äh, also, einen Tintoretto fälschen kann, der kann auch viel schlimmere Dinge … und wer weiß, äh …«

Die anwesenden Kolleginnen und Kollegen verabredeten sich tuschelnd zum Mittagessen und ließen Max-Heinrich nach und nach allein. Es war ein Elend. Er suchte eine Vase für die Blumen.

Bei der Pressekonferenz am späten Nachmittag verzichtete man dankend auf Max-Heinrichs Anwesenheit. Und so las man bald in den Zeitungen, die scharfsinnigen Ermittlungen des Teams um Hauptkommissar Ottokar Zepter hätten zur Zerschlagung eines international operierenden Kunstfälscherrings geführt, der von Europa aus die Superreichen des Orients und des Fernen Ostens mit Bildern bestückte. Und in der weiteren Berichterstattung fiel dann auch die Sache mit dem Team bald weg.

Es war vielleicht kein Wunder, dass Kriminalkommissar Max-Heinrich Hempel bei der Münchner Polizei, Dienststelle III/Kriminaldelikte, nicht weiterkam und lieber zum Aktenstudium in die Archive geschickt wurde – eine »eminent wichtige Arbeit«, wie ihm nicht nur sein direkter Vorgesetzter Ottokar Zepter, sondern auch Polizeidirektor Dr. Alfred Paul immer wieder versicherte. Max-Heinrichs Erscheinung machte an sich durchaus was her: Er war fast einhundertneunzig Zentimeter groß und eher schlank als kräftig, mit wachen blauen Augen und dickem, zerzaustem graublondem Haar. Nur mit Fingerspitzengefühl und Menschenkenntnis, so hieß es überall, habe er es nicht so, manche sprachen ihm gar den nötigen Grips für die kriminale Arbeit ab; daher ließ man ihn generell ungern auf die Leute los. Auch plauderte er allzu freundlich mit den Reportern der Boulevardblätter, was schon zwei-, dreimal auf der Dienststelle für »Verstimmung« (schweren Ärger mit knallenden Türen) gesorgt hatte.

An den Schreibtischen, möglichst weit weg von heikler sozialer Interaktion, glaubte man ihn besser aufgehoben. Also sollte er sich jene Fälle vornehmen, die ins Stocken geraten waren, insbesondere diese unangenehme Sache mit den gefälschten Bildern, die offenbar von Bayern aus in die Welt geschickt wurden, was, auch wegen der Vergangenheit – Beutekunst und so –, ein paar deutsche Diplomaten in wichtigen ölfördernden Handelspartnerländern ins Schwitzen brachte, als die Fälschungen im Februar dieses Jahres nach und nach aufflogen. Denn diese Superreichen, das waren ja oft Angehörige der Herrscherhäuser, ließen sich ungern um ein paar Millionen Euro beschubsen. Dass ihm nun beim Stöbern in den Archiven ein paar Hinweise aufgefallen waren, die auf ein paar weitere Hinweise deuteten, die wiederum auf ein paar weitere Hinweise deuteten, die zum Zerschlagen des Kunstfälscherrings geführt hatten, der sich auf venezianische Kunst der Spätrenaissance spezialisiert und weltweit für Aufsehen gesorgt hatte, bewertete man intern als »pures Schwein«. Max-Heinrich war gut, wenn man ihn nur ließ. Bloß: Man ließ ihn viel zu selten. Gerade vierzig Jahre alt geworden, sah er insgesamt deutlich besser aus als seine Karriere.

Doch egal, wie der Tag war, am Abend war es meistens ganz schön, denn dann war Max-Heinrich mit Lena zusammen. Lena war sein Ein und Alles. Er hielt es manchmal kaum aus vor Liebe zu ihr und musste sich regelrecht zurückhalten, sie nicht ständig zu umarmen und abzuknutschen, was sich angesichts ihres Alters ja nicht mehr ziemte.

»Wie war es in der Schule?«, fragte Max-Heinrich, wie an jedem Abend. Am liebsten hätte er gefragt, ob man sich nicht gemeinsam unter der Bettdecke zusammenkuscheln, *Die drei ???* lesen und friedlich einschlafen wollte, Arm in Arm. Doch Max-Heinrich kannte die Antwort auf diese stumme Frage, ohne dass er sie je gestellt hätte: Seine Teenietochter würde sie mit einem Augenrollen abschmettern.

Zurück zur echten Frage: Ja, wie war es in der Schule? Lena hatte eine Fünf in Latein bekommen, aber auch eine Zwei in Englisch, eine Mitschülerin war beim Rauchen erwischt worden und hatte einen Verweis kassiert, vor der Schule hatte jemand angeblich versucht, Marihuana zu verkaufen, und kurz vor der sechsten Stunde waren Außerirdische gelandet, hatten die halbe Lehrerschaft aufgefressen und die andere Hälfte dazu verdonnert, in einem Steinbruch auf einem Planeten in einem fernen Sonnensystem als Sklaven zu arbeiten.

Lenas Standardantwort lautete jedoch, wie schon seit zwei Jahren: »Ganz okay.«

»Schön«, antwortete Max-Heinrich. Man aß weiter, Nachfragen vom Vater liefen ins erwartete Leere, aber keinen von beiden störte das. Es war ein harmonisches, gut eingespieltes Schweigen.

Max-Heinrichs Frau, Lenas Mutter, war vor einigen Jahren mit Wally Obermaier durchgebrannt, einem Szenewirt aus dem Münchner Schlachthofviertel, mit dem Max-Heinrich schon seit Schulzeiten befreundet gewesen war. Dieser Umstand hatte Max-Heinrich diverse weitere Ähs entlockt. Gemeinsam hatten die Turteltäubchen eine Strandbar auf Ibiza eröffnet, die sie im Internet dreist als *Yoga-Retreat* anpriesen, denn Lenas Mutter hatte, wie es sich derzeit gehörte, ein Wochenendseminar belegt und war nun zertifizierte Yogalehrerin. Den Schein für die staatlich geprüfte Ernährungsberaterin hatte es nach einem hübschen Augenaufschlag obendrauf gegeben. Lena war beim Vater geblieben, was allen Beteiligten – auch Lena selbst – nur recht war.

Nach dem Abendessen schauten Lena und Max-Heinrich gemeinsam *Ruckzuck ist die Lippe dick*, die neue Kultkrimiserie auf Netflix über einen homosexuellen Boxer aus Berlin, der außerhalb des Rings spektakuläre Kriminalfälle löst. Und Lenas vierzehnjähriger Kopf lehnte sich an Max-Heinrichs Schulter, was ihm jeden Tag das Allerliebste war und alles, was auf der Dienststelle passierte, zu einer ganz anderen Ecke des Universums machte.

Drei bedauerliche und sehr rätselhafte Vorkommnisse

Donnerstag, 19 Grad, wolkenlos.
Ein guter Tag, um große Dinge zu vollbringen

Was für ein Traumtag! Die tief stehende Frühlingssonne fächerte ihre Strahlen verschwenderisch über die bunten Fassaden von Burano, jener vorgelagerten Insel von Venedig, die für ihre Seidenstickereien berühmt war – und für ihren Bewohner Pierre-Paul Chaud.

Dem Beobachter, der sich hinter einer Säule verbarg und immer wieder auf sein Smartphone in der linken Hand starrte, um beschäftigt zu tun, entgingen all diese Bestandteile des schönen Vormittags. Zum einen hatte er Wichtigeres vor, woran ihn die Angelschnur erinnerte, deren Ende er in der rechten Hand hielt. Zum anderen zwickte ihn sein etwas zu enges Shirt unter dem Hemd, denn seine apokrinen Drüsen neigten zu übermäßigem Schwitzen. Vor allem in Stresssituationen. Nun hob er den Kopf, rümpfte die Nase und blickte an der Säule vorbei. Auf den Ständen des kleinen Marktes duftete es leicht salzig und modrig nach fangfrischem Fisch. Er konnte den Geruch nicht ausstehen.

Gerade schoss nicht fern von ihm eine Möwe übermütig übers Wasser, ein paar Fischer plauderten mit Marktfrauen über die nächtlichen Fänge und die neuesten Einfälle der römischen Senatoren und den anstehenden Spieltag, als er endlich kam, der große französische Designer.

Pierre-Paul Chaud war wie immer mit großem Aufwand unrasiert und trug einen legeren hellgrauen Kapuzenpulli (der in Wirklichkeit maßgefertigt war, fünfhundert Euro pro Stück kostete – er hatte immer mehrere identische Modelle – und ihm regelmäßig aus einer Manufaktur in Prato zugeschickt wurde; das wusste der Beobachter hinter der Säule, der ihn über Wochen genauestens studiert hatte). Er war wie jeden Morgen auf dem Weg zur Anlegestelle, um im Fondaco dei Tedeschi nach dem Rechten zu sehen. Das Fondaco, ein Palazzo direkt an der Rialtobrücke und das ehemalige Handelskontor all jener, die die ganz alten Venezianer abschätzig *tedeschi* nannten (Deutsche, Polen, Ungarn, Tschechen und ähnlich kulturferne Völker, die ihre Minestrone noch mit der Mistgabel auslöffelten), war in den letzten Jahrzehnten zwischen diversen Investorengruppen wie eine heiße Kartoffel hin und her gereicht worden, bis sich endlich ein chinesisch-amerikanisches Konsortium mit zu viel Spielgeld aus der Bitcoin-Blase erbarmt und die beiden besten Architekten beauftragt hatte, die für Geld zu haben waren.

Dort hatte Pierre-Paul Chaud gemeinsam mit dem belgischen Co-Superstar Rem Kohlhiesel ein neues Luxus-Einkaufszentrum gebaut, das kurz vor der Eröffnung stand. Chaud und Kohlhiesel: Das ist, als ließe man Cristiano Ronaldo und Lionel Messi in einer Mannschaft spielen.

Aus einem Grund, den sich der Beobachter hinter der Säule nicht erklären konnte, blickte Pierre-Paul Chaud für einen kurzen Augenblick nach oben. Dabei hatte es gar keinen offenkundigen Anlass für sein Misstrauen gegeben.

Der Himmel stürzte auf den Designer ein, und zwar in Gestalt der heiligen Muttergottes, einer zwei Meter großen Marienstatue, die in Burano an vielen Häuserecken die

Vorbeikommenden segnete und die sich in diesem Moment in all ihrer marmornen Schwere auf Pierre-Paul Chauds lustig belockten Kopf senkte.

Mit einem Reflex, den ihm der Beobachter nie zugetraut hätte und die wohl aus seiner Zeit als agiler Linksaußen in der E-Jugend des katholischen Fußballvereins Étoile des Trois Lacs herrührte – auch das hatte der Beobachter erfahren –, drehte Chaud Kopf und Schultern weg. Es war so knapp, dass der kühle Marmor ihn am Arm streifte und auf seinen rechten Fuß fiel. Der Beobachter hinter der Säule steckte sein Handy ein, zog die Schnur an sich, die sich wie geplant nach dem Sturz gelöst hatte, und entfernte sich rasch.

Später sollte er erfahren, dass die Ärzte in der Raucherpause mit dem Röntgenbild der Designerfußknochen Puzzle spielten. Doch ein Trümmerbruch im Fuß war natürlich immer noch besser als ein Trümmerbruch im Schädelbereich.

Ein paar Stunden später und etwa fünf Kilometer Luftlinie entfernt schälte sich Chris Cock aus dem Bett. Wie immer hatte er ausgiebig seinen Jetlag ausgeschlafen und würde erst weit nach Mittag sein Frühstück zu sich nehmen. Und wie immer bei seinen Aufenthalten in Venedig hatte er die Suite im vierten Stock des Luxushotels Gabrieli gebucht. Über die finanzielle Situation des Luxushotels, eines der ältesten der Stadt, wurde gerade laut gemurmelt oder noch lauter geschwiegen; es gab Schwierigkeiten und die eine oder andere nebulöse Meldung im Wirtschaftsteil der Presse. Das wussten die Gäste eigentlich nicht, seine Agentin hatte ihm aber vorgeschlagen, schon einmal nach einem anderen Hotel Ausschau zu halten, doch mit solchen Entscheidungen wollte sich Cock erst gar nicht belasten. Heute würde sich Cocks neue Assistentin vorstellen, denn die alte Assistentin war untragbar geworden, nachdem sie beim Sortieren der Gummibärchen nach Farben immer wieder kleine, aber störende Fehlerchen gemacht hatte.

Cocks erster Handgriff führte in das Gefrierfach der Minibar, wo er jeden Abend zwei Silberlöffel platzierte, die er sich nach dem Aufwachen auf die Lider legte, um die Tränensäcke zurückzudrängen. Denn auch ein Chris Cock wurde älter, und Tränensäcke konnten in diesem harten Business schnell das Aus bedeuten. Er war noch nicht bereit dafür, den Vater des Hauptdarstellers zu spielen, sondern wollte immer noch gefälligst selbst der Hauptdarsteller sein. Dazu hatten diese verfluchten Paparazzi das himmelschreiende Talent, ihn stets im ungünstigsten Winkel bei schlimmstmöglichem Licht zu fotografieren – gerade hier in Venedig, wo an strahlenden, sonnigen Tagen mit harten Schatten kein gnädiger Nebel die Gesichtszüge in komplizenhafter Unschärfe verschwimmen ließ. Die Fotos, die er sich einmal wöchentlich zukommen ließ, bereiteten ihm zusehends schlechte Laune.

Nachdem er fünf Minuten mit den Silberlöffeln auf den Lidern rücklings auf dem Bett zugebracht hatte, schluckte er die erste der fünf Pillen, die er brauchte, um als gut gelaunter Hollywoodstar durch den Tag zu kommen. Die Pillen steckten in goldenen Röhrchen, waren von seinen Ärzten und Psychiatern speziell für ihn dosiert und in einer genau vorgeschriebenen Reihenfolge einzunehmen.

Fünf aufgekratzte Zimmermädchen brachten ihm einen Cappuccino mit Sojamilch und einem Glas stillem Wasser in Raumtemperatur. Chris Cock wunderte sich schon lange über nichts mehr. Nicht über die vielen Zimmermädchen, nicht über die verschwundene Schmutzwäsche aus seinen Koffern und nicht über die Blicke, die vielen Blicke, die Millionen Blicke. Sein Leben war eine Truman-Show, aber erstens halfen die Pillen, und zweitens würde er ja bald wieder in Como sein, wo er halbwegs in Ruhe gelassen wurde. Die paar Paparazzi, die sich täglich auf den Booten vor seinem Anwesen sehen ließen, waren zu verkraften. Jedenfalls verglichen zu dem, was ihn bei all seinen Aufenthalten in Venedig erwartete. Natürlich hatte es sich bereits herumgesprochen, dass er seit dem Vorabend in der Stadt war. Wie ein virtueller Kugelblitz war die Nachricht durch die weltweiten Serverfarmen gerast und hatte unter dem Hashtag #chriscockishere für einen zusätzlichen Ansturm der Touristen gesorgt. Vor dem Gabrieli, ein paar Schritte östlich vom Markusplatz gelegen und daher gut fußläufig zu erreichen, dürften sich wie jeden Tag Japanerinnen, Italienerinnen sowie Schulklassen drängen, die zufällig gerade in der Stadt waren und für ihn die Besichtigung des Markusdoms sausen ließen. Gut, dass es einen zwar nicht geheimen, aber für Touristen schwer zu erreichenden Seitenkanal gab, an dem die Privatboote anlegen und Superstars wie ihn dezent fortschaffen konnten.

Während Chris Cock sich bereitmachte, das Hotelzimmer zu verlassen – seine Agentin wartete bereits unten in der Lobby bei einem Lapsang-Souchong-Tee, mit der aufgeregten neuen Assistentin, die sich an einem Caffè nero festhielt –, passierte etwas Ungewöhnliches: Eines der Fenster auf den Bacino di San Marco hinaus zersprang in abertausend millimetergroße Stücke und prasselte auf den schicken, schweren Teppichboden. Außerdem vernahm er ein Surren nah an seinem Ohr. Wie alle Schauspieler war Chris Cock nicht der Allerhellste, aber aus seiner Jugend in Kentucky war ihm dieses Surren von den Jagdausflügen mit seinem Vater vertraut. Auch ließ das kleine Einschlagsloch an der Wand, knapp unter der Decke mit ihren Holzintarsien, keinen Zweifel.

Er verständigte, wen sonst, seine Agentin, während sich draußen auf dem Bacino di San Marco ein Motorboot mit hoher Geschwindigkeit entfernte und ein Mann zunächst ein Fernglas und dann ein Gewehr mit heißem Lauf in einer mit Kieselsteinen gewichteten Ledertasche verstaute, um dann beides ein paar Meilen außerhalb, fast schon auf dem offenen Meer, dezent über Bord zu entsorgen.

Und noch ein weiterer Superstar war in der Stadt. Sebastian Übelkrähe, ehemaliger Bayern-München-Verteidiger, Fußballweltmeister von 2014 (wenn auch ohne Einsatz) und inzwischen Spielertrainer in den Vereinigten Arabischen Emiraten. Er hatte vor einigen Jahren in Venedig geheiratet, nun suchte er ein Apartment für sich und seine Frau, den spanischen Tennisstar Lisalena Garcia-Vorhantova. Es sollte eine Geldanlage, ein Feriendomizil und vor allem eine Überraschung sein. Daher hatte er ihr nichts gesagt und war inkognito unterwegs. Lisalena spannte derweil auf einer Schönheitsfarm oberhalb des Gardasees aus, denn auch ihre aktive Karriere ging so langsam zu Ende; gegen die neunzehnjährigen osteuropäischen Aufschlagmonster war nicht mehr viel zu holen.

Hinter der Sonnenbrille blieb Sebastian Übelkrähe an diesem Spätnachmittag weitgehend unerkannt, und man ließ ihn in Ruhe, was ihn beinahe ein wenig enttäuschte. Ein, zwei Deutsche erkannten ihn auf dem Weg vom Hotel zur Bootsanlegestelle am Ca' d'Oro dann doch, er posierte routiniert fürs Selfie, bevor er das Motorboot bestieg, das er schon gestern vorbestellt hatte, nachdem die Maklerin fleißig gewesen war. Sie hatte ihm eine Zweihundert-Quadratmeter-Etage in einem Palazzo mit Blick auf den Canal Grande schmackhaft gemacht; die Bilder, die sie ihm letzte Woche per Mail geschickt hatte, waren betörend.

Das Wassertaxi mit seinen hölzernen Beschlägen stammte von der kleinen Werft Serenella auf Murano. Anderswo waren die Rivaboote Statussymbole, hier jedoch beherrschten die noblen, flotten Serenellas die Wasserwege. Das Boot schoss in einer Geschwindigkeit dahin, die selbst für einen Fußballer mit zwei Porsches 911 Carrera S à 420 PS in der Garage gewöhnungsbedürftig war. Hart knallte der Rumpf gegen die Wellen der anderen Schiffe, sodass Übelkrähes Hintern mehrmals den Kontakt zum gepolsterten Sitz am Heck verlor. Da er ohnehin, wie alle ehemaligen Leistungssportler, »Rücken« hatte, war ihm das entschieden zu flott.

»Scusa«, wandte er sich an den rasenden Kapitän, der Giuseppe Esposito hieß. Es hätte natürlich *scusi* heißen müssen, fiel es ihm dann doch noch ein, aber der Kapitän machte ihn nicht auf den kleinen Fehler aufmerksam. Erstens, erkannte Übelkrähe, wäre das einem zahlenden Kunden gegenüber unhöflich gewesen und hätte die Aussicht auf ein ordentliches Trinkgeld möglicherweise geschmälert, zweitens aber – und noch viel entscheidender: Der Kapitän schien in genau diesem Moment einen Schwächeanfall erlitten zu haben und sackte über seinem Steuer zusammen. Dabei riss er mit seinem auf die Streben des Steuers krachenden Oberkörper das Boot so hart nach Backbord, dass es, zur Steuerbordseite eine gewaltige Bugwelle aufwerfend, gegen einen Poller krachte. Unvermit-

telt schleuderte es den Fußballer und den Kapitän hoch in die Luft. Es ging alles so schnell, dass Übelkrähe weder Angst empfinden noch sich wundern konnte. Und dann, in der Luft, verlangsamte sich die Zeit plötzlich, sodass er den Blick aus dieser ungewöhnlichen Perspektive auf den Canal Grande regelrecht genoss. Bis beide Körper und Übelkrähes schicke Sonnenbrille, ein Geschenk Lisalenas, ins Wasser krachten.

Übelkrähe tauchte auf und schwamm mit mehreren kräftigen Kraulzügen vom Wassertaxi weg. Dann sah er zurück und erstarrte. Ein Vaporetto der Nummer 1, das gerade am Ca' d'Oro abgelegt hatte und auf sie zuhielt, schien zwar mit voller Kraft zu bremsen und seine Vorwärtsfahrt abbrechen zu wollen, doch der Bremsweg war zu lang, und keine Sekunde später kollidierte es mit dem führerlosen Serenella-Motorboot. Und während Sebastian Übelkrähe vor Entsetzen die Augen aufriss, wurde der Kopf des Kapitäns, der zum schlechtestmöglichen Zeitpunkt an die Oberfläche gestiegen war, zerquetscht wie eine überreife Wassermelone, ein Bild, das durch die rötliche Lache, die sich auf dem Kanal bildete, nur noch unterstrichen wurde. Es gab jede Menge Augenzeugen des tragischen Unfalls, auch wenn die Aussagen später nicht viel hergaben. Schade, dass niemand auf die Idee kam, den schwitzenden Mann im Poloshirt zu befragen, der dem Unglücksboot in sicherer Entfernung in einem schon etwas älteren Boot gefolgt war und nach dem Unglück schnell abdrehte.

Die Finger des Colonello

Montag, 18 Grad, leichter Nieselregen, welcher die Touristen längst nicht mehr abschreckte

Majorin Barbara Goldoni versuchte, es sich in dem antiken Stuhl, der selbst unter ihrem bescheidenen Gewicht knirschte, bequem zu machen. Denn sie ahnte, dass jetzt einer der größeren Auftritte ihres Chefs kommen würde, und richtig: Schon trommelten die manikürten Finger des Colonello auf den Mahagonischreibtisch.

Hände wie Schreibtisch waren von ungeheurer Größe. Auch der Besitzer von beidem hatte die Statur eines antiken Wandschranks. Alles an ihm war opulent, eigenartigerweise wirkte er dennoch nicht dick, sondern auf eine beruhigende Weise kräftig. Das hatte viel mit seinem exzellent geschnittenen Maßanzug zu tun, Feinmaß wohlgemerkt, bei dem sogar die Knopflöcher von Hand genäht waren und der ihn drei volle Monatsgehälter gekostet hatte, wie auf der Dienststelle getuschelt wurde. Er hielt sich, wie Barbara immer wieder feststellte, sehr beachtlich für seine dreiundfünfzig Jahre, und er wirkte, als wollte er die vier Jahre bis zu seiner Pensionierung mit Würde, Grandezza und möglichst wenig Stress hinter sich bringen.

Pasquale Innocenti war lange in Neapel gewesen und hatte sich dort mit echter Kriminalität herumschlagen müssen. Venedig schien ihm geeigneter für die letzten Meter.

An diesem Morgen, nur ein schlafloses Wochenende nach den außergewöhnlichen *Vorkommnissen* (so die offizielle Sprachregelung), saßen in seinem Büro mit der italienischen Flagge, dem Bild des Staatspräsidenten, dem schon erwähnten blitzblank schimmernden Mahagonischreibtisch und einer gewaltigen gerahmten Venedigkarte aus dem Jahr 1797, kurz nach der Eroberung der Stadt durch Napoleon angefertigt, zwei für knifflige Ermittlungen zuständige Carabinieri: Capitano Carmine Boldi und Maggiore Barbara Goldoni, die gespannt darauf wartete, wie sich dieser Tag entwickeln würde.

Sie hatte bereits beim Eintreten gesehen, dass ein Teil der Tischplatte des Mahagonischreibtischs von nationalen Presseerzeugnissen verdeckt wurde. Barbara hatte die relevanten Artikel längst gelesen, schließlich waren sie und Carmine seit dem Wochenende zu den Ermittlungen herbeizitiert worden – mit völlig unklaren Zuständigkeiten, wie immer in solchen brisanten Fällen, wo alle Entscheidungsträger lieber auf Zehenspitzen tanzten. Alles war sehr verwirrend, und niemand, *mio dio*, wollte von einer *Serie* reden. *Vorkommnisse*, das Wort war nicht schlecht.

Da Barbara und Carmine nun bei Innocenti saßen, hieß das unausgesprochen, dass sie ganz vorn dabei waren.

Immerhin war es den Carabinieri-Einheiten gelungen, die Sache mit Chris Cock und dem Schuss geheim zu halten, man sprach lediglich von einem plötzlich zerspringenden Fenster, vielleicht durch eine aus der Flugbahn geratene Möwe, was bedeutete, dass kein Journalist Spekulationen anstellte, sondern nur von einer Reihung bedauerlicher Ereignisse – *Vorkommnissen* – berichtete. Das war vorerst eine große Erleichterung.

Nun stand der Colonello auf und schritt zum Fenster, eine Geste, die er sich, wie Barbara vermutete, von den

Krimis im Fernsehen abgeschaut hatte. Wer zum Fenster schreitet, hat danach immer etwas Gewichtiges zu sagen. Aus dem Fenster der Procuratie Nuove (»neu« heißt hier: erbaut 1582) blickte er auf den Markusplatz. Selbst für das an hübschen Bürolagen nicht arme Venedig war der Blick ein Traum.

»Mir gefällt es nicht, wenn Menschen sterben«, wandte er sich endlich an seine Untergebenen. »Und schon gar nicht, wenn Menschen in Venedig sterben. Das macht nur Scherereien.«

Barbara und Carmine nickten.

»Ich habe mich auf Venedig gefreut, auf ein paar Taschendiebe und Hütchenspieler und vielleicht ein paar übermütige amerikanische Touristinnen, die man aus dem Canal Grande fischen muss, weil sie ein unerlaubtes Bad nehmen. Aber Anschläge dieser Art? Drei an einem Tag?«

»Sind es denn Anschläge?«, fragte Carmine. »Oder eher Warnungen?«

»Dann ist aber mindestens eine Warnung gründlich schiefgegangen, meinen Sie nicht?«, rüffelte Innocenti seinen Untergebenen.

»Drei solche *Vorkommnisse*« – Barbara sprach das Wort aus, als gurgelte sie mit saurer Milch – »scheinen mir etwas zu üppig für einen einzigen Tag.«

»Gibt es eine Spur? Einen Anhaltspunkt, eine Verbindung, irgendetwas? Ich weiß nicht, wie lange wir die Journalisten ruhig halten können, und auch der Bürgermeister ist besorgt.«

Die Anschläge hatten sich am Donnerstag der letzten Woche ereignet, was für die ermittelnden Carabinieri viel Wochenendarbeit bedeutet hatte. Heute sollten Carmine Boldi und Barbara Goldoni die gesammelten Erkenntnisse der Spürarbeit vortragen, doch sie standen buchstäblich mit leeren Händen vor dem Colonello und seinem Mahagonischreibtisch.

Carmine Boldi räusperte sich, und Barbara sah zu ihm. Carmine war bis zum Rang eines Capitano aufgestiegen, trug die prächtige schwarze Carabinieri-Uniform, deren Knöpfe und Epauletten mit dem Mahagonischreibtisch um die Wette funkelten. Einem Capitano war das Tragen der Uniform im Allgemeinen freigestellt, doch Carmine trug sie, wann immer er konnte. Er selbst war von eher kleinem, drahtigem Wuchs, legte Wert auf einen flachen Bauch, hatte kurze graue Haare und trug eine Brille mit 3,5 Dioptrien. Er stammte aus Mestre, hatte jung geheiratet.

Barbara mochte ihn: Er war ein ehrlicher Kerl, der die Vorschriften gut kannte. Wie so oft in ernsten Momenten betrachtete sie Carmines Ohren, denn er konnte gut mit beiden Ohren wackeln; er beherrschte das sogar so gut, dass er das Orchester in Venedigs Opernhaus La Fenice dirigieren könnte, ohne die Hände aus den Taschen zu nehmen. Mag sein, dass diese Fähigkeit bei Ermittlungen nur selten zum Tragen kam, aber auf Kindergeburtstagen war er ein gern gesehener Gast. Bei dem Gedanken daran musste Barbara ein Lachen unterdrücken, was zu einem glucksenden Geräusch führte, das die beiden männlichen Anwesenden ganz *signorile* überhörten.

Sie selbst war einen halben Kopf größer als ihr Kollege, trug ihr schwarzes, gewelltes und bei feuchtem Wetter geradezu gelocktes Haar etwas länger als in diensthabenden Kreisen üblich und verzichtete auf die Uniform, wann immer es ging. Nach drei sehr unglücklichen Beziehungen hatte sie von Männern die Nase voll. Neben ihrem schönen Haar fiel ihr Leberfleck auf der rechten Wange auf, der so perfekt mittig platziert war, dass er aufgeklebt wirkte.

Sie war Maggiore, Majorin, und damit nominell einen klitzekleinen Rang höher als Carmine. Allerdings war sie nicht seine Vorgesetzte, da sie in der *Tutela Patrimonio Culturale* tätig war, der Sondereinheit »Schutz des nationalen Kulturerbes«, die ihren Sitz im Stadtteil Cannaregio hatte. Die meiste Zeit mussten die Mitglieder dieser Sondereinheit Betrunkene von Statuen ziehen, aber manchmal mussten sie auch ermitteln, weil Gemälde und Statuen aus Museen verschwanden. Oder irgendwo Meisterwerke auftauchten, obwohl die Originale noch an Ort und Stelle waren. Die kaputte Statue auf Burano fiel offiziell in ihr Fachgebiet, und Innocenti schien froh, sie mit dieser Entschuldigung im Team zu haben.

»Die Statue, die Monsieur Chauds Fuß zertrümmert hat, haben wir auf Fingerabdrücke untersucht und auch ein paar gefunden. Ein Abgleich mit der Datenbank ergab aber keine Treffer. Hier können wir nicht ausschließen, dass es sich um ein Unglück handelte«, erklärte sie nun. »Die Statue war aus der Halterung gelöst, aber ob dies absichtlich geschah, ist noch unklar.«

Innocenti grunzte.

»Ich war auch beim Dottore in der Klinik. Er ist noch ziemlich mitgenommen, kann es sich nicht erklären. Es gab ein paar harsche Presseartikel wegen des Kaufhauses, aber keine persönlichen Drohungen.«

»Und sein Fuß?«

»Der Chirurg hat mir gesagt, es wird alles verheilen, aber mit Ballett braucht er nicht mehr anzufangen.«

»Wir warten noch auf die ballistische Untersuchung der Patrone, die wir in Chris Cocks Hotelzimmer gefunden haben. Eine Befragung aller Fährschiffer, die um die fragliche Zeit vor dem Hotel Gabrieli kreuzten, hat keine Spur ergeben«, referierte nun Carmine, ohne den Blick zu heben. »Im Körper des toten Kapitäns wurden Spuren von Opiaten gefunden – die Gerichtsmediziner warten noch auf die genauen Laborbefunde. Allerdings war der Zustand der Leiche derart beklagenswert, dass der Rechtsmediziner unmöglich sagen konnte, ob die Opiate die Ohnmacht ausgelöst hatten, die zum Unglück führten. Oder ob es sich um einen Schlaganfall handelte und die Opiate damit gar nichts zu tun hatte. Wie Sie wissen, der Kopf, der ist, also sozusagen, nicht mal mehr in Spuren …«

»Das ist nicht gerade viel«, erkannte der Colonello völlig zutreffend, als Carmine nicht mehr weitersprach. »Haben Sie die Angehörigen des Kapitäns befragt?«

»Er lebte allein, hatte wenig Freunde und offenbar keine Laster, seine Verwandtschaft stammt aus Bari, Stammgast im Santo Bevitore. Mehr gaben die Befragungen bislang nicht her«, sagte Carmine.

»Bleiben Sie dran«, befahl Innocenti.

»Aber eine Spur haben wir vielleicht doch«, meldete sich die Majorin zu Wort. »Eine Spur, die auf eine Serie hindeutet.«

»*Vorkommnisse*, bitte. Keine Serie. Worum handelt es sich?«

»Um die Graue Eminenz.«

Die vier Wörter hingen eine Zeitlang im Raum wie der Gestank einer verrottenden Zwiebel.

»Die Graue Eminenz«, seufzte der Colonello schließlich. »Was ist mit dem Kerl?«

Die Graue Eminenz hieß Vittorio Carducci und war Venedigs führender Kunstkritiker, ein Mann von landesweit bestem Ruf mit einer eigenen Fernsehsendung und einer eigenen Zeitschrift. Seine Haarpracht, silbern und mit halblangem Pony, als wären die Siebzigerjahre nie vergangen, war trotz seiner achtundsechzig Jahre spektakulär.

Außerdem war er sehr, sehr reich, bestens vernetzt und mochte die Carabinieri so gern wie einen Kaugummi unter der Schuhsohle, denn er hatte es nicht so mit Autorität, die nicht von ihm selbst kam.

»Gerade am Mittwoch, einen Tag vor den Anschlägen, ist die neue Ausgabe von *Il Critico* erschienen.«

»Der Zusammenhang erschließt sich mir nicht.«

»Lesen Sie das Editorial!« Barbara zog die Ausgabe aus ihrer Tasche neben dem Stuhl.

Der Colonello las – dabei bewegte er etwas behäbig die Lippen – und nickte dann leise.

»Das ist tatsächlich besser als nichts. Auch wenn ich nichts von einer Serie hören will, verstanden? Ein Verrückter in Venedig – nein danke, nicht in meiner Stadt.«

»Was schlagen Sie vor?«

»Schauen Sie doch einmal bei ihm vorbei und fragen Sie ihn ein bisschen aus.«

Barbara nickte und unterdrückte vorerst ihre Bedenken.

Das Editorial der Grauen Eminenz

Venedig den Venezianern! Ein Aufruf zum Handeln

Tausend Jahre Kunstgeschichte zerbröseln unter dem Getrampel der Touristen. Die Bilder von Raffael und Veronese werden zum belanglosen Hintergrund des Selfie-Wahns. Wasserflaschen stapeln sich unter Statuen, und Sandalen schänden die Böden der Kirchen.

Kulturloses Pack aus aller Welt glaubt sich in einem Freizeitpark, hat jeden Respekt sowohl vor den Werken der großen Venezianer wie auch vor den Venezianern selbst verloren.

Venedig – das ist eine bildschöne Gondel, bis zum letzten Platz beladen mit übergewichtigen Touristen in bunten Shirts, kurzen Shorts und Turnschuhen. Und mit jedem Halt steigt ein neuer dieser stillosen, schweren Touristen hinzu. Wollen wir warten, bis die Gondel untergeht?

Denn Venedig wird von den Barbaren erobert, so wie einst die Hunnen und Langobarden durch Italien zogen und eine Spur der Verwüstung hinterließen. Es ist keine Eroberung mit Bogen, Keule und Schwert, sondern eine mit Kamera, Rucksack und Reiseführer.

Befeuert wird dieser Feldzug der Massen durch die neuen Stars dieses Zeitalters. Schauspieler, Fußballer und ähnlich unterbelichtet-kleingeistige Heroen der nicht minder hirnamputierten Masse geben den Takt vor, kaufen sich Palazzi, heiraten pompös vor der ach so fotogenen Kulisse und feiern dabei doch nur einen eitlen Götzendienst an sich selbst.
Für all diese Menschen ist ein Bellini ein Cocktail und ein Canaletto ein Seitenkanal.
Es ist Zeit, aktiv zu werden. Wir müssen uns wehren! Erobern wir uns Venedig zurück. Worauf warten wir?

Ihr Vittorio Carducci

PS: Lesen Sie auf Seite 34: **Alles, was Sie schon immer über Tintorettos Verwendung der Farbe Rot wissen wollten.**

Und auf Seite 88 beginnt unsere neue Serie **»Turteln & Trippeln: Die Tauben von Venedig und ihre allegorische Bedeutung auf den Werken der großen Meister«.**

Und kennen Sie schon unsere neue Abo-Aktion? Jeder neue Leser bekommt zusätzlich zum Jahresabonnement ein von mir signiertes Buch. Zur Auswahl stehen *Drogen, Dogen und Dominas – das geheime Liebesleben der Venezianer* oder *111 historische Rezepte, die jede Signora zum Säuseln bringen.*

Ein verlockender Anruf von der Alpensüdseite

Donnerstag, 12 Grad, Wetter generell wankelmütig

Max-Heinrichs Morgen begann wie die meisten Morgen: mit einem Kaffee, zu dem ihm eine übellaunige Tochter serviert wurde. Lena fegte durch die Wohnung, um ihre Sachen für die Schule zusammenzusuchen, die sich rätselhafterweise überallhin verteilt hatten, als hätte sie ein Fabelwesen in der Nacht mit laxer Hand durch die Zimmer geworfen. Max-Heinrich wetterte wie ein erfahrener Seebär das Unwetter mit stoischer Miene ab und genoss nach dem finalen Türenschlag und den leiser werdenden Geräuschen von hastig genommenen Treppenstufen den Blick aus dem Fenster.

Lage, Lage, Lage, wie die Immobilienmakler sagen: Max-Heinrich und Lena bewohnten seit zehn Jahren eine kleine Altbauwohnung in Schwabing am Habsburgerplatz. Die drei Zimmer mit Knarzparkett waren wegen der langen Mietdauer gerade noch bezahlbar und blickten nach vorn auf einen Park, nach hinten immerhin auf zwei Birken. Da Max-Heinrich ein begeisterter Vogelkundler war, hatte er für eine Stadtwohnung keinen schlechten Aussichtspunkt erwischt. Seinen dringenden Wunsch, ganz aufs Land zu ziehen, kommentierte Lena mit ihrem markenzeichenwürdigen Augenrollen, das jede weitere Debatte abwürgte.

Max-Heinrich genoss einen dick mit Butter beschmierten Toast und guten, alten Filterkaffee sowie einen Blick auf das brütende Amselpärchen im Hinterhof – schon zum zweiten Mal in diesem Frühjahr –, das es sich in der merkwürdig verwachsenen Fichte bequem gemacht und die Max-Heinrich eigenhändig mit einer Katzensperre versehen hatte. Das braune Amselweibchen brütete, das schwarze Männchen fütterte sie. Ach, ach. Er machte sich zu Fuß auf den Weg ins Polizeipräsidium.

Dort hatte Ottokar Zepter noch ein paar Fragen zu dem Fall des Kunstfälscherrings. Anschließend widmete sich Max-Heinrich wieder ein paar Akten, und der Tag nahm den gewohnten Verlauf. Jedenfalls für Max-Heinrich, nicht aber für Ottokar Zepter, der einen Anruf aus Venedig erhielt, von den Kollegen der Lagunenstadt. Mit brüchiger englischer Stimme redete man auf ihn ein. Am Ende des Telefonats hatte er nicht alles verstanden, aber doch genug, um im Büro auf und ab zu hüpfen und die Fäuste zu ballen.

Er wartete noch auf die Bestätigung via E-Mail, dann ließ er die Kräfte des Dezernats inklusive Max-Heinrich zu sich rufen.

Kriminalhauptkommissar Ottokar Zepter hatte ein ganz verblüffendes psychisches Problem, nämlich das genaue Gegenteil eines Minderwertigkeitskomplexes. Er war ein irritierend gutaussehender Bursche, der sich auch entsprechend zu kleiden wusste. Der Anzug, wenngleich nicht maßgeschneidert, saß vorzüglich, die Krawatte in geschmackvollen Farben war stets wissend geknotet, das

Einstecktuch tat ein Übriges, der Gürtel korrespondierte mit den glänzenden Schuhen, die Socken hatten die richtige Ausgewogenheit zwischen Seriosität und buntem Savoir-vivre. Er liebte Wein aus dem Burgund, Autos mit vielen Pferdestärken und Frauen, die atmeten.

Doch leider sparte Ottokar Zepter am falschen Ende, bediente er sich doch der billigsten Seifen und Duschgels, die er finden konnte, sodass er roch wie ein Urinstein im Pissoir einer Autobahnraststätte. Und das machte viel von Ottokar Zepters Gesamteindruck zunichte und erklärte, warum er trotz seiner Hübschheit immer noch Single war und für seine dringendsten erotischen Bedürfnisse zahlen musste – was ihn, wie er selbst völlig klar erkannte, irgendwann in gewaltige Schwierigkeiten bringen würde.

Doch all das machte ihm am heutigen Tag keinen Kummer, denn die gute Nachricht war der Anruf, den er aus Venedig bekommen hatte. Er fühlte sich, als hätte man ihm eine Eisenkette abgenommen, denn Ottokar war auf Karriere bedacht, und aus den Management-Ratgebern, die er in seiner Freizeit las, wusste er: Jedes Team ist nur so gut wie sein schwächstes Mitglied. Und Max-Heinrich, also, nun ja, richtig schlecht war er nicht, diese Sache mit dem Kunstfälscherring, Zufall hin oder her, hatte er ja schon ganz gut hinbekommen, konzedierte Ottokar insgeheim. Aber es kam eben doch in der heutigen Zeit auf die Außenwirkung an. Smarte Interviews, gute Auftritte, telegenes Lächeln. *Gerade* heutzutage. Und das war nun etwas, was Max-Heinrich wohl nie lernen würde, und seine Unbeholfenheit in allen Lebenslagen warf einen schweren Schatten auf das Karrierepanorama, das sich Ottokar prächtig ausgemalt hatte.

Der Sprung vom PHK (Polizeihauptkommissar) zum Ersten Polizeihauptkommissar (EPHK) würde nicht nur einen Stern mehr auf den Schulterklappen der Dienstuniform bedeuten, nämlich vier statt drei, sondern auch den Aufstieg von der Besoldungsgruppe A11 zu A13. Und dieses zusätzliche Gehalt konnte er mehr als gut gebrauchen. Die Burgunder waren nicht billig, und die sexuellen Gefälligkeiten, die er zwei- bis dreimal pro Woche verlangte, waren es erst recht nicht. Und dann war da noch dieser bildschöne 5er-BMW auf seiner Watchlist, Baureihe E34, entworfen von Ercole Spada, Baujahr 1992, nur 58 000 Kilometer, hellrot, 340 PS, lächerliche 22 000 Euro auf www.bmwliebhaber.de. Ein Schnäppchen, das Wertzuwachs garantierte und sich auf den Flaniermeilen der Stadt gut machen würde, erst recht mit Chantal, Jasmin oder Natascha auf dem Beifahrersitz.

Denn was war seit Montag in Venedig geschehen? Barbaras Befragung der Grauen Eminenz hatte rein gar nichts ergeben. Sie hatte gewusst, dass es schwierig werden würde, aber das Gespräch war geradezu eine Katastrophe geworden. Vittorio Carducci sprach von einem makabren Zufall und dass er in seinem Editorial ja nur Metaphern und Allegorien benutzt habe, keineswegs seien seine Zeilen als Fanal zu verstehen gewesen, kunstverständige Menschen neigten ja ohnehin eher selten zu Pogromen, und wer ihn kenne, der wisse doch, dass er alles nur gut meine, aber eben manchmal aufbrausend sei, weil alle anderen eben so viel dämlicher seien als er. Den letzten Halbsatz sprach er nicht aus, aber dachte ihn mit großer Überzeugung. Zudem verwies er auf seine guten Kontakte und stellte, wie es nur wirklich perfide Menschen können, mit laxen Worten düstere Drohungen in den Raum. Selbstverständlich hatte er für jenen fatalen Donnerstag auch ein perfektes Alibi – ein TV-Team von Rai Veneto hatte ihn interviewt.

Und so saß Barbara eine Woche nach den Anschlägen wieder beim Colonello und seinen manikürten Händen, welche trommelnd mit dem Mahagonischreibtisch kommunizierten. Auch Wackelohr-Carmine war erneut dabei. Die Ermittler mussten berichten, dass sie vor dem Nichts standen, nicht einmal das Ergebnis der ballistischen Untersuchung der Patrone brachte sie viel weiter, da sie ausgerechnet einem der meistverbreiteten Kaliber entsprach. Und von der Waffe fehlte sowieso jede Spur. Es war ein Hin und Her äußerst weichgekochter Thesen, ein Gestammel und Geräusper und Aus-dem-Fenster-Starren, dass ein niedergeschriebener Dialog eine arge Zumutung wäre. Doch irgendwann – wer weiß, welche Muse durch seine Gehirnwindungen gerauscht war – hellte sich die Miene des Colonello auf, und über sein gebräuntes neapolitanisches Gesicht flog die Andeutung eines Lächelns.

»Was ist mit dem Deutschen?«

»Welchem Deutschen?«, fragte Boldi.

»Na, diesem Max. *Max-Enrico*. Der mit den Kunstfälschern.« Ein dicker manikürter Finger zeigte auf Barbara. »Sie haben ihn doch damals am besten kennengelernt.«

»Aber was hat der mit dem Fall zu tun?«, fragte sie pikiert.

»Mir fallen gleich zwei Dinge ein. Erstens: Er ist der einzige Ermittler, wenn auch ein Deutscher, vor dem die Graue Eminenz so etwas wie Respekt hat – schließlich hat erst er ihn von allen Vorwürfen reingewaschen, als der ganze Betrug aufflog. Er hat ihn doch auch schon vor ein paar Wochen befragt, und das lief ja wohl besser als mit der Majorin.«

Barbara ärgerte sich über diese Bemerkung.

»Ich muss Ihnen nicht erklären, wie gut die Kontakte der Grauen Eminenz sind. Nach Ihrer Befragung bekam ich gleich drei Anrufe vom Innenministerium. Wir selbst können wenig ausrichten. Sind in hässlichen Verpflichtungen eingebunden. Was muss ich Ihnen erklären? Und deshalb komme ich nun zum zweiten Punkt: Eines der prominenten Opfer ist Deutscher. Und die dortige Presse spricht uns, wie zu erwarten war, die Kompetenz ab. Sie nennen unsere Kapitäne schon die *Schettini* des Kanals, und wir Carabinieri sind in deren Augen ohnehin Witzfiguren.«

»Dieser Fußballer hatte ja auch nichts Besseres zu tun, als gleich mit dieser *Bildzeitung* zu sprechen«, sagte Barbara.

»Jedenfalls mag ich es nicht, wenn man uns schlampige Arbeit unterstellt. Sollen *die* doch mal zeigen, was sie können.«

Der brave Carmine Boldi war mit den Gedanken bereits bei den nötigen Formalitäten. »Wir bitten die deutschen Kollegen um *assistenza amministrativa.*«

»So wie sie uns beim Kunstfälscherring um Hilfe gebeten haben«, nickte der Colonello. »Genau so machen wir das!«

Barbara Goldoni hatte einige Einwände, behielt sie aber für sich.

»Eines noch: Ich weise noch einmal darauf hin, dass niemand von einer Serie spricht«, sagte Innocenti. »Wir sollten alles tun, dass es dabei bleibt. Ich muss Ihnen nicht sagen, dass das auch dem Bürgermeister äußerst recht wäre. Daher ermitteln wir offiziell in drei separaten *Vorkommnissen*.«

»Kommissar Hempel, Menschenskind, ich beneide Sie, ich sag's Ihnen.« Hauptkommissar Ottokar Zepter verteilte kräftige Schulterklopfer, und zwei Kollegen öffneten Prosecco der kopfschmerzinduzierenden Sorte (2,99 Euro). Auch Schnittchen standen plötzlich auf dem Tisch.

»Zeigen Sie den müden Brüdern da unten mal, wie gute deutsche Polizeiarbeit geht!«, rief Ottokar Zepter eine unangenehme Spur zu laut und zwinkerte allen Anwesenden außer Max-Heinrich zu.

Das Lächeln aller anderen schlug in ein tückisches Grinsen um.

»Bleiben Sie, solange Sie wollen. Und ja nicht vom *dolce far niente* verführen lassen, immer schön fleißig ermitteln!«, fügte Ottokar Zepter grinsend hinzu.

Max-Heinrich Hempel nickte verlegen und wollte noch etwas sagen, kam aber über ein Äh nicht hinaus.

EC 89, 9.34 Uhr ab München Hbf

Freitag, München: 11 Grad, Nieselregen, leichter Ostwind, Frühlingsanflug schon wieder vorbei

Venedig: 14 Grad, trocken und windstill, Touristenstrom anschwellend

Max-Heinrich blickte dem Hass in die Augen. Der Hass funkelte so rein und aufrichtig, dass ein einziger Tropfen davon, verdünnt ins Trinkwasser gegeben, ein ganzes Land in große Unruhe hätte stürzen können.

Die Auslöser dieses Hasses waren Max-Heinrichs Worte, die da lauteten: »Entschuldigen Sie, ich fürchte, Sie sitzen auf meinem Platz.« Der Angesprochene verglich die Platzkarten, musste dann seinen Irrtum eingestehen und erhob sich stumm vom geliebten Fensterplatz, nicht ohne faulige, farbige Dämpfe aus seinen Ohren auszustoßen.

Max-Heinrich wollte nicht länger als eine Woche fortbleiben, denn Lena schlief vorerst bei ihrer besten Freundin; sollten die Ermittlungen länger dauern, würde sie zu Beginn der Pfingstferien nachkommen.

Der Zug setzte sich in Bewegung, und die zweite Klasse war erbärmlich voll, während die fünf Fahrgäste in den drei Wagen der ersten Klasse Champagner orderten und die elegant choreografierten Stripeinlagen der Zugbegleiterinnen genossen.

Beim Kunstfälscherfall war Max-Heinrich ja noch geflogen, und der Blick beim Landeanflug auf diesen erstaunlich fischähnlichen Umriss Venedigs war außergewöhnlich schön gewesen, aber er hatte es nicht so mit Fliegen. Diese Hektik. Dieser Stress. Die vielen Menschen. Und natürlich die reale, wenn auch unwahrscheinliche Möglichkeit, aus zehntausend Metern Flughöhe abzustürzen oder – ebenfalls unwahrscheinlich, aber ein klein wenig wahrscheinlicher – beim Start oder bei der Landung in einem Feuerball zu verglühen.

Der Zug, das war mehr seins. Die paar zusätzlichen Stunden nahm er gern in Kauf.

Max-Heinrich klappte, nachdem er seine langen Beine umständlich in Position gebracht und den Kampf um die Armlehne gegen einen jungen italienischen Studenten auf dem Gangplatz gewonnen hatte, seinen Laptop auf, um ein wenig über das zu lesen, was ihn erwartete. Maggiore Barbara Goldoni hatte ihm drei E-Mails mit zahlreichen Anhängen geschickt.

Beim letzten Mal, vor vier Wochen, war er nur zwei anstrengende Tage in Venedig gewesen, um im *Archivio di Stato di Venezia* am Campo dei Frari zu recherchieren und seine Ergebnisse mit denen abzugleichen, die er in den Münchner Archiven zu Tage gefördert hatte. Dabei hatte er neben der Majorin auch den Kunstkritiker Vittorio Carducci kennengelernt. Die Graue Eminenz hatte ihn sehr gemocht, vor allem, als Max-Heinrich nachwies, dass jener nicht das Geringste mit seinem Fall zu tun hatte. Bei Barbara, offiziell natürlich Maggiore Barbara Goldoni, war es etwas anders gewesen, denn er hatte im Umgang mit ihr einen eng gesteckten Parcours von Fettnäpfchen absolviert und dabei kein einziges ausgelassen, vom allzu festen, kumpeligen Händedruck bis zum ungefragten Duzen, von einer ungeschickten und völlig unabsichtlichen

Berührung ihrer Brüste, als sie sich beide in eine enge Enoteca zwängten, bis zum fatalen *Cappuccino* nach dem Abendessen.

Der Zug passierte Innsbruck, und Max-Heinrich starrte nur auf den Bildschirm. Er hatte keine drei Zeilen gelesen, sondern war in Gedanken wieder überall sonst. Bei Lena und Barbara, bei seinem Vorgesetzten Ottokar, dem er keinen Arg unterstellte, und bei dem Inder, der ihm schräg gegenübersaß, der bislang geschwiegen hatte und dann einen Telefonanruf in tiefstem Bayerisch beantwortete. Max-Heinrich tat das einzig Vernünftige: Er klickte die E-Mails fort und spielte eine Partie Solitaire.

Schließlich schlief er kurz vor Bozen mit dem Kopf am Fenster ein und wurde bald durch die Nahtoderfahrung geweckt, die ein mit voller Geschwindigkeit entgegenkommender Zug auslöste. Den Rest der Strecke bis Verona, wo er umsteigen musste, betrachtete er die von Südtirol bis in die Po-Ebene immer mediterraner werdenden Bahnhöfe, Häuser und Landschaften.

Niemanden ließ die Fahrt von Mestre nach Venedig kalt, wenn, vom Festland kommend, die amphibische Stadt sich langsam aus dem schon warmen, weichen Licht erhebt. Natürlich wusste Max-Heinrich: Auch Mestre ist Venedig, sogar der längst viel größere Teil davon. Aber so denken eben nur lokale Politiker, Landvermesser und Geographen. Nichts da: Venedig ist das, was vom Wasser umgeben ist. Über den Eisenbahndamm ging es fünf Kilometer quer über die Lagune bis zum Bahnhof Santa Lucia, für den einst die gleichnamige Kirche für immer hatte weichen müssen. Wer sagt, dass Italiener in jedem Fall überzeugte Katholiken sind?

Am Ende des Bahnsteigs erwartete Max-Heinrich eine Überraschung. Dort stand sein stramm gealtertes Ebenbild und lächelte.

»Papa?«

»Überraschung!«, rief der Senior folgerichtig. Und die war ihm gelungen. Max-Heinrich hatte ihm leichtfertig von der *assistenza amministrativa* berichtet. Der Senior war bereits mit dem Nachtzug eingetroffen. Er hatte sofort nach dem Gespräch beschlossen, seinen Sohn auf dessen Mission zu begleiten, natürlich dezent und ohne zu stören, wie er versprach, und auch nur, wenn er wirklich erwünscht wäre. Nicht das erste Mal hielt er sich für einen cleveren Ermittler, doch Max-Heinrich hätte nie damit gerechnet, dass der Senior ihn bis ins Ausland verfolgen würde.

Heinrich Hempels scharfe Nase, das gepflegte, streng gescheitelte weiße Haar und der stolz erhobene Blick, der Kurz- und Weitsichtigkeit zugleich kaschierte – für eine Brille fühlte er sich noch zu jung –, ließen einen Typus Mensch erahnen, der in seinem Leben wenig Widerspruch duldete. Er war stolz darauf, für Anfang sechzig gehalten zu werden, dabei feierte er in ein paar Monaten seinen siebzigsten Geburtstag. Doch er tat auch einiges dafür, die Furchen, die das jahrzehntelange Studium des Kleingedruckten in sein Gesicht geschnitzt hatte, zurückzudrängen, nicht nur durch ausgedehnte Spaziergänge, sondern auch durch zentimeterdicke Schichten Babycreme am Abend, ein Tipp seiner viel zu früh verstorbenen Frau, Max-Heinrichs Mutter. Viel wichtiger: Er war ein ausgesprochener Venedig-Kenner und -Bewunderer.

Da der Senior generell mit wenig Schlaf auskam – »Die Sonne hat mich noch nie im Bett erwischt«, pflegte er zu sagen –, hatte er, das berichtete er seinem Sohn stolz, die Zeit lesend verbracht. Der feine Herr, der exquisite Venedig-Kenner und -Bewunderer, hatte sich im schicken Cipriani einquartiert. Auf dem Weg ins Hotel, das der *Corpo dei Carabinieri* für Max-Heinrich reserviert hatte – nicht das Cipriani –, erzählte der Senior so manches, doch Max-Heinrich ließ sich lieber vom Zauber der Stadt umgarnen.

Ja, die Touristen. Ja, das Geschiebe. Die Taschendiebe aus Europas Südosten und die Einheimischen am Fahrkartenschalter, die überforderten Asiatinnen Hundert-Euro-Scheine abknöpfen. Die Schlangen und die Sandalen. Versagendes Deo überall.

Aber das Licht. Dieses freundlich-warme, milde Licht. Das Licht, das die Kanäle und Fensterfronten und sogar das Schwarz der Gondeln zum Glitzern brachte. Das Licht, das jedem Reisenden, der es über die Alpen schafft, deutlich macht: Du hast es geschafft. Du bist im Süden. Max-Heinrich lächelte und fühlte sich gut.

Obendrauf gab es die Geräuschkulisse. Der menschliche Geist, mitunter dumm wie Schafskäse, mitunter genial wie geschnittenes Toastbrot, schafft es in seinen hellen Momenten, alle Störgeräusche zu eliminieren und nur noch die Bugwellen der Boote zu hören, die gegen die Palazzi klatschen, das Knarzen der vertäuten Gondeln, das belebende Kreischen der ins Bild schießenden Möwen, das beruhigende Brummen der Wasserbusse, das Glockengeläut aus achthundert Jahre alter Bronze, das unverkennbare Italienisch in diesem Babylon.

Max-Heinrichs Hotel war ein kleines Bed & Breakfast namens Ponte Chiodo im Sestiere Cannaregio, gut fußläufig vom Bahnhof zu erreichen. Dass Venedig nicht in Viertel, sondern in Sechstel aufgeteilt war, musste der Senior seinem Junior eigentlich nicht mehr erzählen. Er tat es dennoch. Sie gingen über die Strada Nova, eine der breitesten Straßen der Stadt, die grob parallel zum Canal Grande das Sestiere durchschnitt und am Ghetto vorbeiführte und an der ersten scharfen Biegung des Kanals nach Süden endete. In deren Mitte hatte sich ein permanenter lang gestreckter Markt aus Obst-, Gemüse- und Tinnefständen dauerhaft etabliert, links und rechts lockten Restaurants mit Bildern auf der Speisekarte und Aushängen in italienischem Englisch (»Best pizza in the town!«), auch einen McDonald's gab es hier, den einzigen in der Stadt. Edlere Boutiquen und Läden führten erbitterte Rückzugsgefechte.

Die Strada Nova war eine echte Ameisenstraße: Links gingen die, die ankamen, rechts die, die fortgingen. Bloß, dass die Ameisen Rollkoffer hinter sich herzogen, und das beständige *rattatatatata*, das zwanzig Stunden am Tag durch die Stadt rauschte, durchdringend wie die kosmische Hintergrundstrahlung, trieb jeden Einwohner Venedigs langsam in den Wahn. Die lokalen Politiker hatten längst ein Rollkofferverbot erteilt, Verbotsschilder aufgestellt und mit empfindlichen Geldstrafen gedroht, doch die Behörden konnten das Verbot nicht durchsetzen. Es war, als versuchte man, einen Fluss mit bloßen Händen aufzuhalten.

»... ja, und deswegen dachte ich, dann begleite ich dich doch einfach, und vielleicht bin ich dir ja sogar von Nutzen, denn du musst wissen, dass kaum jemand Venedig so gut kennt wie ich, war ich doch schon ...«, vernahm Max-Heinrich Papas Redefluss. Der Senior redete sehr gern und viel. Bei Max-Heinrichs erstem Kurztrip war der Senior auf Studienreise in Ägypten gewesen; er schien deshalb in Sachen Venedig einiges nachholen zu wollen. Er hatte durchaus auch viele interessante Dinge zu berichten, aber nach vier Jahrzehnten an seiner Seite hatte sich

Max-Heinrich eine Technik antrainiert, die ihm erlaubte, gewissermaßen auf Autopilot zuzuhören, auf bestimmte Signalwörter zu reagieren und ansonsten in gleichmütiger Zustimmung zu nicken. Auf dem Weg zu seiner Unterkunft verpasste Max-Heinrich daher ein Referat über den nicht nur unerbittlich anhaltenden, sondern sogar noch ständig wachsenden Strom von Touristen in die Stadt, die Taubenproblematik und den aufgrund der Terrordrohungen besonderen Schutz des jüdischen Ghettos durch bewaffnete Polizisten nicht weit vom Bahnhof.

Etwas genauer hörte er hin, als der Senior die aktuelle politische Lage schilderte und Stadträte erwähnte, die aufgrund des umstrittenen Hochwasserschutzprojekts »Mose« ihre Stellung verloren und stattdessen auf der Anklagebank oder sogar schon auf einer Gefängnispritsche Platz genommen hatten.

Im Bed & Breakfast angekommen, blieben Max-Heinrich noch zwei Stunden Zeit bis zur ersten Verabredung mit den italienischen Ordnungskräften. Der Senior verabschiedete sich, um sich umzuziehen, und Max-Heinrich freute sich über das Hotel, das viel besser war als der Business-Bunker in Mestre, in dem er beim letzten Mal untergekommen war. Er hörte in dem kleinen Garten, den das Haus zu bieten hatte – eine Rarität für Venedig –, das optimistisch frühlingshafte Vogelgezwitscher von Sperling, Amsel und Blaumeise. Schade, dass er sein Notizbuch vergessen hatte, in dem er seine täglichen Vogelbeobachtungen notierte. Er behalf sich mit ein paar Zetteln eines Rechnungsblocks, den ihm der hilfsbereite Hotelier überließ, und freute sich schon darauf, daheim alles in sein Notizbuch übertragen zu können. Und dann las er doch noch die E-Mails von Barbara mit den Schilderungen der bisherigen Vorkommnisse.

Auf ein Glas Wein mit der Majorin

Die Bauweise einer Gondel setzt kennerhafte Handarbeit voraus, denn eine *gondola* ist asymmetrisch: Der Ruderer erzeugt den Vortrieb mit dem Riemen nur auf der Steuerbordseite. Daher ist die Backbordseite stärker gewölbt und einen knappen Fuß länger. Der Gondoliere rudert gewissermaßen gegen die Schieflage an, was für eine flotte Geradeausfahrt sorgt. Diese Asymmetrie ist eine recht neue Erfindung des Bootsbauers Domenico Tramontin, der die ersten Exemplare Ende des neunzehnten Jahrhunderts vorstellte; zuvor wurden die Gondeln zumeist von zwei Ruderern gesteuert. Neun Holzarten werden in der Bootswerft verarbeitet: Eiche, Kiefer, Lärche, Nussbaum, Kirsche, Ulme, Tanne, Linde und Buche, und der Rumpf besteht aus mehr als zweihundert Teilen. Die typischen Gondeln sind etwa elf Meter lang und mehr als eine halbe Tonne schwer. Die *forcola* hält das Ruder, die *felze* ist die kleine Kabine, die Passagiere vor Wind und Regen schützt. Einst gab es Gondeln in allerlei Farben und gar mit Blattgoldbeschlägen. Um die Prunksucht im Zaum zu halten, verordneten Venedigs Herren schon vor vierhundert Jahren einen einheitlichen schwarzen Anstrich, der bis heute Tradition ist und in sieben Schichten aufgetragen wird. Der aktuelle Gondelpreis liegt bei fünfunddreißigtausend Euro.

All diese Informationen perlten aus dem Senior heraus, der sich geweigert hatte, ein Vaporetto zu besteigen. »Wenn wir schon in Venedig sind«, hatte er stolz gerufen, »reisen wir wie die Venezianer!«

Und so schipperten Max-Heinrich und der Senior wie ein nicht gerade der Norm entsprechendes Liebespaar über den Canal Grande, aufgrund der Bugwellen der vielen Vaporetti und Transportboote eine Wasserstraße, die jeder Gondoliere so gut wie möglich zu vermeiden versuchte. Immerhin: Als der Gondoliere zu singen begann, konnte ihn der Senior mit einem bitteren Fluch direkt aus Dantes siebtem Höllenkreis schnell zum Verstummen bringen.

All das beschäftigte Max-Heinrich allerdings nur wenig. Denn bei all der meisterlichen Verarbeitung der Gondel hatte ihn ein Splitter der Sitzbank aus Nussbaum sehr unglücklich durch die helle Leinenhose in den Po gestochen, das stete Schaukeln half auch nicht weiter, und egal, wie er sich hinsetzte, tat es weh, und das Stehen war in einer Gondel nicht erlaubt. Also litt er stumm und hoffte, der Stich würde wenigstens nicht bluten und später am Abend Anlass zu großer Sorge um seinen Gesundheitszustand geben, insbesondere in diesem peinlichen Bereich hinten unten.

Nachdem sie backbords das Casinò und das Ca' d'Oro und steuerbords das Ca' Pesaro passiert hatten, hielten sie einige Meter vor der Rialtobrücke am Rialtomarkt und stiegen aus. An dieser Landestelle war recht wenig los, nur eine vierköpfige Reisegruppe stürmte sofort auf die frei gewordene Gondel zu. Max-Heinrich beobachtete außerdem einen jungen Mann, der eine ältere Dame im Rollstuhl eine Rampe emporwuchtete, und bot seine Hilfe an.

»No, grrrazie«, schnarrte der junge Mann zurück, während die ältere Frau mit der irgendwie glockenförmigen blonden Frisur ihn ausdruckslos anstarrte.

»Ah, ein Deutscher?«, erkannte Max-Heinrich an der Aussprache. Der junge Mann mit den kräftigen Oberarmen nickte, lehnte aber unterstützende Handgriffe ab und entfernte sich zügig.

Immer, wenn du glaubst, dass es dir schlecht geht, dachte Max-Heinrich, *musst du wissen, dass es Menschen gibt, die mitten in Venedig an den Rollstuhl gefesselt sind.*

Der hilfsbereite deutsche Kommissar trug über der durch einen ungezogenen Holzsplitter durchstochenen hellen Leinenhose ein weißes Hemd und darüber ein dezent kariertes Jackett, außerdem vernünftige Schuhe. Er sah für einen Deutschen in Venedig recht vorzeigbar aus, aber sein Vater stellte ihn mit dem feinen grauen Dreiteiler, der schnieken Krawatte, den Manschettenknöpfen und dem seidenen Einstecktuch natürlich in den Schatten.

Ihr Ziel war die *Cantina Do Mori*, eine Weinstube im Sestiere San Polo, keine hundert Meter vom Canal Grande entfernt. Der offizielle Beginn der *assistenza amministrativa* war auf den morgigen Tag angesetzt, doch Max-Heinrich war froh gewesen, dass Barbara ihm per Mail ein erstes Treffen vorgeschlagen hatte.

Die Hempels setzten sich an einen kleinen Holztisch und warteten auf ihre Verabredung. Der Senior hatte kurz Max-Heinrichs Kehrseite überprüft und für unpeinlich befunden. Es war ein uriges Lokal mit von der Decke baumelnden Kupfertöpfen, tieforangefarbenem Licht und Wein im Offenausschank, das Glas ab zwei Euro. Ein alter Kneipenspruch kam Max-Heinrich in den Sinn: »Es gibt keinen anderen Ort, wo Sie umso willkommener sind, je mehr Radau Sie machen.«

Stolz war man hier auf die *cicchetti*, typische venezianische Vorspeisen. Selbstverständlich waren die beiden eine Viertelstunde zu früh dran, was dem Senior reichlich Zeit gab, bei einem Prosecco über die gastronomischen Traditionen der Stadt zu referieren, etwa den berühmten Stockfisch oder *baccalà*, der durch ein Schiffsunglück im fünfzehnten Jahrhundert nach Venedig gekommen war, weil eine Flotte der Serenissima, in schweren Unwettern vor den Lofoten gestrandet, das Rezept gemopst hatte.

Es war kein Wunder, dass Max-Heinrichs Prosecco schon ausgetrunken war, bevor der Senior auch nur einmal das Glas angesetzt hatte. Doch endlich gab es Gelegenheit zum Nachbestellen, denn Barbara Goldoni betrat in Begleitung eines Mannes die Bar. Nicht nur Max-Heinrich blickte auf. Im Dämmerlicht der Kneipe und inmitten all der eher rauen Burschen älterer Jahrgänge, die sich hier versammelten, hatte ihre Erscheinung etwas Unwirkliches, Marienhaftes.

Max-Heinrich und Barbara begrüßten sich mit einem Händedruck und stellten einander etwas umständlich ihre Begleiter vor. Die Anwesenheit des Seniors, stellte Max-Heinrich erleichtert fest, wurde im familienfreundlichen Italien problemlos geduldet. Wobei Max-Heinrich Carmine Boldi bereits bei seinem letzten Besuch eher zufällig getroffen hatte. Ohne seine Uniform wirkte er so nackt und fremd, dass er ihn kaum erkannt hätte.

Von nun an und für den Rest von Max-Heinrichs Ermittlungen in Venedig entspann sich ein munterer Sprachwirrwarr, der aus dem Umstand resultierte, dass der Senior exzellentes Latein und ein altertümliches Italienisch aus den Zeiten von Dantes *Göttlicher Komödie* vorzuweisen hatte, Max-Heinrich hingegen neben gutem Englisch, wie so viele Münchner, leidlich Italienisch sprach, während Barbara zwischen Italienisch und Englisch changierte, Carmine später mit Deutsch aushalf, das er von seiner Großmutter aus Bruneck aufgeschnappt hatte, die Graue Eminenz, wie wir noch sehen werden, unbedingt mit seinen Deutschkenntnissen prahlen musste und der

Colonello ein tiefes, wie Gewitterwolken hängendes Neapolitanisch sprach, bei dem auch seine Untergebenen gewisse Schwierigkeiten hatten. Der Einfachheit halber werden die Dialoge fortan hier in lesbarem Deutsch wiedergegeben.

Die Italiener zwängten sich an den engen Tisch, der Senior orderte vier weitere Gläser Prosecco, und beim Anstoßen (oder machte man das nicht mehr?, fragte sich bang Max-Heinrich) nickte Barbara ihrem deutschen Kollegen zu. Häppchen kamen in rascher Folge heran.

»Wir haben morgen um neun Uhr eine Besprechung bei Colonello Innocenti«, erklärte Barbara, nachdem sie sich gestärkt und einen Krümel aus dem Mundwinkel gewischt hatte. »Und ich dachte, dass es gut ist, wenn wir uns vorher abstimmen.«

»Eine sehr gute Idee«, befand Max-Heinrich. »Also, was ist hier in Venedig los?«

Barbara lächelte zum ersten Mal. »Das wissen wir selbst nicht so richtig.«

»Prominente haben es jedenfalls gerade schwer hier.«

Barbara nickte. »Ja, das sieht so aus.«

»Aber warum?«

»Unsere Theorie ist, dass jemand richtig viel Wut auf die vielen Touristen hat. Und diese Wut will er, oder sie, nun an Prominenten auslassen, die sich Venedig ausgesucht haben, um hier zu leben oder zu urlauben oder zu heiraten. Das ist erst einmal nur eine Hypothese, wir haben bisher keinerlei Beweise. Aber es wären zu große Zufälle, um nicht in diese Richtung zu denken. Drei Anschläge an einem Tag auf drei bekannte Venedig-Fans.«

»Glauben Sie, es handelt sich um echte Mordanschläge?«, hakte Max-Heinrich nach.

»Wir wissen nicht, ob damit nur Warnungen gemeint

sind oder die Sache ernster ist. Und ein Mann ist ja tatsächlich gestorben.«

»Der Bootskapitän. Giuseppe Esposito.«

»Richtig. Es gäbe sicher einfachere Möglichkeiten, einen berühmten Ex-Fußballer zu töten, als seinem Bootskapitän irgendwelche Drogen zu verabreichen. Das ist schon sehr mysteriös. Und ob die herabstürzende Marienstatue in Burano ein Anschlag oder ein Unfall war, können wir auch noch nicht mit Bestimmtheit sagen.«

»Eine verworrene Sache.«

»Das stimmt. Der Schuss allerdings – der ist schon mehr als nur eine Warnung.«

»Verdächtige gibt es noch nicht?«

»Nein.«

»Glauben Sie denn an einen Einzeltäter?«

Barbara breitete die Arme aus, soweit das in dem beengten Lokal ging.

»Möglich wäre es. Es müsste allerdings ein besonders durchtriebener und gut organisierter Mensch sein. Bedenken Sie, dass die Anschläge innerhalb eines Tages erfolgten und es keine Zeugen gab. Wir ermitteln in alle Richtungen.«

»Aber bislang ohne Ergebnis?«

»Ja, bislang ohne Ergebnis.«

»Keine Bekennerschreiben oder Ähnliches, wie es in solchen Fällen sonst üblich ist?«, warf der Senior ein.

Barbara schüttelte den Kopf.

Max-Heinrich beobachtete, wie die schwarzen Haare, die über die Schulter gefeudelt wurden, langsam wieder ihre alte Ordnung einnahmen.

»Ist es denkbar, dass Hass auf Prominente das Motiv ist und nicht Hass auf Touristen?«, fragte er, nachdem er eine Weile nachgedacht hatte.

Nun sprach Carmine Boldi zum ersten Mal: »Natürlich könnte auch der Hass auf Prominente ein Motiv sein. Also auf ausländische Prominente. Auf Prominente, die sich Venedig zunutze machen, aber …« Er verstummte und sah zu Barbara.

»… aber, wie gesagt, im Moment gehen wir davon aus, dass hinter alldem ein genereller Hass auf Touristen steckt«, führte sie weiter aus. »Und Prominente sind Touristen, die für viel Presse weltweit sorgen.«

»Und die mit ihrer Prominenz noch mehr Touristen anlocken«, sagte der Senior.

»Es gibt auch einen Grund für unsere Annahme. Das Einzige, was wir im Moment haben, das einer konkreten Spur ähnelt, ist der Aufruf der Grauen Eminenz.«

»Jetzt bin ich sehr neugierig.«

Barbara griff in ihre Tasche, reichte Max-Heinrich die Zeitschrift *Il Critico* und schlug die Seite des Editorials auf.

Er begann zu lesen. Bei einigen Ausdrücken geriet er ins Stolpern, aber insgesamt war ihm schnell klar, was darin stand und was man von ihm wollte.

»Die Graue Eminenz scheint unter die Propheten gegangen zu sein«, brach Carmine Boldi die Stille, die sich über die kleine Gruppe gesenkt hatte.

Max-Heinrich nickte mit tief gefurchter Stirn.

»Er hat einem Treffen mit Ihnen bereits zugestimmt«, sagte Barbara. Und etwas leiser: »Ich habe ihn auch schon befragt, leider hält er nicht viel von Carabinieri, von Frauen und von anderen Menschen generell.«

»Bei Ihnen ist es etwas anderes«, versicherte Carmine. »Der Colonello sagte uns, Vittorio Carducci sei in einer Bringschuld Ihnen gegenüber, und er wisse, wie sich ein Ehrenmann zu verhalten habe.«

»Das ist also der Grund, warum Sie mich angefordert haben«, sagte Max-Heinrich.

Barbara und Carmine nickten. Max-Heinrich fiel auf, dass sich dabei auch Carmines Ohren bewegten. Dann räusperte er sich und wandte sich an Barbara. »Bitte, verstehen Sie mich nicht falsch, aber warum sind Sie denn auch in diesen Fällen dabei? Sie sind doch auf Kunstkriminalität spezialisiert. Ist es nur wegen der Grauen Eminenz?«

»Nein, es ist auch wegen der Statue.«

»Die Statue, die auf den Designer fiel?«

»*Esatto*. Es handelte sich zudem möglicherweise um eine Statue von Giovanni Pisano, auch wenn sich die Fachleute bis heute darüber streiten. In den Akten zum Fall haben wir das wegen der unklaren Provenienz noch nicht vermerkt.«

»Äh«, räusperte sich Max-Heinrich, und der Senior hob bereits zu einer Erklärung an, doch Barbara war schneller: »Pisano war der wichtigste Bildhauer der italienischen Frührenaissance, und die Statue war vielleicht das einzige Werk, das er in Venedig hinterlassen hat. Ansonsten war er nur in Padua und viel in der Toskana tätig. Die Kanzel des Doms zu Siena kennen Sie sicher?«

»Natürlich«, sagte der Senior.

»Natürlich«, log Max-Heinrich.

Der Questore, der Colonello und der Senior

Samstag, 16 Grad, feuchtwarm-bewölkt, windstill, Touristenstrom stark aufbrandend

Die Lautstärke, die durch die schweren Holztüren der Prokuratien aus dem sechzehnten Jahrhundert nach draußen an Max-Heinrichs eher lärmempfindliche Ohren drang, war Ausdruck jener inneren Zerrissenheit, welche die italienischen Polizeikräfte seit Jahrzehnten plagte. Die Gründer der Republik hatten nämlich die Kompetenzen unter mehreren Polizeien aufgeteilt und dabei noble Gründe angeführt: So würde, glaubten sie, Machtmissbrauch durch die Exekutive verhindert. Dass es auch zu einem heillosen Durcheinander, Konkurrenzkämpfen und Kompetenzgerangel führte, hatten sie entweder nicht bedacht oder einfach in Kauf genommen. Pi mal Daumen gesprochen, waren die Carabinieri für die schweren Jungs zuständig, etwa die organisierte Kriminalität, während die gewöhnlichen Kriminalfälle in die Zuständigkeit der örtlichen Polizei fielen. Doch wie waren jene drei unglückseligen *Vorkommnisse* einzuordnen? Barbara hatte es ihm auf dem Weg hierher erklärt: Wenn die Anschläge zusammenhingen, wären die Carabineri gefragt. Ein einzelner Mord oder Totschlag wäre typischerweise ein Ermittlungsauftrag für die Polizei. Aber oft verhielt es sich folgendermaßen: Wer zuerst am Tatort war, konnte die Ermittlungen an sich reißen, und weil bei zweien der drei *Vorkommnisse* – Chaud und

Cock – die Carabinieri schneller waren, verließ sich der Bürgermeister fortan auf sie.

Die Carabinieri wurden durch den bereits bekannten Colonello Pasquale Innocenti geführt, während den Polizeikräften ein Questore vorstand. Und dieser Questore stand in diesem Moment vor dem Mahagonischreibtisch des armen Colonello. Arcangelo Belladonna war so unsympathisch, dass diese seine Wirkung wie Magie sogar durch fünfhundert Jahre alte Türen dringen konnte. Er spuckte und schrie mit sich überschlagender Stimme, sodass es den unfreiwilligen Zuhörern – Barbara, Carmine, Max-Heinrich und dem Senior – im Vorraum grauste.

Es war kurz nach neun Uhr, und man wartete auf die *conferenza* mit dem Colonello. Nein, dem Senior grauste es nicht, das sah der Junior ihm an. Als Notar a. D., versicherte er seinem Sohn, kenne er all diese Spielchen schon, die in Deutschland vielleicht subtiler, aber nicht minder heftig ausgetragen würden. Max-Heinrich war klar, dass die Lösung eines Falls, der Prominente beinhaltete, für die Beteiligten einen großen Prestigegewinn darstellte. Vorausgesetzt natürlich, sie lösten ihn auch wirklich.

Kurz fragte sich Max-Heinrich, ob es eine gute Idee gewesen war, den Senior, welcher erstaunlich klettenhafte Qualitäten besaß, mit zu den Carabinieri zu nehmen. Doch bevor er eine Entscheidung diesbezüglich treffen konnte, kam der Questore herausgestürmt.

Arcangelo Belladonna hatte ein Gesicht, wie es nur die eigene Mutter lieben konnte, mit hohlen Wangen, tiefhängenden Tränensäcken, blassen Lippen, Ausschlag am Kinn. Die Anwesenden grüßte er selbstverständlich nicht, Untergebene waren für ihn eine niedere Lebensform, so wie Maden. Überraschenderweise hatte er einen zweiten Mann im Schlepptau, der nicht nicht auffallen konnte, passten seine breiten Schultern doch kaum durch die Tür, und auch die blaue Polizeiuniform konnte die Muskeln nur mit viel Mühe zähmen. Seine Augen standen weit auseinander, sein Unterkiefer schien aus poliertem Granit zu bestehen. Er nickte den vieren im Vorraum zu, doch es war kein aufmunterndes, freundliches Nicken, sondern eher eine Aufforderung zu einer Schlägerei. Die mit einem Burschen wie ihm nur ungünstig ausgehen konnte.

»Das ist Rocco«, flüsterte der verschreckte Carmine Max-Heinrich zu. »Er schlägt so hart zu, dass seine Faust einen Abdruck im Gesicht des Kriminellen hinterlässt. So wie ein Brandzeichen!«

Max-Heinrich sah Rocco beunruhigt nach, doch dann wurden sie schon zum Colonello einbestellt.

Der stand am Fenster und schien nach dem furiosen Auftritt des Questore ganz üble Laune zu haben. Bevor die Besprechung begann, brauchte er offensichtlich dringend ein Ventil. Seine Augen blieben auf dem Senior haften. »Signore, Zivilisten sind hier unerwünscht, darf ich Sie bitten, mein Büro umgehend …«

Der Colonello hielt plötzlich inne, fixierte den Senior und näherte sich ihm langsam, wie in Trance. Max-Heinrich sah erst Carmine, dann Barbara an. Alle drei waren ratlos.

Dann berührte der Colonello den Senior. Genauer: Er berührte seinen Krawattenknoten, ganz vorsichtig, es war ein Stupser mit dem manikürten Zeigefinger. Er lächelte dabei. Der Senior stupste seinerseits auf den Krawattenknoten des Colonello und lächelte ebenfalls. Dann begannen beide herzlich zu lachen. Welch rätselhaftem Ritual eines Geheimbundes wurden die Anwesenden hier Augenzeugen?

»Marinella«, flüsterte Pasquale Innocenti. Es war eine

Feststellung. Es war eine sehr wertschätzende Feststellung.

»Sogar noch von Eugenio«, gab der Senior stolz zurück.

»Nein.«

»Doch.«

»Oh.«

Beide klärten, aufgeregt einander ins Wort fallend wie kleine Kinder, die verblüfften Zuschauer auf: Marinella war ein neapolitanischer Hersteller von Krawatten, der vermutlich edelste der Welt, und neben dem Colonello und dem Senior kauften auch Berlusconi, Clinton, Schröder, Sarkozy und Albert von Monaco bei ihm ein. Er residierte auf zwanzig Quadratmetern in der Riviera di Chiaia Nummer 287a und öffnete jeden Morgen um sechs Uhr. Der jetzige Inhaber Maurizio Marinella hatte sein Handwerkszeug vom Großvater Don Eugenio gelernt, der von ihm schon als Zehnjähriger verlangte, jeden Tag ein paar Stunden im Atelier zu arbeiten, um das Schneiderhandwerk *einzuatmen*. Donald Trump, ebenfalls ein Freund der Marke, hatte Maurizio einst angeboten, eine Boutique an der Fifth Avenue aufzumachen, was jener entrüstet abgelehnt hatte, indem er als Preis für den Umzug einhundert Milliarden Euro aufrief.

Als der Colonello dann noch erfuhr, dass der Senior nicht nur der Vater des geschätzten deutschen Ermittlers, den er nun endlich mit einem kräftigen Handschlag begrüßte, sondern auch noch ein *notaio* war, gehörte er von nun an fest zum Team.

Nachdem ein *Sottotenente* fünf *caffè* gebracht hatte, setzte man sich an einen kleinen Tisch. Die Majorin referierte noch einmal offiziell den Stand der Dinge: drei Anschläge an einem Tag. Die Opfer: zuerst ein französischer Designer, dann ein amerikanischer Schauspieler, schließlich ein ehemaliger deutscher Profisportler. Anschläge, die möglicherweise in Zusammenhang mit Kritik an den Touristenmassen in Venedig und deshalb als Warnung gedacht waren, dennoch gab es einen Toten, den Kapitän des Fußballers. Hinweise bislang: wenige. Zeugen: keine ernstzunehmenden.

Auch, weil man bislang die Presse – die zwar in den Tagen nach den Taten über den Tod des Kapitäns und die zerstörte Statue auf Burano berichtet hatte – nur spärlich gefüttert hatte; das war eben der Nachteil von defensiven Ermittlungen.

Deshalb müsse man den eigenartigen Aufruf der Grauen Eminenz, schloss die Majorin ihre Ausführungen, eben auch so ernst nehmen. Vielleicht wusste er doch mehr darüber – und wenn er damit auch nur unbewusst einen seiner ergebenen Leser angestachelt hatte.

»Und nicht vergessen, wir sprechen nur intern von einer Anschlagsserie. Offiziell sind es drei unterschiedliche, unzusammenhängende *Vorkommnisse*, von denen eines, der Schuss auf das Zimmer des Schauspielers, der Öffentlichkeit noch gar nicht bekannt ist«, fügte Innocenti hinzu. Dieser Umstand schien ihm beinahe wichtiger als die Klärung der Fälle selbst.

Max-Heinrich und der Senior stellten ein paar Fragen, die zumeist Barbara beantwortete. Besonders mysteriös schien ihnen die fallende Statue zu sein.

»Hat man denn gar nichts feststellen können, einen Seilzug oder sonst irgendeinen Mechanismus?«, erkundigte sich Max-Heinrich noch.

Barbara und Carmine schüttelten den Kopf.

»Dann müssen wir zumindest in Betracht ziehen, dass es sich bei Pierre-Paul Chauds Fußbruch um einen Zufall handelte«, meinte er.

Der Gedanke eines Zufalls schien Innocenti zu gefallen, denn er nickte Max-Heinrich heftig zu.

»Doch selbst dann hätten wir es immer noch mit zwei Anschlägen innerhalb eines Tages zu tun«, dämpfte Barbara seine Freude.

Innocenti begann zu trommeln. »Tja, aber zwischen zwei und drei Anschlägen wäre schon ein großer, für uns durchaus angenehmer Unterschied.«

»Die Restauratoren haben inzwischen am Sockel der Maria und an der Statue selbst eindeutig Spuren von aktueller menschlicher Bearbeitung gefunden«, gab Barbara zu bedenken.

»Von aktueller menschlicher Bearbeitung«, wiederholte Innocenti verächtlich. »Ich dachte, sie wäre zerbrochen?«

»Ja, aber die Restauratoren meinen in Rücksprache mit der Spurensicherung …«

Innocenti winkte ab.

»Wir müssen noch einmal über das Motiv nachdenken«, murmelte Max-Heinrich wie abwesend.

»Hass auf Touristen. Hass auf Prominente. Hass auf prominente Touristen. Ein Fanal, wie es die Graue Eminenz nennt«, fasste Barbara zusammen.

»Solche Anschläge erfordern viel Planung«, überlegte Max-Heinrich weiter.

»Zweifellos«, bestätigte Barbara.

»Eine Einzelperson wäre damit vermutlich überfordert.« Max-Heinrich sah alle Anwesenden der Reihe nach an.

Der Colonello wiegte den Kopf hin und her. »Dem stimme ich nur bedingt zu.« Offensichtlich war eine große Verschwörung das Allerletzte, was er gebrauchen konnte.

»Wir sollten uns überlegen, welche Gruppierungen es hier in Venedig gibt, die sowohl mächtig als auch skrupellos genug sind, eine solche konzertierte Aktion durchzuführen«, hielt Max-Heinrich dagegen.

»Und die ein Motiv haben«, sprang Barbara ihm bei.

»Nun, ein guter Anfang wäre doch Vittorio Carducci mit seinen vielen fanatischen *followern*.« Der Colonello hatte das Wort von seinen Töchtern gelernt und setzte es gern und häufig ein, wobei seine Aussprache zu wünschen übrig ließ.

»Boldi!«, rief Innocenti plötzlich im Befehlston, und Carmine Boldi sprang auf und stand so stramm, wie ein Mensch nur stramm stehen konnte. In einem Hohlkreuz bog er sich nach oben und hinten, dass man Angst um seine inneren Organe hatte. Innocenti wusste, wie er mit den Menschen reden musste, und bei Carmine Boldi musste es dieser Ton sein.

»Der Fall ist komplex. Sie kümmern sich weiter um den toten Kapitän. Sie kennen sich aus in dem Milieu.«

Carmine nickte, was in seiner Körperhaltung nicht unproblematisch war. Nur ganz allmählich entspannte er sich.

»Zudem will ich über den Aufenthalt besonders prominenter Personen in der Stadt informiert werden. Möglichst, bevor ich es in der Zeitung lese. Commissario Hempel« – nun sprach er mit einer ganz samtenen Stimme –, »bevor Sie sich mit Maggiore Goldoni um die in Frage kommenden Gruppierungen kümmern, wühlen Sie bei der Grauen Eminenz ein bisschen *fango* auf. Sie haben dort um elf Uhr einen Termin. Wir setzen große Hoffnungen in Sie: Vielleicht stellen Sie sich besser an als wir.«

Sie quetschten sich auf der Salizzada Pio X nahe der Rialtobrücke an einer deutschen Reisegruppe vorbei, deren Führerin, Typ freche Kurzhaarfrisur, gerade den Fehler machte, so laut zu referieren, dass es der Senior hören konnte. Max-Heinrich wusste, was jetzt kam.

»Sie sollte erst gar nicht gebaut werden, denn die Gondolieri hatten etwas dagegen«, referierte die Führerin fröhlich, denn sie ahnte ja nichts. »Errichtet wurde sie dann von Antonio di Ponte …«

»*Da* Ponte«, korrigierte der Senior.

Argwöhnisch betrachtete die Führerin die ungebetenen Zuhörer. *Keine Zahlen, keine Zahlen*, dachte Max-Heinrich, doch die Führerin hörte ihn nicht.

»Die Brücke gilt noch heute als Meisterwerk. Ihre Fundamente ruhen auf mehr als zehntausend Holzpfählen.«

»Auf zwölftausend Holzpfählen.«

Ich sagte doch, keine Zahlen, dachte Max-Heinrich noch einmal. Die Führerin blickte irritiert, aber setzte ihr Referat fort. »Sie ist achtundvierzig Meter lang und zweiundzwanzig Meter breit und, äh, ihre Durchfahrtshöhe beträgt, äh, zehn Meter.«

Die Zahl, mit zittriger Stimme vorgetragen, flatterte durch die Gasse, aber auf eine unangenehme Art, so wie eine Taube im Wohnzimmer. Erwartungsvoll blickte die Reisegruppe den Senior an.

»Es sind ziemlich genau siebeneinhalb Meter«, rief der Senior, um den Sandalenmob zu befriedigen. Die Führerin schluckte.

»Die Brücke wurde 1588 gebaut …« Erwartungsvoll sah sie zum Senior, der gönnerhaft nickte. Die Führerin wirkte erleichtert. »Zuvor standen schon, äh, drei Brücken … an derselben Stelle …« – der Senior räusperte sich, schien aber keine Einwände zu haben – »… die letzte davon ist 1444 unter den vielen Menschen zusammengebrochen, die von dort die Hochzeit des Marchese di Ferrara verfolgten, der sich auf prunkvollen Gondeln über den Canal Grande rudern ließ.« Wieder nickte der Senior zufrieden.

»Was uns zu den Gondeln bringt. Heute gibt es noch, äh, drei Gondelwerften in Venedig.« Der Senior wiegte bedenkenschwer den Kopf hin und her. Die Information war wohl in seinen Augen nur teilweise korrekt, da es, wie er später seinem Sohn ausführlich darlegte, noch diverse private Gondelklubs und -vereine gab, die sich um Bau, Pflege und Restaurierung kümmerten, aber für einen Zwischenruf war diese Anmerkung zu kompliziert.

Max-Heinrich erinnerte sich mit Schrecken daran, wie sein Vater einst eine Reisegruppe in der Notre-Dame de Paris kurzerhand übernommen und die arme französische Reiseführerin mit ihrem entzückenden Akzent einfach zurückgelassen hatte.

»Komm schon, wir müssen weiter.«

Murrend ließ sich der Senior abführen. Dafür bekam Max-Heinrich einen dankbaren Blick der Führerin und obendrauf in den nächsten Minuten noch ein paar Besonderheiten über die Rialtobrücke zu hören, darunter folgende schaurige Legende: Angeblich soll der Teufel mit dem Baumeister der gewagten Konstruktion einen Pakt geschlossen haben. Die Seele des ersten lebendigen Wesens, das die Brücke überquert, sollte ihm gehören. Architekt Antonio da Ponte, nicht dumm, schickte als Erstes einen Hahn über die Brücke. Daraufhin stürmte der empörte Herr der Finsternis zu Antonios Wohnhaus, wo er aber nur dessen schwangere Frau antraf. Kurz danach kam sie mit einer Totgeburt nieder, und angeblich soll die Seele des kleinen Jungen jede Nacht verzweifelt über die Brücke streifen ...

Max-Heinrich aber dachte schon an die erneute Begegnung mit der nicht minder wundersamen Grauen Eminenz. Und er bedauerte es, dass Barbara nicht in der Nähe war. Sie wollte noch einmal Monsieur Chaud befragen, der sich von dem Schock des Fußbruchs erholt hatte.

Immerhin hatte Max-Heinrich beim Senior durchgesetzt, die Befragung allein durchzuführen.

Zur Audienz bei der Grauen Eminenz

Das Wort »üppig« wäre eine despektierliche Untertreibung für den vierstöckigen Palazzo in Dorsoduro direkt am Canale della Giudecca, fünfzig Meter von der Gesuati-Kirche entfernt. Max-Heinrich blickte die ehrfurchtgebietende Fassade empor und klingelte an einer goldenen Klingel, deren Knopf sich auf der ausgestreckten Zunge eines goldenen Löwenkopfes befand. Ein Bediensteter öffnete die Tür, eher ein Portal aus Holzintarsien. Es war das erste Mal in seinem Leben, dass Max-Heinrich einen Hausbediensteten sah. So etwas gab es doch sonst nur in den Fernsehkrimis aus den Achtzigerjahren, die in Münchner Villenvororten spielten und die Max-Heinrich wegen ihrer sedierenden Wirkung nach einem langen Tag im Präsidium ausgesprochen gern schaute.

Im Inneren blieb es auch nach der üblichen Eingewöhnungsphase von einem hellen Frühlingstag zu einem ummauerten Empfangssaal dunkel, trotz eines Kronleuchters aus Murano-Glas, dessen unzählige weiße Tentakel sich erst Richtung Decke erhoben und dann in einer jähen Kurve zu Boden stürzten, um wenige Zentimeter über Max-Heinrichs Kopf für immer in ihrer im Feuer geformten Makellosigkeit zu verharren.

Vittorio Carducci hielt das Licht gern gedämpft, und Max-Heinrich glaubte zu wissen, warum: zum einen, um die wertvollen Kunstwerke und Fresken nicht allzu sehr zu stressen. Zum anderen, weil der Hausherr im diffusen Licht vorteilhafter, faltenfreier und insgesamt jünger wirkte – bei allem Charme schien er doch ein ungewöhnlich eitler Mensch zu sein.

Doch trotz des schlaffen Lichts gab es für Max-Heinrich einiges zu bestaunen: marmorne Skulpturen und Säulen, Ölgemälde, Kerzenständer und noch mehr Kronleuchter. Die ganze Decke schien aus nichts anderem zu bestehen. Und während sich die Graue Eminenz noch etwas Zeit ließ, dachte Max-Heinrich an die erste Begegnung mit ihm.

Es hatte mit den Uhren angefangen. Max-Heinrich war bei Recherchen zu dem Kunstfälscherskandal, zu dem man ihn in München abkommandiert hatte, auf einer Internet-Auktionsseite darauf gestoßen, dass in den letzten Monaten alle antiken Uhren um mehrere hundert Prozent im Wert gestiegen waren. Das ließ ihm keine Ruhe, und er forschte nach möglichen Gründen dafür. In einer älteren Expertise stieß er schließlich darauf, dass dies ein wichtiger Hinweis für Fälschungen war.

Fachleute rücken einem Gemälde gern mit Radioaktivität zu Leibe, um seine Echtheit zu überprüfen. Und eine Schlüsselrolle nimmt dabei die Farbe Weiß ein. Grund dafür ist, dass die alten Meister mit Bleiweiß malten, bei dem sich im Lauf der Jahrhunderte reichlich Radioaktivität ansammelte, die man wiederum verhältnismäßig leicht aufspüren kann.

Das Weiß jedoch, das seit dem Ende des neunzehnten Jahrhunderts verwendet wird, enthält kein Blei, und der Fälscher ist angeschmiert. Es sei denn, er schmiert den Experten. Oder er kauft alte Uhren. Denn deren Pendel enthalten Bleigewichte. Dieses Blei kann man schroten und herkömmlichem Weiß beimischen. Und schon sind die Experten getäuscht.

Mit Hilfe eines nicht ganz legalen Manövers eines hauseigenen IT-Experten, der ihn gern gegen Ottokar Zepters Intrigen unterstützte, weil er selbst einst Opfer geworden war, fand Max-Heinrich heraus, dass fast alle der antiken Uhren von jemandem mit einer IP-Adresse im Südosten von München ersteigert worden waren. Als dann auch noch mehrere Einbrüche in den kleinen Gemeindekirchen unweit des Rechners mit dieser IP-Adresse gemeldet wurden, wusste Max-Heinrich, dass da was Größeres im Gange war. Denn aus den Kirchen waren lediglich ein paar Sitzbänke herausgebrochen worden.

Im Gegensatz zu den Ermittlern vor Ort, die den Vorfall je nach persönlichem Erregungspotenzial als einen Dumme-Jungen-Streich oder als gottlosen Vandalismus bewerteten, stand für Max-Heinrich eines ganz klar fest: Neben dem Blei suchte auch jemand altes Holz für Leinwand und Rahmen.

Er informierte die Kollegen vom Betrugsdezernat, und nach einigen Wochen lückenloser Überwachung der verdächtigen IP-Adresse ging es dann ganz schnell, und Max-Heinrichs Fleißarbeit ließ fast im Alleingang einen deutsch-italienischen Kunstfälscherring auffliegen, dessen Fälscher in einer Scheune bei Traunstein am liebsten große Venezianer wie Canaletto, Tizian oder Tintoretto fälschten, weil die sich in italophilen Sammlerkreisen vor allem im orientalischen Raum am besten verkaufen ließen – jedenfalls besser als Günther Ueckers Nagelbilder. Auch die Echtheitsnachweise fälschten die Betrüger gleich mit, und daher gab es in Venedig ebenfalls zwei Verhaftungen. Die Echtheitsnachweise aus Venedigs *Archivio di Stato di Venezia*, eine über alle Zweifel erhabene Quelle, hatten Max-Heinrich stutzig gemacht, daher vereinbarte er über eine *assistenza amministrativa* einen Besuch und erkannte beim Aktenstudium dort – Majorin Barbara Goldini hatte ihm das Ordnungssystem erklärt und all seine Fragen beantwortet –, dass die vermeintlich echten Dokumente (etwa zeitgenössische Auflistungen von Canalettos oder Tintorettos Werken) im Nachhinein durch einen Komplizen abgelegt worden waren. Ein weiterer korrupter Mitarbeiter sorgte zudem dafür, dass die falschen Dokumente abfotografiert und per E-Mail verschickt wurden – zu Recht war es die Politik des *Archivio*, nie ein Original herauszurücken. All das flog erst auf, als Max-Heinrich einige der vermeintlichen Originale einem Schriftgutachter vor Ort vorlegte, der sie schnell als Fälschungen mit moderner Tinte auf modernem Papier identifizierte.

Der Name Vittorio Carducci tauchte in einigen dieser gefälschten Expertisen auf, auch wusste man um seine guten Kontakte zum *Archivio*, was um ein Haar ziemlich viel Ärger für die Graue Eminenz bedeutet hätte, doch auch diese Expertisen stellten sich nach sorgfältigen Abgleichen der Unterschriften als gefälscht heraus, und Max-Heinrich erwähnte in seinem Bericht sogar ausführlich die wertvollen Hinweise, die ihm die Graue Eminenz damals bei der Befragung gegeben hatte. Und damit blieb Vittorio Carduccis Weste blütenweiß wie die Soutane des Papstes.

Vittorio Carducci hatte den deutschen Kommissar bei ihrem Abschied damals nach Venedig eingeladen, und vermutlich hatte Vittorio nicht damit gerechnet, dass er Max-Heinrich so schnell wiedersehen würde. Nun also schritt Vittorio die Treppe herab, während der Bedienstete in einem Nebenzimmer etwas Fauchendes bediente, was zweifellos eine Kaffeemaschine sein musste.

Vittorio war eine Erscheinung. Sein wirklich verblüffend silbernes Haar, dem er seinen Spitznamen verdankte, laut einem Interview mit *GQ Italia* vom Vorjahr nicht gefärbt, sondern von natürlicher Pracht, umfloss, links gescheitelt, aber wie zufällig immer wieder in eine Art Pony zurückfallend, ein schmales, waches Gesicht, in dessen Mittelpunkt eine rote Brille saß. Passend zur Farbe der Fassung trug er einen Morgenmantel aus dickem rotem Samt und Pantoffeln mit dem Monogramm VC. Insgesamt erinnerte das alles sehr an Hugh Hefner, bloß dass Vittorio keine Playmates um sich scharte, sondern nackte Statuen.

Noch bevor er auf der untersten Stufe angelangt war, breitete er die Arme aus, trat auf Max-Heinrich zu und drückte ihn fest an sich. Er roch gut und war insgesamt ein Charmebolzen, obwohl er, wie alle Narzissten, auch ganz anders sein konnte. Legendär waren seine Talkshow-Auftritte, in denen er Moderatorinnen aufs Heftigste beleidigte und dabei immer und ausschließlich persönlich wurde. Wenn er telegen mitmischte, stiegen die Quoten, also ließen es die Moderatorinnen seufzend über sich ergehen.

»Cappuccino?«

Ob das eine Falle war? Dennoch nickte Max-Heinrich. Auf Vittorios Handzeichen nahmen sie an einem Tisch Platz, der von einer verschwenderisch gestickten Decke aus Burano verhüllt war. Hinter der fast meterhohen Laokoon-Gruppe aus Murano-Glas mitten auf dem Tisch verschwand Vittorio immer wieder völlig, und Max-Heinrich musste sich strecken, um ihm in die Augen zu sehen. Der Diener servierte einen Cappuccino und einen schwarzen Tee.

»Ich weiß selbstverständlich, warum Sie hier sind«, sagte Vittorio in gutem Deutsch, auf das er sehr stolz war.

»Ihr Deutsch ist wirklich erstklassig«, lobte Max-Heinrich prompt.

Vittorio lächelte. »In meiner Biografie *Aus der Asche zu den Sternen – mein steiniger Weg auf den Olymp* hatte ich geschrieben, dass ich mein Deutsch aus der Lektüre der originalen Texte von Schopenhauer und Wittgenstein gelernt hätte. Aber das ist eine Lüge. In Wirklichkeit hat mir eine deutsche Interrail-Studentin, die ohne Geld in Venedig gestrandet war, eure Sprache beigebracht. Und noch so einiges mehr, wissen Sie? Seitdem schätze ich euch Deutsche.« Er leckte sich die Lippen. Es waren diese kleinen Provokationen, mit denen Vittorio Carducci immer wieder die Öffentlichkeit vortrefflich unterhielt.

Doch Max-Heinrich war viel zu unschuldig, um darauf einzugehen.

»Ja«, riss er ihn deshalb aus seinen lüsternen Interrail-Tagträumen, »jetzt haben wir diese Unglücksserie.«

Vittorio nahm sich mit einer bedachten Bewegung eine Zigarette aus einem silbernen Etui. Max-Heinrich lehnte ab.

»Es ist schon komisch.« Vittorio blies den Rauch des ersten Zuges gen Kronleuchter. »Sie haben zweimal in Ihrem Leben dienstlich mit Venedig zu tun, und zweimal gerate ich in Verdacht.«

»Glauben Sie, dass wir Sie verdächtigen?«

»Tun Sie das nicht?«, sagte Vittorio kühl lächelnd. »Warum lässt man Sie denn extra aus Monaco di Baviera anreisen?«

Max-Heinrich nickte nachdenklich. »Ja, vielleicht verdächtigen wir Sie.«

»Ach, Innocenti«, sagte Vittorio zu sich selbst, aber laut genug, dass Max-Heinrich es hörte. Er hob kurz die Hand, und der Bedienstete brachte eine lederne Mappe. »Hier ist mein Alibi, die Vorfälle betreffend, mit den Kontaktmöglichkeiten zu Zeugen. Mein Haus war ziemlich voll an dem Tag dieser Vorfälle. Ich weiß, mein Text in der Zeitschrift war etwas, wie sagt man, hart formuliert. Aber das ist doch nun einmal die Aufgabe jeder Kunst: die Welt nicht zu zeigen, wie sie ist, sondern die Möglichkeiten.«

»Herzlichen Dank, das wird die italienischen Kollegen beruhigen. Könnten Sie mir dennoch persönlich sagen, wo Sie zum Zeitpunkt der drei Anschläge waren?«

Diese Nachfrage war eine Insubordination, die die Graue Eminenz leicht zu irritieren schien. Aber er sammelte sich, schlug die Mappe auf und leierte sein Alibi herunter, ohne dabei aufzuschauen. Dann händigte er Max-Heinrich die Mappe aus.

»Ich verstehe. Das ist sicher alles makellos, auch wenn wir, falls das noch nicht durch meine Kollegin Barbara Goldoni geschehen ist, dieses Alibi überprüfen müssen. Eine Formalität, die Sie sicher verstehen.«

»Eine Formalität, natürlich.«

»Sie haben viele Fans. Leser Ihrer Bücher, Abonnenten Ihrer Zeitschrift. Glauben Sie, der oder die Täter könnten Ihren Text zum Anlass genommen haben, Ihren Worten Taten folgen zu lassen?«

Vittorio schob die Unterlippe vor, so wie es nur Italiener können. »Ich habe schon genug damit zu tun, für mich selbst zu denken. In die Köpfe anderer Menschen vermag ich nicht zu schauen.«

»Ich verstehe«, sagte Max-Heinrich und nickte. Erneut ließ er den merkwürdigen, provozierenden Humor der Grauen Eminenz an sich abperlen. »Haben Sie eine Theorie zu den Vorkommnissen?«

Vittorio lächelte. »Sehen Sie, die Venezianer jammern über die Touristen, doch in Wirklichkeit leben sie doch fast alle recht gut von ihnen. Darum ändert sich ja auch in der Politik nichts. Wenn Sie mich fragen: Venezianer waren es nicht. Die sind einfach noch nicht so weit.«

»Was meinen Sie damit?«

»Nun, ich denke, dass Touristen tatsächlich ein großes Problem sind, vielleicht sogar ein größeres als das Hochwasser. Und irgendwann werden wir dieses Problem lösen müssen. Aber in Venedig schaut man zuerst aufs Geld und erst dann auf die eigene Zukunft.«

Max-Heinrich nickte und stand auf, um sich zu verabschieden.

»Doch eines müssen Sie noch sehen, bevor Sie gehen«, rief der Gastgeber. »*Andiamo!* Ich will Ihnen einen Anblick zeigen, den Sie nicht vergessen werden. Und einen Anblick, der Ihnen erklärt, warum ich schreibe, wie ich schreibe.«

Max-Heinrich folgte Vittorio auf die Treppe in den ersten Stock. Erstaunt betrachtete er einen Treppenlift; vermutlich beugte der Mann fürs Alter vor, er war ja nun nicht mehr der Jüngste, obwohl sein ganzer Körper einen einzigen Mittelfinger gegen den Alterungsprozess darstellte.

Oben angekommen, blieben sie vor einer Tür stehen. Auf dem Flur huschte eine Katze mit einem ungewöhnlich langen Schwanz vorbei. Sie war eher von der schüchternen Sorte.

»Mein Arbeitszimmer«, erklärte Vittorio, nachdem er die beiden riesigen Flügel mit Schwung aufgezogen hatte.

Und Max-Heinrich sah erst einmal nur Licht. Das Zimmer warf den Eintretenden seine Helligkeit wie eine Liebeserklärung entgegen. Der Schreibtisch, das Zentrum des riesigen Raums, war von der Sonne geradezu geflutet, denn mit einer Ausnahmegenehmigung hatte Vittorio sich in jene Seite des Palazzos, die dem Giudecca-Kanal zugewandt war, eine zweigeschossige Fensterfront einbauen lassen, sodass es war, als stünde man mitten im funkelnden

Meer und könnte die vorbeiziehenden Boote mit ausgestrecktem Arm berühren. Die Wirkung war ganz außerordentlich.

Wie so oft in den schönsten Momenten fallen einem die komischsten Dinge ein. Max-Heinrich dachte an den Leitenden Polizeidirektor Doktor Alfred Paul, dem die ergonomische Ausgestaltung der Büroräume im Polizeirevier daheim sehr am Herzen lag und der mehrmals pro Monat Rundmails an einen großen Verteiler schickte, um sich von der menschlichen Seite zu zeigen und sich einzureden, das Wohlbefinden seiner Mitarbeiter läge ihm tatsächlich am Herzen. Eine der letzten Rundmails hatte sich mit der idealen Stellung der Schreibtischlampe (links für Rechtshänder) und des Schreibtisches selbst beschäftigt, der nie frontal zur allgemeinen Lichtquelle wie einem Fenster stehen sollte. Was würde Polizeidirektor Paul, dachte Max-Heinrich, wohl zu Vittorios Lichtorgie sagen?

Ungewöhnlich war auch die modern-minimalistische Einrichtung des Raums mit weißen Regalen, der Schreibtisch selbst hell und mit verstellbarem Metallgestell und einem Stuhl aus Aluminium dahinter. Nur eine schwarze Olivetti-Schreibmaschine mitten auf dem Schreibtisch konterkarierte das zeitgenössische Design, denn Vittorio pflegte seinen Ruf als Exzentriker und erzählte gern, dass er gar keinen Computer besitze und alles auf seiner geliebten alten Schreibmaschine tippen würde. Was vermutlich gelogen war, sicher verbarg sich irgendwo ein MacBook Pro.

Neben der Schreibmaschine lag ein Füllfederhalter, natürlich Montblanc, außerdem gab es noch ein schick gerahmtes Porträtfoto, offenbar seiner Partnerin, an der neben dem Kussmund in Richtung Fotografen vor allem die helle, zylindrisch auftoupierte Haarpracht auffiel.

Ermittler aus den Fernsehkrimis der Achtzigerjahre, die

Max-Heinrich so gern schaute, hätten jetzt irgendein Detail entdeckt, vielleicht eine verdächtige Visitenkarte, einen Ordner mit einer merkwürdigen Aufschrift oder, der Klassiker, ein Streichholzbriefchen mit Werbung für ein Etablissement von zweifelhaftem Ruf. Doch der Raum war bis auf die beschriebenen Gegenstände völlig indizienlos. In den Regalen lagen ein paar Ausgaben von *Il Critico*, mehr gab es nicht zu sehen, mal abgesehen von dem prächtigen Blick auf die vorbeiziehenden Wasserfahrzeuge.

»Schauen Sie: Venedig ohne einen einzigen Touristen. Nur das Wasser, die Boote, die Palazzi. So könnte es immer sein. Ist das nicht eine Vision, für die sich meine scharfen Texte lohnen?«

Der Senior hatte, wie er Max-Heinrich sogleich berichtete, währenddessen die Gesuati-Kirche besichtigt und dabei seine erlesenen Vorstellungen mit den architektonischen Realitäten abgestimmt. Die Jesuaten, ein längst aufgelöster katholischer Orden – nicht zu verwechseln mit den Jesuiten –, hätten sich ein Kleinod geschaffen, randvoll mit Preziosen und güldenem Kunsthandwerk. Einmalig seien die Deckenfresken von Tiepolo. Die Jesuaten hätten einst unter der Bevölkerung den Spitznamen »Aquaviten« gehabt, weil sie den Kranken bevorzugt selbst zubereitete Liköre verabreichten.

»Wirklich außergewöhnlich schön dort«, beschied der Senior nach seiner Kirchenbesichtigung.

»Dort auch«, gab Max-Heinrich zurück und nickte mit dem Kinn in Richtung Palazzo.

Der Senior blickte an der Fassade empor. *»Cum plena braccas bonum foetor«*, zitierte er lächelnd. Mit vollen Hosen, so befand der Lateiner, ist gut stinken.

Auf ein Glas Wein mit den Gondolieri

Gleich nach Max-Heinrichs Treffen mit der Grauen Eminenz kam es zu einer Lagebesprechung bei Innocenti. Der Münchner Kriminalkommissar fühlte sich anfangs nicht gut. Nicht körperlich, eher seelisch. Denn das Gespräch bei der Grauen Eminenz hatte, meinte er, weniger als gar nichts gebracht. Wobei: Vielleicht gab es da etwas, was er übersehen oder überhört hatte? Doch er wusste nicht, was das hätte sein können.

Die Ermittler beschlossen trotzdem, weiter dem Motiv der Fremden- und Tourismusfeindlichkeit nachzugehen. Barbara schlug vor, eine Liste von Umwelt- und Bürgerbewegungen zusammenzustellen, die sich in verschieden schrillen Tönen für eine Zugangsbeschränkung der Altstadt starkmachten.

»Ein guter Plan, aber ich würde ihn ergänzen«, sagte Max-Heinrich. »Fragen wir doch auch diejenigen, die *garantiert kein Interesse* daran haben, dass die Tourismusströme versiegen. Auf diese Weise erkennen wir viel klarer, wer auf der anderen Seite steht, und bekommen auch bessere Informationen über mögliche Täter.«

Innocenti nickte zustimmend – da das Hinzuziehen des Deutschen seine Idee war, lobte er sich damit auch selbst. Er hielt Max-Heinrich also offensichtlich nach wie vor für hilfreich. Was dieser erfreut registrierte.

Und so stand Max-Heinrich in Begleitung von Barbara und dem Senior am frühen Nachmittag vor einer kleinen

Bar nicht weit von der Rialtobrücke. Die Bar namens *Al Mercà*, ein beliebter Treff der Gondolieri, lag direkt am Rialtomarkt, neben dem fast hundert Jahre alten Käsegeschäft Casa del Parmigiano und in Sichtweite der Fischstände, die nun allerdings abgebaut waren, denn der Markt schloss schon am Mittag. Auch von den Obst- und Gemüseständen waren nur ein paar zu Boden gefallene Früchte übrig, die auf dem Kopfsteinpflaster malerisch bunt verfaulten.

Der Senior blinzelte in die Sonne, die just in diesem Moment mit überraschender mediterraner Kraft hervorkam und die Temperaturen flugs klettern ließ.

»Früher war mehr Nebel«, greinte er.

»Was du nicht sagst«, sagte Max-Heinrich.

»Ja, echter Nebel braucht saubere Luft, und mit sauberer Luft ist es nicht mehr so weit her.«

»Dafür gibt es ja Smog. Smog ist nur in schmutziger Luft möglich.«

Der Senior blickte seinem Sohn, der im Inneren der Bar verschwand, streng nach.

Einige Gondolieri trugen noch ihre Streifenshirts, zwei sogar noch den schmucken Strohhut, andere waren in Zivil, doch alle erkannte man schon jetzt im späten Frühling an ihrer Gesichtsfarbe, die durchgängig von einem glänzenden Braun war. Sie alle waren sehr stolz auf ihre Arbeit, und wie konnten sie das auch nicht sein? Denn mochte ein Gondoliere auch im Ausland immer etwas bespöttelt werden, galt der Job hier in der Stadt erstens als Ausweis echter Venezianität und war zweitens wegen der begehrten Lizenzen, die vom Vater auf den Sohn – und nie auf die Tochter – vererbt wurden, ungeheuer lukrativ. Sofern die Touristenströme nicht versiegten. Ein fleißiger Gondoliere mit kräftigen Armen verdiente in den Monaten der Hauptsaison fünfhundert Euro am Tag. Wer wenig Wert auf ein intaktes Familienleben legte und von stabilem Hochdruckwetter profitierte, kam in guten Monaten auf enorme Summen. Und Singen durfte ein Gondoliere an seinem Arbeitsplatz auch noch. Nicht schlecht für jemanden, der im Ausland oft als Karikatur dargestellt wurde.

Bei Geld kennt niemand Pardon. Deswegen schien es Max-Heinrich vernünftig, sich hier einmal umzuhören.

Es war wie beim Kindergeburtstag. Bloß, dass es keine Nutellabrote und Toast Hawaii gab, sondern wirklich gutes Zeug: frittierte Tintenfische, Fleischbällchen und Pilze, Oliven, Kapern, Pistazien und Nüsse. Belegte Brote mit Stockfisch, Käse, Tomaten. Käse mit Radicchio. Man konnte einfach zugreifen, und das war ein kulinarisches Konzept, das Max-Heinrich ausgesprochen gut gefiel. Er griff zu, sooft er konnte.

Die *cicchetti* waren dieses Mal auf der Theke bereitgestellt, und dazu gab es einen *ombra*, ein Glas Wein von einer mittelprächtigen bis ordentlichen Qualität, welche den Senior die Nase rümpfen ließ, aber Max-Heinrich gefiel der Geschmack.

Weniger gefiel ihm, dass die Gondolieri schon längst mehr wussten als die Presse. Es reichte, ein paar Gläser Wein zu spendieren und kurz den Bootsunfall mit Übelkrähe zu erwähnen, und schon legten die quergestreiften Tratschtanten los und stellten beunruhigenderweise auch einen Zusammenhang zwischen allen Fällen her – zwischen allen dreien, nicht zwischen den zweien, die offiziell bekannt waren.

»Wenn du mich fragst, ist da ein *pazzo* unterwegs, ein Irrer«, rief einer und biss in ein Stück mit Brot, das mit Olivenpaste bestrichen war.

»Habt ihr von der Statue gehört auf Burano?«, ergänzte ein anderer, und bald war die halbe Bar im lauten Gespräch miteinander.

Max-Heinrich kaute einen Tintenfischring und hörte zu.

»Glatt aus dem Sockel gesprengt, haben sie mir erzählt.«

»Ja, und dann der Pflasterstein, der durchs Hotelzimmer im Gabrieli geflogen ist, also wenn ihr mich fragt …«

»Quatsch, Pflasterstein – eine Patrone war's!«

»Erzähl keine Märchen!«

»*Si, si,* hab's von einem aus dem Hotel gehört.«

»Ein echter Schuss, sagst du?«

»Sage ich!«

»Und die Sache mit dem Fußballer und dem Kapitän, am selben Tag, also wenn ihr mich fragt, das stinkt doch bis …« Ein Gondoliere hob die flache Hand über seinen Kopf.

Ein anderer Gondoliere, der einzige im Raum mit Übergewicht (acht Stunden Rudern verbrauchte ordentlich Kalorien), drehte in einer abschätzigen Geste die Hände mit gespreizten Fingern vor der Brust hin und her und erklärte: »Ein guter Kapitän war er aber auch nicht, hab ich gehört.«

»Soll der Fußballer halt das nächste Mal eine Gondel nehmen.«

»Und wer steckt dahinter?«, warf Max-Heinrich in die Runde, woraufhin sich eine vielstimmige Kakophonie erhob:

»Kein Venezianer.«

»Keiner tritt sich selbst gern auf den Fuß.«

»Ganz sicher keiner von uns!«

»Keine Ahnung, aber wenn wir den finden, gibt es Ärger.«

»Und wenn es kein Venezianer war, wer dann?«, warf Max-Heinrich noch ein.

»*Un pazzo, un pazzo*«, schallte es zurück.

Barbara hatte sich hinter Max-Heinrich in die Bar gequetscht, sich dann aber unauffällig zurückgezogen, als sie die vielen missbilligenden Blicke bemerkte. Sie gesellte sich doch lieber wieder zum Senior, der draußen geblieben war. Sie fanden einen freien Tisch und setzten sich.

Ihre Befragung von Chaud am Vormittag hatte nichts Neues ergeben; sie wunderte sich, wie drei so spektakuläre *Vorkommnisse* so wenige Spuren hinterlassen konnten, und sie hatte nichts dagegen, nun etwas allein zu sein und mit Abstand über diesen langen Tag nachdenken zu können, was inmitten der Gondolieri schwierig gewesen wäre.

Der Senior redete zwar auch auf sie ein, aber sie hatte, wie Max-Heinrich, längst gelernt, die Monologe als unbestimmtes Rauschen in ihrem Gehör ankommen zu lassen.

Die Sache mit Barbara und den Gondolieri war nämlich kompliziert. Barbara stammte aus einer alteingesessenen venezianischen Familie. Ihr Palazzo an der Calle dei Fabbri lag nur wenige Schritte vom Fondamento Orseolo entfernt, der Anlegestelle der Gondeln hinter dem Markusplatz, auf der es zu Stoßzeiten wie im Zirkus zuging. Schlimmer aber: Kurz vor der Calle dei Fabbri begannen die Gondolieri zu singen, und Barbaras resolute Mutter führte seit Jahrzehnten einen Kleinkrieg gegen den Lärm unter ihrem Fenster, denn auch ein »O sole mio« verlor nach fünfzig Versionen pro Tag mit der Zeit doch deutlich an Reiz. Eimerladungen kalten Wassers halfen, doch selten mehr als einen Tag. Und längst war der Kleinkrieg auf unschöne Art eskaliert. Die Gondolieri sangen unter dem Palazzo an der Calle dei Fabbri besonders laut, und Barbaras Mutter vermisste die Nachttöpfe von früher.

»Wussten Sie, verehrte Barbara, dass der Doge Gondeln gern als Geschenk benutzte?«, wanzte sich der Senior nun an sie heran. Und da das Wort Gondeln gefallen war, durchbrach er damit ihre Gedanken und hatte kurz ihre Aufmerksamkeit. »Dem Sonnenkönig Ludwig der Vierzehnte von Frankreich überreichte er mehrere Exemplare und fünfzehn Gondolieri gleich dazu, die in den Kanälen seiner Gartenanlage in Versailles hin und her fahren durften.«

»Was Sie nicht sagen«, flötete Barbara, was den Senior offenbar ermunterte, noch ein paar Histörchen vorzutragen, offenbar verdrängend, dass er die Vertreterin eines ehrwürdigen venezianischen Geschlechts vor sich hatte. Es war, als würde ein Viertklässler einem Mathematikprofessor das Einmaleins erklären.

Apropos ehrwürdiges venezianisches Geschlecht: Barbaras Wunsch, den Beruf des Carabiniere einzuschlagen, hatte in ihrem Umfeld für Fassungslosigkeit gesorgt. Zu den Carabinieri ging man in Italien, wenn einem sonst wenige Aufstiegschancen offenstanden, was den hohen Anteil von Süditalienern erklärte. Aber eine wie Barbara hätte doch, wenn schon auf eine berufliche Karriere »fixiert«, Jura oder Medizin studieren können, so die Meinung vieler. Auch die Meinung vieler Kollegen.

Daher hatte sie sich geärgert, dass man den Deutschen um Amtshilfe gebeten hatte. Was ja überhaupt nicht Max-Heinrichs Schuld war. Aber es schien ihr immer noch, als nähme man sie für nicht voll, trotz ihrer elf erfolgreichen Dienstjahre.

Als der Senior endlich merkte, dass die venezianischen

Fakten eine gewisse höfliche Langeweile bei Barbara hervorriefen, schwenkte er wieder auf Frankreich um und wusste unter anderem zu berichten, dass Ludwig der Vierzehnte seit seinem sechzehnten Lebensjahr keine Zähne mehr besessen hatte, denn damals hielt man Zähne für die eigentlichen Krankheitserreger, und Ludwig genoss das königliche Privileg einer totalen Zahnentfernung, selbstverständlich ohne Betäubung, und den Rest seines Lebens trug er blutende Stümpfe im Mund. »Was nützte ihm da sein Versailles?«, fragte der Senior.

Barbara lächelte die Frage weg und war wieder in Gedanken.

Gondolieri, diese Machos in Strohhüten, hatten ohnehin ein Problem mit der Obrigkeit. Gern zogen sie die erlaubten Gondelstunden in die Länge, nahmen mehr Geld als ausgeschrieben, fuhren kürzer als vereinbart, versteuerten nur einen ganz geringen Teil ihrer Einnahmen. Und sie hatten ein großes Problem mit weiblicher Obrigkeit. Und mit einer weiblichen Carabiniere, *dio mio*, erst recht. Barbara musste also trotz aller Bedenken gegen diesen Menschenschlag zugeben, dass Max-Heinrichs ermittelnde Herangehensweise etwas für sich hatte. Zwischen gut, lästig, dumm und böse einen Trennstrich zu ziehen – das war es doch, was gute Ermittlerarbeit auszeichnete.

In der Bar erklang die »Madonnina del mare«, der Lieblingsgesang aller seefahrenden Italiener, die mit erstaunlicher Effizienz Tränen und Gänsehaut auslöste. Damit war klar, dass Max-Heinrich auf seine eigene Art die Kneipe erobert hatte.

Madonnina del mare
non ti devi scordare di me
vado lontano a vogare
ma il mio dolce pensiero è per te
canta il pescatore che va
Madonnina del mare
con te questo cuore sicuro sarà!

Max-Heinrich wurde zum Mitsingen aufgefordert, also bewegte er gar nicht so ungeschickt die Lippen. *Wenn mich meine Kollegen hier sehen könnten*, dachte er.

Als er anschließend zu seinem Vater und Barbara nach draußen zurückkehrte, konnte er nicht sagen, was er herausgefunden hatte, denn Barbaras Handy begann einen lautlosen Vibrationstanz auf dem Tisch.

Der Colonello war dran.

Die Polizei – *die Polizei und nicht die Carabinieri!* – hatte einen Geständigen.

Herostrat

Der Colonello und die Abordnung, die bei den Gondolieri ermittelte hatte, trafen zur gleichen Zeit im Polizeipräsidium Venedigs ein. Für die Carabinieri, immerhin nominell eine Militäreinheit, war es beinahe Ketzerei, zu den »Verkehrslenkern« zu gehen. Das war einer der vielen Spitznamen für die Polizei, erklärte Barbara den Deutschen. Und der Colonello sorgte mit dem Ausdruck *Ausiliari di traffico* für eine Erweiterung von Max-Heinrichs Aktivwortschatz. Er kannte diese Sticheleien auch aus Deutschland: Die Autobahnpolizei hieß bei den Kollegen »Geradeauspolizei«, die Grenzschützer waren die »Fichtenpisser«.

Das Präsidium war ein wuchtiger moderner Ziegelbau im Sestiere Santa Croce, nicht weit von der Piazzale Roma, von der aus die Touristen täglich und unerbittlich in die Stadt sickerten. Seine gesamte Architektur drückte Stumpfsinn, Bürokratie und Denkfaulheit aus.

Arcangelo Belladonna hingegen war eine fleischgewordene Skulptur des Triumphs. Er hielt seinen schlaffen Körper unnatürlich gerade, und die Mundwinkel hatten sich bedenklich den Ohrläppchen angenähert. Er setzte die Carabinieri und die beiden Hempels knapp in Kenntnis der neuen Lage.

Der Mann, der am frühen Nachmittag in die Wache gekommen war, hatte gestanden, den Schuss auf Chris Cocks Hotelzimmer abgegeben zu haben. Es handelte sich um einen achtundzwanzigjährigen Umbrier namens Marco

Antonio Riccardi, der mit fünfzehn ans Conservatorio Benedetto Marcello nach Venedig gekommen war, ein begabter Pianist aus gutem Hause, der aber in die Drogenszene von Mestre abgerutscht war und sein Geld mit Dealen, Taschendiebstahl und, wenn er nicht gerade zugedröhnt war, mit Blitzschach gegen Touristen verdiente. Denn dumm war er nicht.

Zwei Beamte, die von der Hausdurchsuchung bei Marco Antonio kamen, unterbrachen das Gespräch kurz, als jeder eine große Kiste in Belladonnas Büro trug. Darin befanden sich je zwanzig prallgefüllte Aktenordner. Es handelte sich ihrer Aussage nach ausschließlich um abgeheftete Artikel über Hollywoodstars aus allen möglichen Zeitschriften und in allen möglichen Sprachen, teilweise auch aus dem Internet kopiert. Das Ordnungsprinzip war streng chronologisch.

Es war eine beeindruckende Sammlung, musste Max-Heinrich zugeben, der Belladonna über die Schultern blickte, welcher mit Gummihandschuhen die Ordner durchblätterte.

»Und es ist kein Verrückter?«, erkundigte sich Max-Heinrich, nachdem Belladonna die Akten zur kriminologischen Untersuchung fortschaffen ließ.

»Das halte ich für ausgeschlossen«, antwortete der Questore arrogant. »Er weiß Dinge, die nur ein Attentäter wissen kann.«

»Nämlich?«, fragte Barbara.

»Zum Beispiel, dass es ein Schuss war. Bislang war doch nur von einem Vogelschaden die Rede.«

»Aber das wissen doch inzwischen fast alle, bloß dass es noch nicht in der Presse stand«, sagte Max-Heinrich unvorsichtigerweise.

Belladonna blickte ihn von oben bis unten und von unten bis oben an. Er überlegte sich wohl, welche Beleidigung für diesen graublonden Wirrkopf mit dem komischen Akzent die passende wäre, beließ es dann aber bei einem gezischten *tedesco*, was ihm ausreichend erschien.

»Zum Beispiel wusste er auch Cocks Suite«, näselte er dann. »Sie dürfen bei der Befragung gern zuhören.«

Der karge Verhörraum hinter dem polizeiüblichen Spiegel wurde ganz von Roccos Rücken ausgefüllt, dem Mann mit dem harten Schlag. Erst, als er sich an den Verhörtisch setzte, konnten die Hempels, Barbara und der Colonello sehen, wie sich Marco Antonio freute. Der Geständige hatte einen Zehntagebart und etwas abgenutzte Kleidung, wirkte für einen Drogenabhängigen aber nicht unbedingt abgewrackt. Das Studentische behielt in seiner Erscheinung noch die Oberhand. Er zappelte, da war sich Max-Heinrich rasch sicher, nicht aus Unruhe, er schien eher eine Art Vorfreude zu verspüren.

»Also, ich wiederhole: Ihr Name ist Marco Antonio Riccardi«, setzte Rocco mit einem kurzen Blick zum Spiegel erneut zur Befragung an.

»Giusto.«

»Marco Antonio. Ein eher ungewöhnlicher Vorname.«

»Meine Eltern setzten große Hoffnungen in mich.«

»Die Sie zunächst auch erfüllt haben. Mit zwölf erste Auftritte als Pianist, unter anderem gemeinsam mit Richard Clayderman. Mit fünfzehn Begabtenstipendium am Conservatorio Benedetto Marcello. Dann begannen die Probleme. Erste Vorstrafen wegen Drogenbesitzes mit achtzehn. Schachjugendmeister der Region mit neunzehn.«

»Giusto.«

»Vierundzwanzig weitere Anzeigen wegen Hausfriedensbruch, Taschen- und Ladendiebstahl, Unterschlagung, Hehlerei.«

»Nicht zu vergessen zwei leichte Fälle von Körperverletzung«, ergänzte Marco Antonio erfreut.

Diese Freude kam bei Rocco nicht gut an, der nun vom lapidar referierenden Polizisten auf *bad cop* umschaltete, eine Rolle, die er glänzend ausfüllte. Er beugte sich über den Tisch und schob sein Gesicht ganz nah an Marco Antonio heran, und die breiten Schultern sorgten dafür, dass sich schlagartig ein unheilvoller Schatten auf den Verdächtigen herabsenkte.

»Das Lachen wird dir vergehen, du nichtsnutziger Möwendreck.« Rocco brachte es fertig, sehr laut zu flüstern. »Wenn ich mit dir fertig bin, dann kalfatert man mit den Resten deines jämmerlichen Körpers die Müllboote, die die getrocknete Touristenscheiße nach Sacca San Biagio transportieren.«

Barbara erklärte Max-Heinrich, dass die genannte Müllverbrennungsanlage schon seit dreißig Jahren geschlossen sei. Marco Antonio nebenan schien das nicht zu wissen, oder er wollte sich dieses Wissen nicht anmerken lassen – er erhob vorerst keine faktischen Einwände.

Rocco erhob sich halb von seinem Stuhl und machte eine Geste, die von Weitem als aufmunterndes Schulterklopfen interpretiert werden konnte, doch das schwere Klatschen von Roccos Pranken auf Marco Antonios nun deutlich gekrümmteren Körper war noch hinter dem Spiegel schmerzhaft laut.

»*Allora*. Sie sind geständig, am Donnerstag vorletzter Woche von einem Motorboot aus einen Schuss auf das Hotel Gabrieli abgegeben zu haben, just auf jenes Zimmer, in dem der Schauspieler Chris Cock residierte?« Rocco saß nun wieder entspannt auf seinem Platz.

»Dürfen mein Kollege und ich an der weiteren Befragung teilnehmen?«, fragte Barbara plötzlich, auch zu Max-Heinrichs Überraschung. Der Colonello und der Senior brummten zustimmend, ihnen gefiel die Idee.

Es war Arcangelo Belladonna deutlich anzusehen, dass er überlegte, ob ihm die Carabinieri den Ruhm streitig machen könnten. Doch er kam wohl zu dem Schluss, dass das unmöglich wäre, schließlich befand sich der Verdächtige ja bei ihm – also nickte er.

»Ein beachtliches Archiv, das Sie da über Chris Cock angelegt haben«, begann Barbara, sobald sie und Max-Heinrich in den Verhörraum gegangen und sich nach einem knappen Nicken in Roccos Richtung ebenfalls am Tisch niedergelassen hatten.

»Ich musste über ihn Bescheid wissen«, stieß Marco Antonio hervor, der sich offenbar angesichts des verdreifachten Publikums geschmeichelt fühlte.

»Warum mussten Sie das?«

Er beugte sich vor und flüsterte: »Chris Cock wollte mich fertigmachen.«

»Und Sebastian Übelkrähe?«, bluffte Max-Heinrich. »Über den haben Sie auch Material gesammelt, nicht wahr?«

Marco Antonio zögerte eine Weile, dann nickte er, und seine Augen flackerten: »Ja, ja, ja!« Er geriet in so starke Wallungen, dass er fast mit dem Hintern über dem Vernehmungsstuhl zu schweben begann. »Natürlich, der mit dem Boot, richtig? Ja, ja, ja!«, rief er. »Alles mein Werk! Denn Sie müssen wissen, dass die Entertainmentwelt sich gegen uns alle verschworen hat und uns absichtlich dumm und klein und unwissend hält. Sport, Film, Fernsehen – alles voller willfähriger Marionetten, die uns bei Laune halten sollen, damit wir nicht merken, was wirklich gespielt wird.«

Max-Heinrich kannte diese Argumentation: Marco Antonio war offenbar auf einem schweren Trip hängengeblieben und in die Welt der Verschwörungstheorien herabgeglitten, aber nicht in jene der harmlosen Filmwelt (JFK-Mord, päpstliche Geheimbünde), sondern in die richtig schräge Dunkelheit – in der außerirdische Echsenwesen regieren. Er seufzte.

»Und warum sollte Pierre-Paul Chaud erschlagen werden?«, fragte Barbara.

Marco Antonio hob die Hände. »Wie … wer ist das? Nein, dafür kann ich nichts.«

»Und wer ist der Puppenspieler, der all Ihre Marionetten steuert?«, erkundigte sich Max-Heinrich. »Das Großkapital? Die Pharmaindustrie? Außerirdische?«

Marco Antonio schüttelte den Kopf, dann hob er, als müsste er sich ergeben, die Arme. »Wenn ich es Ihnen verrate, werden wir alle auf der Stelle sterben.«

»Also Außerirdische.«

Rocco hatte genug von dem Firlefanz und übernahm wieder die Befragung, doch die Aussagen blieben dürftig. Das Gewehr, aus dem Marco Antonio den Schuss abgegeben habe, gehöre seinem Vater, der einen Jagdschein hatte. Das Schießen habe er von ihm in den umbrischen Wäldern gelernt. Er habe es vor einigen Monaten in seinem Auto in die Stadt geschmuggelt, die Munition habe er in einem Waffengeschäft bei Treviso gekauft, gegen Vorlage des Waffenbesitzausweises seines Vaters. Nein, er könne es nicht vorzeigen, denn die Waffe habe er gleich am Tag nach dem Anschlag in einem Waldstück in den Colli Berici bei Vicenza weggeworfen.

Max-Heinrichs Skepsis wuchs.

»Und wie haben Sie den Unfall mit Übelkrähes Kapitän gedreht?«, hakte er deshalb nach. Schließlich wussten nur die Polizeikräfte von dem Opiat im Körper des Toten.

Marco Antonio beugte sich vor und flüsterte mit vor Erregung heiserer Stimme: »Kein Unfall. Das war ich. Mit einem Blasrohr.«

Max-Heinrich sah Barbara und Rocco an. Barbaras Mund stand offen, und Rocco wirkte, als hätte er große Lust, seine Pranken noch einmal auf Marco Antonios Schlüsselbeine hinabzusenken.

»Ein Blasrohr?«, wiederholte Barbara fassungslos.

»Mit vergiftetem Pfeil. Lautlos. Ich habe das Schießen in Brasilien gelernt und bin auf dreißig Meter genau.«

Hier stimmte etwas ganz und gar nicht – das war nun jedem im Raum klar. Doch bevor Rocco etwas einwenden konnte, führte Max-Heinrich die Befragung weiter.

»Welches Gift?«

»TTX.«

»TTX?«

»Tetrodotoxin. In geringen Dosen ein ganz entspannendes Mittel, dein ganzer Körper wird weich. Der neue heiße Scheiß da draußen, ihr solltet das eigentlich wissen. In etwas höheren Dosen wird das Opfer gelähmt.«

»Wo gekauft?«

»Bei meinem Dealer in Mestre.«

»Haben Sie zuerst das Tetrodotoxin für Übelkrähes Kapitän gekauft oder zuerst die Patronen fürs Gewehr?«

»Äh, erst das Tetrodotoxin.«

»Und haben Sie es vor der Mittagszeit oder nach der Mittagszeit gekauft?«

»Nach der Mittagszeit?«, antwortete der Befragte zögernd und verunsichert zugleich.

»Und nachdem Sie das Tetrodotoxin gekauft haben, was haben Sie dann gemacht?«

Marco Antonio wand sich hilflos auf seinem Stuhl. »Das weiß ich nicht mehr.«

»Also noch einmal zurück: War erst das Gewehr mitsamt der Patronen in Ihrem Besitz oder erst das Tetrodotoxin?«

Marco Antonio überlegte lange. »Erst das Tetrodotoxin.«

»Und welche Farbe hatte es?«

»Das Tetrodotoxin? Äh, blau. In so einer Ampulle. Nein, eher bläulich-grünlich.«

»Trug Ihr Dealer eine Baseballmütze?«

Marco Antonio nickte langsam. »Ja, er trug so eine Mütze.«

Während Rocco konsterniert schaute, lächelte Barbara. Sie schien zu wissen, was Max-Heinrich vorhatte.

»Was stand darauf? Ein Symbol, ein Schriftzug?«

Marco Antonio zuckte die Schultern. »Das weiß ich nicht.«

»Hat Carducci Sie zu den Anschlägen aufgefordert?«

»Nein. Wer ist das?«

»Also noch einmal: Welche Farbe hatte das Tetrodotoxin?«

»Es war grün.«

»Nicht bläulich?«

»Herrje, so genau weiß ich es nicht mehr.«

Es war die letzte große Aufgabe für heute, denn die Stadt hatte sich schon spürbar geleert: Eine chinesische Reisegruppe stand artig am Anleger des Kanals und wurde in

Vierergruppen in die Boote verfrachtet. Acht Gondeln hatten sich eingefunden, ein Gondoliere half beim Einsteigen, was für nautische Neulinge durchaus eine Herausforderung war. Denn eine Gondel mit ihrer schmalen, grazilen Form ist eindeutig für ruhiges Wasser gemacht und kann leicht ins Schwanken geraten; je übergewichtiger die Zuladung, desto stärker. Der helfende Gondoliere und seine Kollegen machten sich in dem heute etwas kabbeligen Kanalwasser einen Spaß daraus, die Chinesen auf die Boote zu verfrachten. »Sieh zu, wo du deine Hände hast!«, riefen sie gerade, als die älteste und dickste Frau der Gruppe in die Gondel geleitet wurde.

Vier Pfützen Espresso erfrischten Pasquale Innocenti, Barbara und die Hempels. Der Tisch, an dem die vier mit Blick auf das Spektakel saßen, war so klein, dass er mit den vier Untertassen komplett belegt war.

Mit dem Verhör war es noch einige Zeit weitergegangen, und Marco Antonio war bald aufgeflogen. Nur mit dem Tetrodotoxin hatte er tatsächlich recht gehabt, wie die Gerichtsmediziner bald bestätigten.

»Clevere Lügner können einem treuherzig in die Augen blicken und trotzdem die abenteuerlichsten Märchen erzählen«, erläuterte Max-Heinrich dem interessierten Colonello seine Verhörtaktik, »doch zwei Umstände verraten sie: erstens die unscharfen Details, zweitens die zeitliche Abfolge. Wer die Wahrheit sagt, hat keine Probleme, sich an völlig nebensächliche Einzelheiten zu erinnern. Wer bei einem Überfall zu Boden gestoßen wird, kann sich trotz des Schreckens an die Musterung des Marmors erinnern. Und: Er kann an jedem beliebigen Punkt in die Geschichte einsteigen. Ein Lügner dagegen …«

Der Senior unterbrach ihn: »Ein Lügenbold hat Schwierigkeiten, wenn man die chronologischen Abläufe durcheinanderbringt, wenn man ihn also von der Mitte seiner Geschichte erzählen lässt. Was mich an einen Fall erinnert, der sich 1978 in Unterhaching zugetragen hat, bei dem …«

Innocenti räusperte sich so lautstark, dass auch der Senior es verstand.

Marco Antonio hatte in all diesen Punkten ziemlich jämmerlich versagt. Verrückte, die sich selbst Verbrechen bezichtigen, die sie nie begangen haben (oder die gar nie begangen worden sind), gehören beinahe zur täglichen kriminalpolizeilichen Arbeit. Zwar behielt Arcangelo Belladonna ihn vorerst in Haft, doch es war wohl nur eine Frage der Zeit, bis er freikommen und allenfalls eine Anzeige wegen Behinderung der Polizeiarbeit erhalten würde.

Dann gab es einen kleinen, aber für Max-Heinrich nicht unbedeutenden Zwischenfall. Lange Beine und wacklige, leichtgewichtige italienische Bistrotische – an dieser Kombination waren schon viele ungelenke Kerle aus dem Norden gescheitert. Auch Max-Heinrich blieb die Schmach nicht erspart, beim Übereinanderschlagen der Beine die Tischplatte mit dem Knie anzuheben. Es schepperte gewaltig, die Espressi schwappten bedrohlich, doch das Desaster blieb aus. Max-Heinrich lief rot an, Barbara lächelte.

Hatte sie seine geröteten Wangen bemerkt?

»Ein Herostrat«, bestimmte der Senior und beendete Max-Heinrichs Grübeleien.

»Ein was?«, fragte er nach.

»Just in der Nacht, in der Alexander der Große geboren wurde, steckte ein Hirte namens Herostrat den Artemis-Tempel in Ephesos in Brand, eines der sieben Weltwunder. Sein Motiv: Er wollte berühmt werden. Was ihm ja gelungen ist.«

»So wie Mark Chapman, der John Lennon erschoss?« Innocenti sah den Senior fasziniert an.

»Sehr richtig. Die Ironie an Herostrat ist, dass man ihn mit einer *damnatio memoriae* belegte und seinen Namen aus allen Dokumenten tilgte. Selbst wer seinen Namen nur aussprach, wurde getötet oder verbannt. Wie man heute merkt, mehr als zwei Jahrtausende später, ist das nicht recht gelungen.«

»Mein Fachgebiet ist voller Herostraten«, berichtete Barbara. »In den Siebzigerjahren schlug ein irrer Ungar, der sich für Jesus hielt, mit einem Hammer auf Michelangelos *Pietà* ein, und Rembrandts *Nachtwache* erwischte es gleich dreimal.«

»Ich erinnere mich an ein Säureattentat auf ein Rubens-Gemälde in der Alten Pinakothek in den Fünfzigerjahren«, wusste der Senior zu berichten.

Barbara nickte. »Auch Dürers Werke mussten immer wieder leiden. Gern Messer, gern Säure.«

»Dann sind die Prominenten die Kunstwerke der heutigen Zeit«, folgerte Innocenti.

»Allerdings gibt es in unserem Fall einen wichtigen Unterschied zu Herostrat«, wandte Barbara ein. »Er hat die Tat wirklich begangen. Unser Marco Antonio ist dagegen wohl nur ein Wirrkopf.«

Beim zweiten Espresso – es war ein gar zu schöner Nachmittag, um ihn im Büro ausklingen zu lassen – setzte der Colonello zu einer neuen Theorie an: »Ich habe mich ja lange gegen den Gedanken gewehrt, aber was ist, wenn wir einem Phantom nachjagen?«

Barbara zog vor Schreck die Luft ein. Max-Heinrich wusste sofort, was sie meinte: Innocentis Theorien waren bislang, das hatte auch er verstanden, nicht gerade Meisterwerke der Kriminalgeschichte gewesen.

»Sie glauben nun doch an einen Zufall?«, fragte Max-Heinrich.

»Ich halte es nicht mehr für ausgeschlossen.«

»Mit Verlaub, Colonello«, widersprach Barbara. »Wäre es nur eine herunterfallende Statue, dann könnten wir darüber reden. Möglich, dass auch ein Schwäche- oder ein Schlaganfall eines Bootskapitäns vorkommen kann. Wobei in seinem Blut Opiate nachgewiesen wurden …«

»… die aber nicht in einem kausalen Zusammenhang mit den eben genannten Anfällen gebracht werden konnten.«

»Ja, klar, weil der Kopf sich praktisch pulverisiert hat«, erwiderte Barbara scharf. »Aber wie passt der Gewehrschuss in Ihre Zufallstheorie?«

»Vielleicht müssen wir die Vorkommnisse wirklich getrennt betrachten? Es ist schließlich seit jenem dunklen Donnerstag nichts mehr geschehen. Vielleicht ist es keine Serie, und wir machen uns viel zu viele Sorgen?«

»Wie meinen Sie das?«, fragte Max-Heinrich.

»Also angenommen, die Statue mit dem Designer und der Bootsunfall mit dem Fußballer waren wirklich nur ein Zufall, und bei beiden Vorfällen ging es gar nicht um die Prominenten. Es hätte jeden Venezianer oder vorbeikommenden Touristen treffen können. Wenn man das bedenkt, dann bleibt nur noch der Schuss«, führte Innocenti aus.

»Schlechterdings ein zufälliges Ereignis«, erklärte Barbara. »Dass die Unglücksfälle am selben Tag geschahen und damit wie ein Fanal aussahen, war schließlich der Grund, dass wir von Beginn an nach einem Täter gesucht haben, nicht wahr?«

»Und alles einen Tag nach dem Aufruf der Grauen Eminenz im *Il Critico* zur Selbstjustiz«, unterstützte Max-Heinrich seine Kollegin.

»Aber Commissario, *Selbstjustiz* ist ein zu starkes Wort.« Innocenti ließ die Fingerspitzen beider Hände gegeneinander tanzen. »Hier ist meine Idee. Man weiß, dass das Gabrieli Schulden angehäuft hat. Hundertzwanzig Millionen Euro, heißt es.«

»Kaum zu glauben, wie ein Hotel mit einer solch beeindruckenden Geschichte so etwas hinbekommt«, warf der Senior kopfschüttelnd ein.

»Ja, eine erstaunliche Leistung. Die hiesige Presse hat über die Schwierigkeiten berichtet. Die Touristen aus den USA und Russland und Arabien wissen das natürlich nicht, die Einheimischen aber sehr wohl. Zumindest die zwei, drei Menschen, die den Wirtschaftsteil einer Tageszeitung lesen. Vielleicht wollte man so auf sich aufmerksam machen?«, mutmaßte Innocenti.

»Mit einem ermordeten Prominenten?«

»Mit einem verschreckten Prominenten. Denn das Gabrieli hat vielleicht damit gerechnet, dass wir den Schuss publik machen, und dann hätte immerhin die ganze Welt gewusst, dass Chris Cock dort absteigt. Das ist doch von unschätzbarem Wert!«

Ein Influencer wird gepiekst, eine Diva wird geschubst

Sonntag, 16 Grad, vorerst trocken (unentschlossene Gewitterwolken), Touristenstrom über der Erträglichkeitsgrenze

Der Tod des Kapitäns hatte ihm bald nichts mehr ausgemacht. Ja, es hatte diesen ersten Schock, dieses pelzige Tierchen mit seinen kalten Füßchen gegeben, das ihm die Wirbelsäule hinabgekrabbelt war. Und das Schlimmste war gewesen: Es hatte einen Venezianer getroffen und nicht etwa den ausländischen Fußballer. Auch wenn es eigentlich niemanden *treffen* sollte. Einen Schrecken wollte er einjagen. Venedig gefährlich machen. Touristen abstoßen. Venedig sollte kein Freizeitpark sein, kein Disneyland, sondern eine echte, raue Stadt. Mit schlimmen Unfällen, tragischen Unglücken. Besonders gefährlich für besonders berühmte Personen. Denn nur die sorgten für weltweite Schlagzeilen. Und da Venedig von Menschen aus aller Welt überlaufen, an die Wand gedrückt und vernichtet wurde, brauchte es globale Aufmerksamkeit. Venedig sollte wieder den Venezianern gehören. Und jenen vornehmen Besuchern, die Kunst und Kultur zu schätzen wussten.

In der ersten Nacht hatte er schlecht geschlafen. In der zweiten Nacht hatte er noch ein paar und in der dritten schon keinen Gedanken mehr an den Kapitän verschwendet. Und wann immer die Erinnerung seither doch hochkam, dann tröstete er sich: Der Kapitän hatte ja keine Familie zurückgelassen. War zudem ein Gockel und Säufer gewesen und hatte Spielschulden gehabt. Wenn er mal eine Freundin gehabt hatte, dann war sie bald vor ihm geflüchtet, oft mit einem hilflos überschminkten blauen Auge. Es hatte sicher nicht den wertvollsten Menschen der Schöpfungsgeschichte getroffen, eher einen Nachfahren aus der DNA eines Pickels an Adams Hintern. Und außerdem war es ja ein schneller, gnadenvoller Tod gewesen.

Das mediale Echo war überraschend verhalten gewesen und hatte sich oft mit einem amüsanten Unterton auf die Tatsache beschränkt, dass ein deutscher Ex-Fußballer baden gegangen war – als wäre es ein Slapstickfilm in Schwarz-Weiß mit Stan und Ollie.

Auch der Schuss: etwas unüberlegt, nicht seine klügste Handlung. Zu brachial, zu wenig feinsinnig. Irgendwie unvenezianisch. Die Statue: schon besser. Aber auch das wurde von der Presse als unglücklicher Zufall abgetan. Nichts zu hören und nichts zu sehen von der Polizei oder den Carabinieri – keine Pressekonferenz, keine Aufrufe oder Warnungen an die Bevölkerung.

Er wollte ja allen auch nur einen Schrecken einjagen. Aber reichte das? Und war überhaupt jemand ernsthaft verschreckt, obwohl es sogar einen Toten gab?

Beim nächsten Schritt musste jeder Zweifel beseitigt werden. Es mussten Anschläge von so eindeutigem Zuschnitt sein, dass niemand mehr von »Unglücksfällen« sprechen konnte.

Und wenn nicht? »Feigling« würden sie ihn nennen, »Versager«.

In luziden Momenten war ihm völlig klar, wie manipulativ sie waren. Puppenspieler, von deren Fäden er sich einfach nicht befreien konnte. Doch in der Sache hatten sie recht: Einer musste es tun. Einer musste die Stadt retten. Warum also nicht er?

Es waren weitere Opfer nötig. Für die Sache – und natürlich auch für sie. Wie gut, dass er immer wusste, wer in der Stadt war. Seit den letzten Anschlägen hatte sich keine Gelegenheit ergeben. Doch heute, ja, heute war der perfekte Tag.

Die Akne war überhaupt kein Problem, im Gegenteil – sie bildete eine leicht zu überquerende Brücke zwischen ihm und der Akne seiner Follower, deren Zahl, wie er am Morgen mit einem Lächeln festgestellt hatte, erneut um ein paar hundert gewachsen war. Derzeit folgten Finn Meyerlinck, einem siebzehnjährigen Teenager aus Gelsenkirchen, fast zwei Millionen Menschen auf YouTube, nicht nur Deutsche, sondern ein internationales Publikum Acht- bis Achtzehnjähriger, weil er sich in einem hilflosen, irgendwie süßen Englisch präsentierte. Das Lächeln übrigens wurde von einer Zahnspange in Form gehalten, ein weiteres Detail, das ihn seiner Gefolgschaft zugänglich und menschlich machte. Natürlich hieß er im Netz nicht Finn Meyerlinck; seine nach Pickelcreme und Kim-Kardashian-Parfüm duftenden Fans kannten ihn nur unter dem Namen »Q-Tippy«. Als solcher hatte er als Vierzehnjähriger begonnen, von seinem Kinderzimmer aus typische Teenager-Produkte zu testen und zu kommentieren, vom Abdeckstift über den Schlafanzug in Form der Disney-Figur Stitch bis zum *Star-Wars*-Lichtschwert mit Geräuscheffekten. Das machte ihn innerhalb eines Jahres zu einem Internet-Star. Fast genauso berühmt wie er war sein Hund Willibald, ein hechelnder, sabbernder Mops, der immer wieder durchs Bild lief und der so überzüchtet war, dass es wirkte, als sähe man ihm beim Sterben zu.

Finn Meyerlinck konnte sich den ganzen Ruhm nicht erklären und fand es an manchen Tagen sogar befremdlich, was vielleicht für seine nicht unsympathische Wirkung auf den Computerbildschirmen und Handydisplays dieser Welt sorgte.

Und nun war Q-Tippy in Venedig angekommen.

Er verbarg sich wieder einmal im Schatten, stand hinter einem Postkarten- und Souvenirstand, der um diese Zeit noch geschlossen hatte, und sah so unauffällig wie möglich zur Seufzerbrücke hinüber. Der Junge, der sich dort mit aufreizend gelangweilter Körperhaltung aufgebaut hatte, wie sie nur Teenager beherrschen, ging dem Beobachter im Schatten schon deshalb gegen den Strich, weil er einst selbst davon geträumt hatte, seinen hunderttausend Followern schöne Geschichten aus Venedig mitzuteilen. Doch über zweihundertdreiunddreißig Follower war er nie hinausgekommen. Dabei hatte er alles versucht: immer denselben Filter, Hashtags in allen relevanten Sprachen (#Venezia #Venice #Venedig #Venise #Venecia). Aber es gab einfach zu viele Menschen, die täglich zu viele Fotos seiner Stadt schossen und online stellten. Dabei bildeten sie immer das Gleiche ab und sammelten dennoch so viel mehr Likes als er. Was sollte das? Diese Touristen hatten keine Ahnung! Fotografierten den Markusturm zur Morgen- und Abenddämmerung, die Gondeln am Anleger, den Bacino di San Marco, die Pferde auf dem Dom, die

Löwen am Arsenale. Wie banal, wie durchschaubar! Und trotzdem tausend und mehr Likes pro Bild! Er hingegen, der sich bemühte, das andere Venedig zu zeigen, die menschenleeren Gassen, die stillen Kanäle … nichts. Zehn, fünfzehn Likes. Erbärmlich.

Er fühlte sich wie damals, als zwanzig Verlage sein Manuskript abgelehnt hatten, eine Romanze zwischen einer blinden französischen Touristin im Rollstuhl und einem taubstummen Venezianer. Die Liebesgeschichte war ihm, wie er fand, hervorragend gelungen; zugegeben, die Dialoge hatten sich als etwas mühevoll herausgestellt, aber daran hätte man feilen können. Doch neunzehn Verlage hatten es nicht einmal gelesen, der zwanzigste hatte ihm geraten, eine schriftstellerische Karriere auf keinen Fall weiterzuverfolgen. Seither erblickte er vor seinem geistigen Auge immer wieder ein Flammenmeer, in welchem alle Buchmessen samt allen Büchern, Autoren und Lektoren der Welt heiß versanken.

Jedenfalls kam dem Beobachter dieser pickelige Influencer mit seinen zwei Millionen Followern genau recht. Als er sich nun aus dem Schatten löste und sich nach vorne beugte, blitzte Stahl im Morgenlicht auf. Diesmal hatte er eine besondere Waffe aus seinem Arsenal dabei – beängstigend lautlos und gefährlich effektiv.

Q-Tippy hatte gemeinsam mit seinen Eltern, die sich um seine Finanzen kümmerten, ein neues lukratives Geschäftsfeld ausgeknobelt, denn die monetären Möglichkeiten seiner Beliebtheit nahm er durchaus gern mit: beliebte Reiseziele auf ihre Teenietauglichkeit abzuklopfen; auch wenn Willibald zu Hause bleiben musste, was ihn ein paar tausend Follower vor allem in der Zielgruppe der acht- bis zehnjährigen Mädchen kostete. Gerade war er aus Ibiza zurückgekehrt, eine Insel, die er mit »gerade noch okay« bewertet hatte. Ein Ausflug nach St. Moritz über Ostern war eher ein lähmendes Desaster für einen an Lärm, Trubel und Gekreisch gewöhnten Pubertierenden gewesen, trotz oder besser wegen der Übernachtung im piekfeinen Badrutt's Palace und dem Verwöhnprogramm im Spa. Und an diesem Morgen (untypisch früh – aber, das Licht!) hatte sich Q-Tippy, bewaffnet mit iPhone 11 Pro Max und extralangem Selfiestick, auf den Weg durch Venedig gemacht. Als Influencer ersten Grades durfte er mit seinen Eltern für lau residieren, wo er wollte, und er hatte sich, nicht dumm, das neue Luxushotel JW Marriott auf der dem Markusplatz vorgelagerten Isola delle Rose ausgesucht, einer Örtlichkeit, auf die man erst die Leprakranken und später die geistig Umnachteten der Lagunenstadt verräumt hatte.

Nun also stand er schon seit einer Viertelstunde vor der Seufzerbrücke, die leider aufgrund von Restaurierungsarbeiten halb verhüllt war. Das würde auf seiner Okay-Skala doch ein paar Abzüge geben. Finn blickte gerade zurück auf den Bacino di San Marco, als ihn etwas heftig an der Brust traf und er rücklings zu Boden fiel. Aus seiner linken Brust – *konnte das wahr sein?* – ragte ein Pfeil. War er jetzt tot?

Doch es schien alles in Ordnung zu sein. Er atmete. Er spürte den kühlen Stein unter sich. Alle Gliedmaßen ließen sich bewegen. Ein paar Touristen und Einheimische, die sich um ihn geschart hatten, wollten ihm auf die Beine helfen, ein paar andere Touristen und Einheimische sagten, es sei besser, wenn er liegen bliebe. Es war eine ziemlich surreale Situation. Ein cooles Videospiel eigentlich. Aber tot war er nicht. Er blutete nicht mal. Doch, jetzt ein bisschen.

Zwei Stunden später klärte Finn Meyerlinck direkt aus dem Krankenhaus via Instagram und Zweithandy seine Follower auf: Der Pfeil hatte exakt die Brusttasche getroffen, in welcher Q-Tippy kurz zuvor sein Handy deponiert hatte. Das iPhone 11 Pro Max war sauber durchbohrt, der Aufprall hatte der Pfeilspitze aber jede Durchschlagskraft genommen und lediglich eine Fleischwunde verursacht, die inzwischen mit wenigen Stichen genäht worden war. Das verstörend geniale Bild des von einem Pfeil durchbohrten Handydisplays sollte das meistgelikte, meistgeteilte Bild seines bisherigen Influencerlebens werden. Die Zahl seiner Follower stieg innerhalb weniger Stunden um hundertfünfzigtausend. Viele der Online-Kommentatoren glaubten an eine Inszenierung.

Raffaella Pouh-Aire brauchte für Tagesgagen unter fünfzigtausend Dollar gar nicht erst aufzustehen. Als Zwölfjährige hatte sie schon Quentin Tarantino als Muse gedient, mit fünfzehn bekam sie die Hauptrolle in einer Netflix-Erfolgsserie über gelangweilte Teenager, die aus Spaß ein Mobbing-Netzwerk aufziehen, mit sechzehn kam sie aufs Cover der *Teen Vogue* und ein paar Monate später bereits aufs Cover der *Vogue* – als nur eines von fünf Models, die jemals auf beiden Covern erschienen waren, und als erstes Model überhaupt, das diesen Aufstieg innerhalb eines Kalenderjahres geschafft hatte. Für die *Vogue* hatte man ihr nach einer Idee der Art-Direktorin den Kopf rasiert, um ihr »kriegerisches Ich« hervorzuheben: Nein, sie war keiner dieser Kinderstars, die in den Mühlen Hollywoods zerquetscht werden würden. *Kill Me If You Can*, hatte unter ihrem Coverfoto gestanden. Und diesen martialischen Look behielt sie fortan bei.

Aus einer dysfunktionalen und multipel geschiedenen Schauspielerfamilie stammend, hatte sie nicht lange gebraucht, um eine schwere Zickigkeit zu kultivieren. Sie besaß allerdings auch das Talent, sich stets die besten Jobs auszusuchen, was ihr eine Aura von Avantgarde und Intellekt verlieh und sie umso begehrter machte, strahlte diese Aura doch auf alle ab, die mit ihr zusammenarbeiteten. Und wer wollte kein avantgardistischer Intellektueller sein?

Der polnisch-türkische Performancekünstler Watscheslaw Çalhanoglu, der als Superstar der kommenden Kunstbiennale gehandelt wurde, hatte die junge Engländerin in Venedig gebucht. Er wollte mit ihr eine Art Fotoserie machen, hatte aber noch nicht den Hauch einer Idee – was jedoch zu seinem Konzept gehörte. Er ließ sich von der Situation spontan inspirieren, denn sein Genie, so versicherte ihm seine Entourage immer wieder, würde ihm schon den rechten Einfall zur rechten Zeit zufliegen lassen.

Also platzierte er Raffaella auf der Brüstung der Rialtobrücke, in Springerstiefeln und in einem Overall in Military-Tarnfarben. Sie sollte sich lasziv räkeln, was Watscheslaw Çalhanoglu als ausgezeichnete Eingebung befand. Und der Look passte ja auch gut zu Raffaellas US-Marine-Haarschnitt.

Bei all den aufreizenden Posen sollte sie eine Plastiktüte über dem Kopf tragen. Das hielten Watscheslaws Begleiter allgemein für eine überragende Idee. Man hätte dafür natürlich jedes beliebige, viel preiswertere Model nehmen können, aber dann wäre es ja keine Kunst. Außerdem protestierte man damit vage gegen alles, wofür sich ordentlich Beifall einheimsen ließ: Schönheitswahn, Umweltverschmutzung und noch so einiges mehr, wenn man mal länger darüber nachdachte; wonach aber keinem der Beteiligten der Sinn stand. Um die unter der Tüte verborgenen fünfzigtausend Dollar war es Watscheslaw nicht schade, nicht nur, weil er mit Geld nicht umgehen konnte. Die Mittel stammten vom Steuerzahler, über den Umweg des Europäischen Kulturfonds.

Es bildete sich schnell eine Schar von Bewunderern vor Raffaella. Watscheslaw Çalhanoglu hatte das befürchtet. Wie sollte er unter diesen Bedingungen arbeiten?

Zu seiner Entrüstung hatte man dem Künstler, der die dunkle osmanische Haarpracht über einer hellen, vierschrötigen, eher kulturfernen Visage trug, eine mehrstündige Sperrung der Rialtobrücke für seine Kunst nicht genehmigt. Das ablehnende Schreiben der Behörde war höflich formuliert gewesen, doch im Amt hatte man auf die Behauptung Watscheslaws, erst durch seine Fotokunst werde die Brücke ins 21. Jahrhundert *transponiert*, mit heftigem Kopfschütteln bis hin zur Verkrampfung der Nackenmuskulatur reagiert. Als Watscheslaw in einem letzten Versuch selbst vorsprach, hatte einer der dort arbeitenden Venezianer dem Antragsteller von der glanzvollen Zeit der Serenissima vorgeschwärmt, in welcher es verlässliche Spione gab, die Staatsfeinde, Kretins und anderes Geschmeiß mit einem Stilett und einer dezenten Entsorgung in einem zum Meer führenden Wasserweg für immer zum Schweigen gebracht hätten. Watscheslaw hatte verstanden.

Bald behinderten also drei Dutzend aufgeregte Touristen zumeist asiatischer Provenienz durch ihre schiere Anwesenheit das geplante Shooting, und wenig später strömten maghrebinische Straßenverkäufer und noch mehr Touristen hinzu. Was Watscheslaw nämlich nicht wusste: In vielen Reiseführern war genau diese Stunde, die für ihn so wichtig war – der frühe Morgen (das Licht!) –, als ideal angegeben, um den nahen Rialtomarkt zu besuchen, jenen berühmten Fischmarkt, an dessen östlichem Ende sich Max-Heinrich just am Tag zuvor in der Bar Al Mercà unter den Gondolieri umgehört hatte.

Jedenfalls brauchte der Künstler schnell ein paar vernünftige Fotos im Kasten. Hip, wie er war, fotografierte er mit einer Polaroid OneStep 600, dem Originalmodell aus den Achtzigerjahren, die keinen Blitz oder sonstige Einstellungen hatte. Unschärfe galt als kreativ. *Kunst*, hatte er einst gelernt, *ist alles, womit man durchkommt.*

Doch das Gedränge war inzwischen so heftig geworden, dass er kaum die Kamera heben konnte, dabei hatte sich Raffaella schon die gelbe Plastiktüte der polnischen Supermarktkette Biedronka mit dem sympathisch lächelnden Marienkäfer übergestülpt. Watscheslaws Entourage zeichnete sich nicht gerade durch körperliche Robustheit aus, und bald war an ein Foto nicht mehr zu denken.

Dann passierte etwas so Überraschendes und zugleich etwas so Entsetzliches, dass die Zeit auf der Brücke, in Venedig und auf der Welt stillzustehen schien. Raffaella mit dem Marienkäfergesicht wurde aus dem Gedränge über das Mauerwerk hinabgestoßen. Sie stürzte, zu verwirrt für einen Hilferuf, dem zähen dunklen Wasser tief unter ihr entgegen. Erst ganz kurz vor dem Aufprall zerriss ein Schreckensschrei aus Hunderten Lungen die morgendlich verschlafene Luft.

Max-Heinrich blickte im Ospedale dell'Angelo in Mestre zwanzig Minuten lang ins blanke Nichts, und das gleich zwei Mal. Q-Tippy und Raffaella lagen im selben Krankenhaus, einer architektonischen Sünde, die wie eine Erstsemester-Zeichnung wirkte, welche man mit einem Kuhfladen und einem Schiffswrack vermischt hatte. Die Opfer der Attentate lagen auf unterschiedlichen Stationen, was die doppelte Leere wenigstens durch hochspannende Krankenhausflure abfederte und den noch bettwarmen Max-Heinrich, der von Barbara aus dem Schlaf geklingelt worden war, ein bisschen aufweckte.

Für weitere Abwechslung sorgten die Anwesenden in den beiden Zimmern, denn die Opfer selbst blickten bei allen Fragen, die Barbara und Max-Heinrich ihnen stellten, apathisch vor sich hin: Q-Tippys Eltern schossen Fotos ihres kleinen Dukatenscheißerchens aus allen Winkeln für künftige Social-Media-Verwendung, dabei immer das nickende oder kopfschüttelnde Urteil des Filius abwartend. Und Raffaellas Managerin (Typ Jutta Müller, die einstige Gouvernante von Eislaufprinzessin Katharina Witt) sprach in dürren Worten für ihre Klientin, deren ungewöhnlich helle Augen mit riesigen Pupillen entweder starke Drogen oder die Abwesenheit jeglichen Intellekts oder aber beides bewiesen. Max-Heinrich musste an seine Lena denken. Lenas Augen waren katzengleich, lebhaft und lauernd – immer bereit, ihm peinliche Fehler im geknöpften Hemd, in der Wahl der Krawatte oder generell im Uncoolsein nachzuweisen.

Der kollektive Aufschrei, ein alarmierend spitzes Kreischen, das sich von der Brücke konzentrisch ausgebreitet hatte, hatte jeden Kapitän im Umkreis von hundertfünfzig Metern den Rückwärtsgang einlegen lassen, um sein Boot zum Bremsen zu bringen. Und so blieb Raffaella das

Schicksal des unglücklichen Kapitäns Giuseppe Esposito erspart; die Ärzte versorgten ihre blauen Flecken, und sie würde wie Q-Tippy zur Beobachtung noch eine Nacht im Ospedale bleiben.

Weder Q-Tippy noch Raffaella noch ihre Sprachrohre konnten sich die Attacken erklären. Gab es konkrete Drohungen?, fragte Barbara. Q-Tippy und Raffaella hatten als Personen des öffentlichen Lebens jede Menge erhalten, aber es waren die üblichen Schmähungen; nichts schien außergewöhnlich, niemand hatte mit einer Armbrust oder einem Brückensturz gedroht.

Sie alle konnten sich eigentlich überhaupt nichts erklären – warum die Erde rund war, die Sonne am Abend unterging und die Flüsse süß waren, das Meer aber salzig.

Als Max-Heinrich hinter Barbara durch das Foyer zum Ausgang des Krankenhauses ging, sah er sie verstohlen an. Die Majorin sah heute in ihrer engen schwarzen Hose und der dunklen Bluse besonders interessant aus. Zudem trug sie das Haar nachlässig hochgesteckt, was ihren gebräunten Nacken freilegte.

Und die Majorin musste, als beide draußen im wärmenden Vormittagslicht standen, plötzlich lachen. Das war eine sehr hübsche, äußerst angenehme und in dem ganzen Chaos irgendwie hilfreiche Sache.

Eine Patrone per Post

Raffaella war aus neun Metern von der Brücke hinabgefallen, die ab 1588 errichtet und am 20. März 1591 für den Verkehr freigegeben worden war. Laut den Chroniken in den Prokuratien und neueren computerbasierten Archiven war sie damit Person Nummer 881, die von dort ins Wasser stürzte – und die 849. Person, die es überlebte.

Nicht den Sturz selbst, aber die Rettungsaktion hatten mehrere Handykameras festgehalten und lieferten so reichlich Futter für die dritte (RAI Uno), fünfte (ARD) und erste (RTL) Meldung bereits in den Zehn-Uhr-Nachrichten. Die Biedronka-Plastiktüte war die erste ihrer Art, die es aus Polen in den Canal Grande geschafft hatte, aber für dieses poetische Detail hatte in der anschließenden Hektik niemand einen Sinn gehabt. Bei dem Anschlag auf Q-Tippy gab es dagegen überhaupt keine Zeugen, doch die Nachricht hatte sich dank seiner Follower sogar noch schneller verbreitet.

Max-Heinrich und Barbara fuhren zum Colonello, der gerade von der Pressekonferenz zurückgekehrt war. Das war ein seltenes Ereignis für einen Sonntag, aber die Journalisten zirpten nach Futter für ihre Montagsaugaben. Der physische Andrang der schreibenden Meute war ob der Kurzfristigkeit nicht sehr groß gewesen, per Livestream hatten sich aber internationale Agenturen eingeschaltet. Der Druck auf die Ordnungskräfte wuchs.

Innocenti hatte keine Wahl mehr gehabt und auch vom Schuss ins Gabrieli just in die Suite von Chris Cock berichten müssen, ebenso von einem möglichen Attentat auf Sebastian Übelkrähe mit dem Tod eines Unschuldigen. Vor allem die Online-Dienste berichteten noch am selben Tag und immer unverblümter von einer »Serie«, auch wenn Innocenti vor der Öffentlichkeit diesen Terminus tunlichst vermied. Es kam nun also das hinzu, was man in München, Dienststelle III/Kriminaldelikte, als »Fahndungsstress« bezeichnete. Sogar *bild.de* sprach, angesichts des zweiten deutschen Leidtragenden nach dem Fußballer Übelkrähe, vom »Canal-Grande-Fluch« und fragte: »Wie sicher ist Venedig noch für uns?«, wohingegen die *Süddeutsche Zeitung* für die Montagsausgabe ein *Streiflicht* zusammenklöppeln würde, in welchem der Autor es schaffte, ein paar hastig gegoogelte Zitate von Petrarca und D'Annunzio einzuflechten.

»Also schön, ab jetzt ist es eine *Serie*«, resignierte Innocenti. »Reden wir über die aktuellen, nun ja, Vorkommnisse.« Innocenti ließ äußerst ungern los. »Was haben wir?«

»Im Fall des jungen Influencers aus Deutschland hat der Täter gegen 7.30 Uhr einen Schuss aus etwa zwanzig Metern Entfernung mit der Armbrust abgegeben«, fasste Barbara zusammen. »Es gibt keine Zeugen. Wir vermuten, dass er sich hinter einem der Souvenirstände versteckt hatte, die erst später am Tag öffnen. Schon kurze Zeit später, gegen acht Uhr, stürzte dann das englische Model in den Canal. Es ist durchaus denkbar, dass es derselbe Täter war. Zu Fuß von der Seufzer- zur Rialtobrücke benötigt man zehn Minuten. Dafür haben wir aber noch keine Hinweise. Wir haben beide Opfer gefragt, ob sie Feinde haben. Beide verneinten, sie können sich die Anschläge nicht erklären. Es gab zuvor keinerlei Drohungen und auch noch niemanden, der sich dazu bekannt hat.«

»Alles wie gehabt«, sagte Innocenti kopfschüttelnd.

»Die Kollegen werden im Fall des Brückensturzes noch ein paar der Touristen befragen, die vor Ort waren. Und sie wollen alle dazu im Netz hochgeladenen Fotos und Videos analysieren, aber das kann dauern«, sagte Barbara.

»Die Zeit haben wir nicht! Schon wieder hat es Anschläge in kürzester Zeit auf Venedig-Besucher gegeben. Innerhalb eines Vormittags! Das waren üble Attentate.«

Barbara nickte und schloss ihren Bericht damit, dass die Spurensicherung bisher nichts gefunden hatte. Auf dem Pfeil der Armbrust fanden sich keinerlei Fingerabdrücke. Die Waffe stammte vermutlich von der österreichischen Firma Steambow, welche Armbrüste in ganz Europa vertrieb, deren Pfeile zusätzlich zur herkömmlichen Sehne mit Pressluft angetrieben wurden. Da der Erwerb einer Armbrust keine Waffenbesitzkarte voraussetzte, war das Einholen der Kundendaten schwierig.

»Zwei weitere Anschläge, und wir sind nicht viel schlauer als vorher«, klagte der Colonello an seinem Schreibtisch. Max-Heinrich registrierte, dass er selbst zum Trommeln mit den Fingerspitzen zu niedergeschlagen war.

Dann klopfte es zackig dreimal an der Tür, Innocenti verdrehte die Augen, und Carmine betrat den Raum, wie immer in funkelnder schwarzer Carabiniere-Uniform.

»Es gibt eine neue Spur!«, platzte es ohne Begrüßung aus ihm heraus. »Antonio Blasier hat gestern einen Drohbrief bekommen.«

Max-Heinrich sah ratlos zu Barbara.

»Der Koordinator für Kreuzfahrtangelegenheiten und als solcher eine ziemliche Hassfigur für Venedig-Freunde«, erklärte sie.

»Wieso unterbrechen Sie dafür diese wichtige Besprechung, Boldi! Der bekommt doch so gut wie täglich Drohbriefe!«, rief Innocenti.

»Ja, aber dieser ist ganz besonders«, sagte Carmine Boldi. »Er enthielt auch eine Patrone.«

»Oh.«

»Und diese Patrone hatte das gleiche Kaliber wie jene, die in Chris Cocks Hotelzimmer eingeschlagen ist. Eine Dreihunderter. Das ist ein hier in Italien übliches Kaliber für Jagdgewehre«, fügte er erklärend hinzu.

»Auch bei uns. Aber eher auf der groben Seite, nicht wahr?«, meinte Max-Heinrich.

»Einen Fasan sollte man damit nicht schießen«, stimmte ihm Carmine mit wackelnden Ohren zu. »Da blieben nur Schnabel, Klauen und eine Wolke aus Federn übrig.«

Wenig später beugten sich alle im Raum Anwesenden über die Kopie des Briefes; das Original samt Patrone hatte die Spurensicherung längst in der Mangel.

Der Brief war in Courier-Schrift verfasst, die Schriftgröße betrug 14 oder 15 Punkt. Er war keine halbe Seite lang und in einem gespreizten Italienisch verfasst.

> *Antonio Blasier! Aus Venedigs* ältester *Familie stammend, Dogen gestellt und nun der Totengräber, der die Barbaren in die Stadt lässt, dazu noch auf monströsen Schiffen, deren Wellen und Vibrationen unseren zarten Palazzi, diesen baumeisterlichen Wundern mit ihren kunsthistorisch unschätzbaren Inhalten, den Rest geben.*
> *Verräter an den Idealen der Stadt gehören als Erste bestraft. Wisse, dass du auf unserer Liste stehst.*

Unter den Zeilen sah das Papier beschädigt aus.

»Hier klebte im Original die Patrone«, sagte Carmine und zeigte auf die Stelle.

»Von *Barbaren* war auch im Editorial der Grauen Eminenz zu lesen«, erinnerte sich Max-Heinrich.

»Laut Spurensicherung ist der Drucker möglicherweise ein Canon, Table-Top«, referierte Carmine weiter. »Allerweltsware. Vielleicht hilft die Papierart, aber viel Hoffnung gibt es nicht.«

»Umschlag und Absender?«, fragte Barbara.

»Kein Addressat, kein Absender, der Umschlag steckte in Blasiers Briefkasten. Nicht angefeuchtet.«

»Die Diktion ist eigenartig«, sagte Barbara.

»Kein Muttersprachler?«, meinte Max-Heinrich.

»Schwer zu sagen. Fehler sind nicht enthalten, aber der Ton ist komisch, selbst für einen Drohbrief.«

»Ist Blasier heute im Büro?«, fragte Innocenti.

»Ja«, ließ sich Carmines Pflichtbewusstein vernehmen. »Ich habe schon mit ihm gesprochen und einen Besuch angekündigt.«

»Apropos Besuch«, wunderte sich nun Innocenti. »Wo ist eigentlich der geschätzte Notaio?«

Heinrich Senior war ein gebildeter Herr. Aber er war auch Beamter der ganz alten Schule. Am Sonntag ruhte die Arbeit, was immer da auch kommen möge – Beulenpest, Vulkanausbruch, Modern-Talking-Revival. Während er also durch die Stadt flanierte, waren Barbara und Max-Heinrich auf dem Weg von den Prokuratien zum Bootsanleger. Rasch schickte Max-Heinrich eine WhatsApp an seine Tochter, die umgehend mit ein paar pochenden Herz-Emojis und einem Kuss-Emoji beantwortet wurde. Er hatte gar nichts dagegen, Hauptsache: eine Antwort. Ihr ging es gut.

Nur wenige Sekunden später war auf dem Display die Nummer der Dienststelle III/Kriminaldelikte zu sehen, die von den Technikern eingestellte Zentralnummer, nicht die Durchwahl einzelner Teilnehmer. Max-Heinrich wollte gerade ins Boot steigen, bedeutete Carmine und Barbara aber, noch einen Augenblick zu warten.

»Bavaria grüßt Italia, höhö!« Selbstgefällig tröpfelten die Wörter aus dem Hörer wie Süßwein.

»Gu…, guten Tag, äh, Herr Hauptkommissar.«

Am Apparat war Ottokar Zepter, jener Karrierist mit dem billigen Parfüm und den teuren erotischen Bedürfnissen.

»Na, wie geht es bei den Brüdern da unten? Schön Pasta und *uno vino* und viel Dolce Vita, wie?«

»Ja, nun ja, haha, es gibt doch einiges zu tun, und wir, äh …« *Da waren sie wieder, diese vermaledeiten Ähs.*

»Soso, viel zu tun, na, Hempel, arbeiten Sie sich nur nicht tot!«

»Nein, das heißt ja … Äh, das heißt …«

»Na, dann grüßen Sie mir mal Ornella Muti und Adriano Celentano oder wie immer Ihre Freunde da heißen. Sieht ja so aus, als hätten Sie einen echten Fall so langsam! Ganz schön viel Wirbel, übernehmen Sie sich nicht!«

»Äh …«

Wir sind schon gespannt, wie Sie dem liederlichen Volk da unten gute deutsche Polizeiarbeit beibiegen. Fünf Anschläge sind es jetzt, drücken Sie mal auf die Tube, und irgendwann brauchen wir Sie, ob Sie's glauben oder nicht, auch wieder hier!«

An dieser Sache mit den Ähs, dachte Max-Heinrich, als das Gespräch abrupt zu Ende war, musste er unbedingt arbeiten. Hier in Venedig ging es doch auch ohne.

Der König der Kreuzfahrer

Max-Heinrich betrachtete Antonio Blasiers Hände, die schlaff auf dem Tisch lagen und in Form und Größe einem toten Tier am Rande einer Landstraße ähnelten. Dazu trug er unter seinem schlohweißen Haar ein breites Dauergrinsen. Und, du liebe Zeit, war der Kerl laut.

»Oh, ich bekomme täglich solche Briefe«, dröhnte Antonio Blasier. »Aber ich verdiene ja gut. Das ist mein Schmerzensgeld.«

Der Koordinator der Kreuzfahrtschiffe residierte in einem kleinen Büro im ersten Stock am Fondamenta Beata auf Sacca Fisola, einer kleinen Insel im Westen von Giudecca. Hier könne er, so erklärte er, ohne zuvor danach gefragt worden zu sein, täglich die Schiffe bewundern, die vom Kreuzfahrtterminal ausliefen und mit Hilfe von Schleppern den Giudecca-Kanal passierten. Heute waren es die *MSC Musica* (getauft von Sophia Loren, 294 Meter lang, 48 000 PS, 3013 Passagiere, 987 Besatzungsmitglieder), die *Viking Sky* (Baukosten 400 Millionen Euro, 230 Meter lang, 930 Passagiere), die *Pacific Princess* (klein genug, um fast jeden Hafen anzusteuern und sogar den Nord-Ostsee-Kanal zu befahren, 181 Meter lang, 18 000 PS, 820 Passagiere) und die *Costa Deliziosa* (das erste Kreuzfahrtschiff, das in einer arabischen Stadt getauft worden war – statt Champagner schlug in Port Rashid in den Vereinigten Arabischen Emiraten Dattelsaft gegen den Rumpf, Baukosten 450 Millionen Euro, 2800 Passagiere).

Max-Heinrich fühlte sich an seinen Vater erinnert, stellte sein Hirn auf »Hintergrundgeräusch« und sah sich in dem Büro um. Ein Computer mit zwei großen Monitoren war das Zweitauffallendste in diesem Raum. Noch auffallender waren nur die Fotos mit zahlreichen Berühmtheiten an den Wänden, und Antonio hatte es geschafft, auf den Bildern so zu wirken, als hätten die Berühmtheiten *ihn* um ein Bild gebeten. Max-Heinrich erkannte Bill Clinton, Lindsey Vonn, Tiger Woods, Monica Bellucci. Ein paar Dutzend weitere Aufnahmen spannten sich über die ganze Wand, es war eine Fototapete der Eitelkeiten.

Zwei Sekretärinnen in einem Vorraum mit Headset am Ohr und Tastatur unter den Fingern wirkten wie fleißige Arbeitsbienen, während der faule Willy sich im Ruhm der Prominenz sonnte. Sonntage waren hier jedenfalls Arbeitstage, wie überall im Gästebefriedigungsbusiness.

»Wie viele Drohbriefe bekommen Sie denn so?«, fragte Barbara und brachte Max-Heinrich dazu, dass er sich wieder auf die Befragung konzentrierte.

»Etwa zwei pro Woche. Die Umweltschützer dieser Welt sind sehr ausdrucksstark in ihren Schreiben, und manchmal unterzeichnen sie sogar mit ihren Klarnamen. Alle Briefe gehen automatisch an die Carabinieri, das wurde mir so empfohlen.«

»Warum haben die Menschen so viel Wut auf Sie?«, wollte Max-Heinrich wissen.

»Kreuzfahrtschiffe sind der Aufreger schlechthin, und ich bin der Buhmann. Wir können rein gar nichts dagegen tun. Da nützt es nichts, darauf hinzuweisen, dass Venedig nun einmal eine Hafenstadt ist und dass ein Schiff eine bessere Umweltbilanz hat als dreitausend Reisende, die mit Privatautos ankommen. Venedig nimmt mit jedem Schiff pro Tag hundertfünfzigtausend Euro an Liegegebühren ein. Und überhaupt sind anderthalb Millionen Kreuzfahrttouristen pro Jahr ein winziger Prozentsatz der dreißig Millionen Touristen, die …«

»Danke, aber wir sind nicht hier, um belehrt zu werden«, unterbrach ihn Barbara.

»Schön, aber es ist meine Mission, dass die Welt auch die andere Seite erfährt und nicht nur das, was die Umweltschützer der Presse diktieren.«

»Aber Tagestouristen wie Kreuzfahrer kaufen nichts, hinterlassen Müll …«, wandte Max-Heinrich ein.

»Das ist völliger Blödsinn, denn diese *Shortstayer*, wie wir Touristiker sagen, sind die Lebensgrundlage Venedigs! Jeder Tagesbesucher lässt eben auch mehr als hundert Euro in der Stadt, was in der Summe doch eine Menge Geld ergibt, finden Sie nicht? Sie müssen wissen, dass wirklich *alle* vom Tourismus profitieren. Die Kleinen geben es offen zu, die Großen rümpfen die Nase – um dann ihre Prachtpalazzi für dreitausend Euro pro Woche über AirBnB zu vermieten und den Carnevale lieber in Cortina zu verbringen. Doch darüber regt sich keiner auf. Die Kreuzfahrtschiffe sind aber der große, gefällige Konsens.«

Max-Heinrich erkannte endlich, wonach es hier roch: nach Luft, die aus einem alten Schlauchboot entwichen war.

»Und noch etwas: Nicht jeder von uns ist jung und dynamisch und kann mit seinem VW-Bus Dünen in Portugal umpflügen. Kreuzfahrtgäste sind nicht aus reinem Zufall so alt und gebrechlich. Kreuzfahrten sind für viele Menschen ab einem bestimmten Alter die einzige Möglichkeit, etwas von der Welt zu sehen!« Er schnaufte erdnussig durch. »Nun erklären Sie mir, warum Sie hier sind. Ist es wegen der Patrone?«

»Es ist nicht *irgendeine* Patrone. Sie stammt möglicherweise aus einer Waffe, mit der vor einigen Tagen auf einen Menschen gezielt wurde«, erklärte die Majorin.

Einen klitzekleinen Moment lang zeigte diese Information Wirkung, und Antonios Grinsen verrutschte ein wenig, doch er hatte sich sofort wieder unter Kontrolle.

»Auf Chris Cock?«

Barbara nickte.

»Haben Sie auch andere Drohungen erhalten?«, fragte Max-Heinrich.

»Außer den ständigen Briefen? Nein.«

»Denken Sie, es gibt einen besonderen Grund dafür, dass Sie mit diesem Brief eine Patrone erhalten haben?«, hakte der Deutsche nach.

»Was meinen Sie damit?«

»Irgendwelche Neuigkeiten? Noch mehr Schiffe? Gesetzesänderungen, die Ihnen mehr Freiheiten lassen? Hat sich etwas zugespitzt?«

»Nein, nichts von alldem. Die Kreuzfahrtsaison hat vor vier Wochen begonnen, und nach unseren Schätzungen wird dieses Jahr kein Anstieg der Passagierzahlen zu erwarten sein, im Gegenteil, der US-Markt macht uns gerade Kummer. Zudem stellen wir auf schwefelfreien Treibstoff um, und spätestens im nächsten Jahr wird ja die Durchfahrt des Giudecca-Kanals für alle Schiffe über fünfzigtausend Tonnen verboten sein. Auch haben sich die vielen Vorschriften nach dem Unglück der *MSC Opera* im letzten Juni noch einmal verschärft«, berichtete Blasier. »Die Kreuzfahrtgegner können eigentlich zufrieden sein.«

Max-Heinrich betrachtete während des neuerlichen Monologs eine Taube, die auf dem Fenstersims landete. Tauben. Tauben, Tauben, Tauben und Tauben. Venedigs allgegenwärtige Erzfeinde, fast so wie die Tagesausflügler. Wer wusste schon, dass sie als erste domestizierte Vögel überhaupt galten und bereits von den Griechen als Boten eingesetzt wurden, um die Ergebnisse der Olympischen Spiele landesweit zu verkünden?

Max-Heinrich wusste es natürlich. Und es lag ihm auf der Zunge, genau jetzt darüber zu plaudern. Dann erinnerte er sich, dass seine Vogelkenntnisse ihn selten zu einem echten Small-Talk-Star gemacht hatten, und bei einer Befragung war es ja erst recht unpassend, also ließ er es bleiben.

»Dennoch ist jemand mächtig sauer«, sagte er stattdessen.

»Wie schon gesagt: Ich bin's gewohnt.«

»Wir gewähren Ihnen Polizeischutz«, erklärte Barbara.

»Das ist nicht nötig, vielen Dank.«

»Ich werde dennoch die Kollegen anweisen, öfter hier in der Gegend mit dem Boot zu patrouillieren. Und Sie melden sich bitte bei uns, wenn Ihnen etwas auffällt. Es ist zu Ihrer Sicherheit.«

Alle tauschten ihre Visitenkarten.

»Und halten Sie nach Leuten Ausschau, die Jagdgewehre durch die Gegend tragen«, dröhnte Antonio zum Abschluss.

»Kreuzfahrtschiffe sind für viele hier das Böse«, erklärte Barbara, als sie wieder in dem schnittigen kleinen Motorboot saßen, mit dem sie sich durch Venedigs wässrige Gassen bewegten. Am Steuer stand Capitano Carmine Boldi, der im Boot der Carabinieri auf sie gewartet hatte und seinen Chauffeurjob wie immer mit großem Stolz ausfüllte.

»Ist es denn so schlimm mit den Schiffen?«, fragte

Max-Heinrich, der sich an das Schaukeln des Bootes gewöhnt hatte und sich freute, dass Barbara so nah bei ihm saß.

»Sie finden Experten für beide Seiten der Medaille«, rief sie gegen den Fahrtwind und den Motor. »Die Kreuzfahrtschiffe bringen viele Touristen. Das gefällt allen, die vom Tourismus profitieren. Und das sind sehr, sehr viele von uns. Nicht nur die Gondolieri, das haben Sie ja selbst gestern erlebt, auch die Restaurantbesitzer, die vielen kleinen Geschäftsinhaber.« Ein paar Gischtspritzer trafen Barbaras Stirn, doch die Tropfen schienen ihr nichts auszumachen. »Wenn wir nun davon ausgehen, dass der Briefeschreiber etwas mit der Anschlagsserie zu tun hat, dann geht es ihm spätestens jetzt nicht nur um Prominente, die Venedig besuchen oder hier leben, sondern generell um zu viel Tourismus in der Stadt.«

»Und die Prominenten waren bislang aus PR-Gründen die perfekten Opfer.«

»Ja. Die Patrone ist vorläufig unser bestes Indiz. Sie könnte die Verbindung zwischen den Attentaten und dem generellen Hass auf die Touristen darstellen. Und weil uns bei den Prominenten vorläufig noch eine heiße Spur fehlt, sollten wir uns mit den Touristenströmen befassen.«

»Was schlagen Sie vor?«

»Arbeiten wir doch einmal unsere Liste ab und besuchen die erbittertsten Feinde der Kreuzfahrtschiffe«, zeigte sich Barbara entschlossen.

La Belgisch-Deutsche Vita

Barbara hatte das Vorgehen telefonisch mit Innocenti abgestimmt, bereits einen Gesprächstermin für 14 Uhr mit einer besonders missionarischen Umweltorganisation vereinbart und – auch Ermittler hatten Hunger – einen Tisch für zwei Personen im *Caffè Quadri* bestellt. Carmine, der heute ohnehin turnusmäßig dienstfrei gehabt hätte, wurde von Barbara für den Rest des Tages heimgeschickt.

Der Tag war erst halb herum, bot aber schon ordentlich Gesprächsstoff. Zwei neue Anschläge, eine möglicherweise sehr ernstzunehmende Drohung gegen einen der Hauptverantwortlichen für den Kreuzfahrttourismus, Presseberichte weltweit, die unverblümt von einer Serie sprachen – und all das vor der in Italien heiligen Sonntagspasta.

Das *Quadri* lag direkt gegenüber vom *Florian* und war vor ein paar Jahren von Italiens jüngstem Drei-Sterne-Koch Massimiliano Alajmo übernommen und auf links gedreht worden. Unten lief zwar der normale Cafébetrieb weiter, aber im ersten Stock wurde nun groß aufgekocht. Man begrüßte Barbara wie eine gute Bekannte, was daran lag, dass sie es auch war.

Zur Vorspeise aßen sie und Max-Heinrich ein Dreierlei von Sardine, anschließend gab es köstliche Spaghetti mit *bottarga di Cabras*, wobei Barbara sich einige Mühe geben musste, um zu erklären, was die bräunlich feingeraspelten, sehr fischig schmeckenden Flocken waren – unter anderem versuchte sie es mit »wie Kaviar, aber kurz davor, und vom *cefalo*, und der Beste kommt aus Sardinien«, bis Max-Heinrich es endlich begriff: Rogen.

Sie redeten zunächst in wenig schmeichelhaften Worten von Antonio Blasier, doch in Max-Heinrichs Gedanken spukte eine andere Person herum.

»Wir sollten die Graue Eminenz nicht ignorieren«, sagte er.

»Was genau meinen Sie?«

»Wäre es nicht sinnvoll, ihn beobachten zu lassen? Es ist ja nach wie vor nicht auszuschließen, dass er in irgendeiner Weise mit den Fanatikern in Verbindung steht.«

»Darüber haben wir auch schon nachgedacht, aber das Beschatten ist in einer Stadt wie Venedig nicht so einfach. Außerdem ist Signor Carducci so gut vernetzt, dass er von so einer Maßnahme schnell Wind bekäme. Und von der Personalnot bei uns will ich gar nicht erst anfangen.«

Zum Nachtisch aßen sie eine sehr süße, cremige Masse, die mit Waldkräutern angerichtet war (»Das ist gerade modern«, flüsterte Barbara) und mit den fröhlichen Farbklecksen aus allerlei Sirupsorten so aussah, als wäre Juan Miró Patissier statt Maler geworden.

Die Bezahlung der Rechnung übernahm der italienische Staat in Gestalt von Barbara, und das war auch gut so, denn Max-Heinrich gelang es, einen Blick auf die Rechnung zu werfen. Dann folgte er Barbara nach draußen, über den proppenvollen Markusplatz zu den Bootsanlegern.

Eine Welle aus fröhlichem Geplapper, bunten T-Shirts, Turnschuhen, Sandaletten und künstlichen Hüften rollte auf Max-Heinrich und Barbara zu. Gerade hatte sich eine gewaltige Menge Kreuzfahrtgäste von einem Zubringerboot an der Riva degli Schiavoni entladen und rückte nun als undurchdringliche, zäh-klebrige Masse auf den Markusplatz zu. Es gab kein Ausweichen; zunächst verlangsamten die beiden Ermittler nur ihre Schritte, dann blieben sie stehen, und bald wurden sie beinahe mitgerissen. Die geriatrische Armee marschierte unaufhaltsam weiter, einer Speerspitze von Reiseleitern mit emporgereckten Schirmchen so bedingungslos folgend wie einem Religionsstifter.

Max-Heinrich blickte nach oben und betrachtete sehnsüchtig einen Mauersegler, der ohne viel Aufwand, mit echter italienischer *sprezzatura*, zwischen den in der Luft taumelnden Tauben und den grob flügelschlagenden Möwen über der Konfusion dahinglitt.

Der Spuk war denn auch schnell vorbei, doch er bewies Max-Heinrich anschaulich: Egal, wie voll es bereits war, es ging immer noch mehr.

»So kann das aber wirklich nicht weitergehen«, stöhnte er.

»Es seid immer ihr Deutschen, die uns Venezianern erklären, wie wir zu leben haben«, gab Barbara amüsiert zurück.

Der Eames Lounge Chair mit der seltenen Schale aus Palisanderholz mit grünem Lederbezug, der knapp neuntausend Euro kostete, knarzte ein wenig, als Jean-Claude Vantamme sich aus ihm erhob, um seine Besucher zu begrüßen. Das hätte er lieber nicht tun sollen, denn bis dahin war der Eindruck, den Jean-Claude Vantamme auf Max-Heinrich und Barbara gemacht hatte, hervorragend gewesen: hellblaue Augen, schmale Nase, volle Lippen, makellose gebräunte Haut, gewelltes blondes Haar, das ihm bis auf den Nacken fiel, ein gut sitzendes Hemd, darüber eine Weste. Zweifellos kam er in den Träumen vieler Frauen und Männer vor.

Doch als Jean-Claude Vantamme, gebürtiger Belgier und sicher nicht älter als dreißig, sich erhoben hatte, war all das vergessen, und Max-Heinrich und Barbara betrachteten ihn fasziniert von oben bis unten, was ziemlich schnell ging, denn er war sehr, sehr klein. Nicht liliputanerklein, aber doch so ungewöhnlich klein, dass es auffiel. Größer als anderthalb Meter konnte er unmöglich sein. Es war ein Wunder, dass er den Sessel überhaupt zum Knarzen gebracht hatte.

Seine geringe Körpergröße ließ das Büro noch opulenter wirken. Es war geschmackvoll eingerichtet, und die modernen Gegenstände harmonierten vorzüglich mit dem antiken Ambiente, dem Marmorfußboden und den von Säulen gerahmten Fenstern in diesem Palazzo am Riva dei Sette Martiri ganz im Osten der Stadt. Auf einer Staffelei zeigte ein Gemälde den Dogenpalast, auf einem Tisch daneben sollten der Farbkasten und die Pinsel den Besuchern unmissverständlich zeigen, wer für das Kunstwerk verantwortlich war. Obwohl es ein Aquarell war, sah es gar nicht so schlecht aus, was vermutlich am Motiv lag: Der Dogenpalast war fast in jeder Form respektabel. Sogar dem Senior waren gestern mit seinem neuen Handy ein paar passable Fotos des filigranen Baus gelungen, wie Max-Heinrich in den Sinn kam. Wenn man von der orangefarbenen Zeigefingerspitze absah, die es immer irgendwie mit aufs Motiv schaffte.

»Sehr hübsch«, sagte Barbara, die Max-Heinrichs Blick zum Bild gefolgt und froh über einen unverfänglichen Gesprächsbeginn war.

»Ach, ein wenig Malen nach Zahlen«, winkte Jean-Claude Vantamme bescheiden ab. »Ich mache Ihnen nichts vor, und Sie werden es ja auch nicht gegen mich verwenden können: Ich habe es gut.«

Seine Arbeit als Koordinator des Dachverbandes der Umwelt- und Naturschutzverbände Europas (DAUNE) brachte ihn offenkundig nicht um, und er bemühte sich gar nicht groß, es zu verbergen.

»Obwohl Sie am Wochenende arbeiten müssen?«, fragte Barbara.

»O nein! Sie wissen doch, in touristischen Ballungszentren leben alle nach einer anderen Zeitrechnung. Samstage und Sonntage sind Arbeitstage, dafür nehmen wir uns unter der Woche unsere Pausen. KEVIN!«, rief er plötzlich.

Ein linkischer Assistent mit nassen Achseln erschien aus einem Nachbarbüro und reichte ohne weitere Aufforderungen drei *caffè* auf einem Tablett. Das sehr eng sitzende Poloshirt spannte sich um seine im Fitnessstudio aufgepumpten Oberarme. In ebenjene kniff nun der leutselige Jean-Claude neckend.

»Unser Kevin, der arme Kerl. Ihr Landsmann.« Jean-Claude nickte Max-Heinrich zu. »Er ist mit einer Venezianerin zusammen. Er hat es schwerer als ich.«

Kevin lächelte windschief. Er musste den Spruch offenbar nicht zum ersten Mal erdulden.

Max-Heinrich sah Kevin nachdenklich an. »Sagen Sie mal, kennen wir uns nicht?«

Kevin trat zurück. »Äh, nein, ich glaube …«

Jetzt fiel es Max-Heinrich wieder ein. »Sie haben am Freitagabend eine ältere Dame in einem Rollstuhl geschoben.«

»Ah, richtig. Rialto. Die Mutter meiner Verlobten«, sagte er und schien viel entspannter.

»Sie haben ja angekündigt, warum Sie hier sind«, riss Jean-Claude das Gespräch wieder an sich. »Kommen Sie, ich möchte Ihnen etwas zeigen.« Er winkte Barbara und Max-Heinrich zum Fenster, wo sich vor ihnen der Bacino di San Marco ausbreitete. Passenderweise schob sich von

Westen her ein Kreuzfahrtschiff ins Bild. *Schon wieder*, dachte Max-Heinrich. Beinahe fühlte er sich von den Pötten verfolgt.

»Sehen Sie dieses Schiff? Es ist nicht der Teufel. Ich sage Ihnen etwas: Ein einziges Konzert von Pink Floyd in Venedig im Jahr 1989 hat mehr Schäden verursacht als zwanzig Jahre Kreuzfahrttourismus. Aber gegen Pink Floyd darf man ja nichts sagen.«

Max-Heinrich bemerkte, wie Praktikant Kevin, der im Hintergrund geblieben war, zusammenzuckte. Er war offenbar ein großer Pink-Floyd-Fan.

»Erzählen Sie mir von diesem Konzert«, wandte er sich an den kleinen Mann, wobei er seinen Blick wirklich sehr tief senken musste.

»Oh, das kann ich tun, ich war dabei«, sagte Barbara und lächelte etwas verlegen. »Ich war zehn Jahre alt und ganz schön frühreif. Zuerst sollte das Konzert im Stadion Pierluigi Penzo stattfinden, dann direkt auf dem Markusplatz. Dagegen protestierten die Venezianer, sie fürchteten um die Bausubstanz. Also brachte man einen Ponton zweihundert Meter vor dem Markusplatz an. Die Band musste sich zudem bereiterklären, den Geräuschpegel von hundert auf sechzig Dezibel herunterzuregeln. Daran hielten sich die Musiker natürlich nicht.«

»Der Eintritt war frei«, fuhr Jean-Claude fort, »was sich als großer Fehler herausstellte. Man schätzt die Zahl der Konzertgäste auf zweihunderttausend.«

»Am nächsten Morgen war Venedig eine Kloake aus Müll und Schlimmerem«, ließ sich nun auch Kevin vernehmen. Die Stimme wirkte vor Empörung etwas heiser. Erstaunlich, dass Kevin das wusste, dachte Max-Heinrich, er war doch sicher noch zu jung, um selbst dabei gewesen zu sein.

»An portable Toiletten hatte niemand gedacht«, erklärte Jean-Claude in Max-Heinrichs Richtung, was die Sache gleich sehr anschaulich machte.

»Ich weiß noch«, sagte Barbara, »wie ich an der Hand meiner Mutter knietief durch etwas watete, was meine Mutter vornehm als *fango* bezeichnete. Auf das Konzert selbst durfte ich nicht, als sich abzeichnete, wie viele Menschen kommen würden. Der Bürgermeister musste drei Tage nach dem Konzert zurücktreten.«

»Außerdem wurden Risse am Dogenpalast festgestellt«, ergänzte Jean-Claude, »und von einigen Statuen am Markusdom war der Marmor gebröckelt.«

Max-Heinrich griff nach einer Broschüre vom Fensterbrett, auf der sich der Rumpf eines Kreuzfahrtschiffs in einen Hai verwandelte, der Markusturm und Rialtobrücke zwischen seinen Kiefern zermalmte. Das Bild sah aus wie ein Plakat für einen Independence-Horrorfilm der Siebzigerjahre, hatte aber einen gewissen Effekt.

»Dennoch liegt DAUNE vor allem mit den Kreuzfahrtschiffen im Krieg«, stellte Barbara fest, und Max-Heinrich hob, um ihre Bemerkung zu unterstützen, die Broschüre empor.

Jean-Claude zuckte die Achseln. »Warum schwimmt Greenpeace in Geld? Weil sich Greenpeace für die Wale einsetzt. Warum setzt sich Greenpeace für die Wale ein? Weil man gegen Walfangschiffe fotogen vorgehen kann. Ein anderes Beispiel: Der Nacktmull, der Koboldhai und der Blobfisch sind ebenso gefährdet, aber der WWF entschied sich für einen Panda in seinem Logo. Warum wohl?«

»Das Gleiche gilt demnach für Sie, Venedig und die Kreuzfahrtschiffe«, brachte Max-Heinrich den Gedankengang zu Ende.

»Korrekt. Schiffe machen Wellen und Dreck. Aber es ist nicht nur das: Wir brauchen plakative Aktionen, um Spendengelder einzusammeln. Und Proteste mit Schlauchbooten und Piratenflaggen rund um diese riesigen Schiffe sorgen für starke Bilder und machen immer gute Presse.«

»David gegen Goliath.« Max-Heinrich nickte verstehend. »Seit jeher ein schönes Motiv. Und wir reden hier wahrscheinlich von Millioneneinnahmen.«

»Ja, das stimmt«, gab Jean-Claude zu.

»Sie kennen Antonio Blasier?«, fragte Barbara, um zu dem Grund ihrer Befragung zurückzukommen.

»Selbstverständlich. Der Koordinator der Kreuzfahrtschiffe. Ein mächtiger Gegenspieler von uns.«

»Und eine große Zielscheibe.«

»Wie meinen Sie das?«

»Jemand hat einen Drohbrief an Blasier geschrieben.«

»Und?«

»Dem Drohbrief lag eine Patrone bei. Sie hat das gleiche Kaliber wie die aus einer Waffe, die möglicherweise schon einmal in einem Kriminalfall abgefeuert wurde.« Barbara sprach langsam, um die Wirkung ihrer Worte überprüfen zu können.

»Eine Patrone, die aus einer Waffe stammen könnte, die vielleicht schon einmal … Viel haben Sie nicht, oder?«

Barbara lächelte auf ihre zauberhafteste Art.

Jean-Claude runzelte die hübsche Stirn und nahm einen letzten Schluck Espresso. »Darf ich davon ausgehen, dass unser Gespräch vertraulich ist?«

Kevin verzog sich nach einer kurzen Kinnbewegung Jean-Claudes wieder in den Nebenraum.

»Gegen Sie liegt nichts vor«, versicherte ihm die Majorin.

»Gut. Einem Journalisten würde ich natürlich etwas

ganz anderes sagen. Aber Antonio Blasier ist, wie drücke ich es am besten aus, ein *dankbarer* Gegner. Wir haben uns, wie gesagt, die Aktionen von Greenpeace abgeschaut. Sie haben die Walfänger, wir die Kreuzfahrer. Und all das erzähle ich Ihnen, damit Sie mir glauben, dass DAUNE nichts mit einem Drohbrief oder Patronen gegen Blasier zu tun hat. Im Gegenteil: Wir benötigen die Kreuzfahrer als Spendeneintreiber!«

»Ist das nicht alles ein äußerst unredliches Geschäftsmodell?«, wunderte sich Max-Heinrich.

Jean-Claude zuckte mit den Schultern. »Nein, das ist es nicht. Ich hatte gerade vom Nacktmull, dem Koboldhai und dem Blobfisch gesprochen. Die Kreuzfahrtschiffe sorgen dafür, dass wir Geld bekommen, um uns um all jene schutzlosen Tiere und Pflanzen und Organismen in und um Venedig herum zu kümmern, mit denen sich nicht so plakativ werben lässt.«

»Dann tun Ihrer Meinung nach die Kreuzfahrtschiffe etwas Gutes?«

»Jedenfalls sind wir vorerst nicht ernsthaft daran interessiert, dass sie verboten werden. Sie sind großartige Werbung für unser Anliegen, die Menschen für die gesamte Natur der Lagune zu sensibilisieren. Das habe ich auch der Polizei gesagt.«

»Wer von der Polizei war hier?«, fragte Barbara überrascht.

»Ein gewisser …« Jean-Claude trat vom Fenster zurück zu seinem Schreibtisch und griff dort nach einer Visitenkarte, von der er ablas: »Rocco Maccarone.«

»Hier ist auch meine Nummer«, sagte Barbara und überreichte ihm nun ihrerseits die Visitenkarte mit dem prächtigen Wappen der Carabinieri, auf dem vieles bemerkenswert war, vor allem aber die beiden Hände, die zwei

Schlangen erwürgten. »Rufen Sie zuerst mich an, wenn Ihnen noch etwas einfällt. Bei uns Carabinieri sind Sie besser aufgehoben. Signor Maccarone kann mitunter etwas unleidlich werden.«

»Übrigens, Ihr Kevin, mein Landsmann ...«, setzte Max-Heinrich zögernd an. »Er ist ziemlich alt für einen Praktikanten, oder?«

Jean-Claude nickte. »Er ist zweiunddreißig. Drei Jahre älter als ich. Aber er wollte es selbst so. Kam vor einigen Jahren für die Generali-Versicherung in die Stadt, doch dann entdeckte er sein Herz für die Umwelt. Und, wie bereits gesagt, sein Herz für eine Venezianerin. Eine volle Stelle konnten wir ihm nicht anbieten, jetzt ist er eben als Praktikant bei uns.«

»Wie lange schon?«

»Ein halbes Jahr. Glauben Sie nicht, dass das so ungewöhnlich ist, wir haben viele Freiwillige dabei, die von ihrem bisherigen Leben genug hatten.«

In Stahlgewittern

Das gute Öl. Das weiche Putzleder. Der Blick auf den Canal Grande. Gerade schnurrte ein Wasserbus vorbei und hinterließ eine leichte Dieselfahne. Carlo Micciutti grinste. Er war mit der Welt und seinem Platz darin ganz und gar im Reinen, und er grinste, weil er wusste, dass diese Momente nie sehr lange dauerten.

Die Wohnung in Dorsoduro war, zumindest für Venedigs Verhältnisse, nichts Außergewöhnliches, aber jeder Nicht-Venezianer würde allein für den Ausblick morden. Im ersten Stock eines Palazzos nicht weit vom Guggenheim-Museum am Südufer des Canal Grande gelegen, blickte Carlo Micciutti auf den nie erlahmenden Bootsbetrieb und den Palazzo Barbaro-Curtis, jenen berückenden, bis heute unverändert gebliebenen Doppelpalast, der im fünfzehnten Jahrhundert erbaut worden war und einst Zaccaria Barbaro gehörte, dem mächtigen *procuratore* Venedigs, dessen Macht sogar der Doge gefürchtet hatte. Der Doppelpalast war ausgeschmückt mit Fresken von Tiepolo und Bildern von Sebastiano Ricci und wurde später ein beliebter Künstlertreff; so war Claude Monet zu Gast, und Henry James beendete dort seinen Roman *Die Flügel der Taube*. Heute gehörte der Palazzo der amerikanischen Familie Curtis, deren Vorfahren den Bau im Jahr 1885 gekauft hatten.

»Berückend« und »ausgeschmückt« waren die letzten Adjektive, die einem Besucher zu Micciuttis Wohnung einfielen. Hier war alles schlicht, spartanisch und mausgrau. Er selbst verfügte trotz der gewissermaßen verbiesterten Grundierung seines Daseins über einen gesunden Appetit und einen robusten Schlaf; beides würde man aufgrund seiner rachitischen Gestalt nicht sofort vermuten.

Besagter Doppelpalast stellte ein kleines, doch immer nagenderes Problem für seinen eigenen, bescheidenen Wohlfühltempel dar. Seit ein US-amerikanisches Pärchen eine »Venice Architec-Tour« veranstaltete, hielt ein Boot von März bis Oktober zweimal am Tag direkt vor seiner Wohnung, und er hörte das Quäken von einem der beiden Amerikaner und musste fünf Minuten lang das exakt gleiche Referat erdulden, mal in der tiefen, jovialen Stimme des Mannes, mal in der hohen, ekstatischen Stimme der Frau. *Tiepolo, Monet, James. Tiepolo, Monet, James. Tiepolo, Monet, James.* Und wie bei einem tropfenden Wasserhahn steigerte sich seine Wut mit jeder Wiederholung.

Derzeit war jedoch nichts zu hören, also widmete er sich seinem wöchentlichen Ritual, das ihm tiefen Seelenfrieden bescherte. Er legte die gereinigte Heckler & Koch P10 auf einen Tisch, betrachtete sie zufrieden und nahm sich eine Glock 17, jene Waffe, die so überaus umstritten war, weil sie wegen ihres hohen Kunststoffanteils bei Röntgenkontrollen an Flughäfen nur schwer erfasst werden konnte.

Micciutti war bis vor elf Jahren Lehrer an der Mittelschule gewesen, Geschichte und Geografie. Wegen eines Rückenleidens war er schon mit achtundvierzig Jahren in Frühpension geschickt worden und vertrieb sich seither die Zeit mit wütenden Online-Kommentaren und seinen geliebten stählernen Preziosen. Weil er die Wohnung geerbt hatte, verlief sein Leben finanziell sorgenfrei. Trotz seines süditalienischen Namens, über den er nicht glücklich war und den er einem kalabrischen Einwanderer verdankte, der vor vier Generationen dazwischengefunkt hatte, legte er großen Wert auf seine Venezianität.

Auch legte er Wert darauf, von jeder bedeutenden Waffenschmiede Europas mindestens ein Produkt zu besitzen; aber am liebsten war ihm die Beretta. Einmal hatte er sogar eine Betriebsbesichtigung in Brescia gemacht, denn Beretta, um das Jahr 1520 gegründet, war immerhin eine der ältesten existierenden Firmen überhaupt. Sie hatte die venezianische Flotte für die Seeschlacht von Lepanto mit den kriegsentscheidenden Musketen ausgestattet, während die türkischen Admiräle fatalerweise noch auf Säbel gesetzt hatten. Beretta, so hatte man ihm bei der Betriebsbesichtigung stolz erzählt, habe jeden europäischen Krieg seit 1650 mit Waffen beliefert.

Am meisten schätzte er die Beretta m1934, mit der Mahatma Gandhi erschossen worden war. Drei Projektile aus einem Meter Entfernung in die Brust. Aber auch James Bond hatte sie gegen Dr. No benutzt, bis sie von M eingezogen und trotz Bonds Protesten durch eine Walther PPK ersetzt worden war. Das Besondere an der m1934 war, dass sie als Baujahr 1937 den Aufdruck »XV« trug, da der von Mussolini eingeführte faschistische Kalender im Oktober 1922 begann. Ein weiterer Stempel auf der linken Seite knapp oberhalb des Griffs zeigte »RE«, *Regio Esercito* – sie war einst eine Waffe der Armee und nicht der Staatspolizei (»PS«).

Als Nächstes reinigte er die so unschuldig aussehende Beretta 84, die noch heute produziert wird, Vorbild für allerlei Spielzeugpistolen. Zuerst entfernte er die Patronen. Das Besondere an der 84 war, dass der dicke Griff im Gegensatz zur 83 und 85 ein doppeltes Magazin mit je sechs Patronen trug. Das machte sie naturgemäß schwerer, aber eben auch ungeheuer effektiv.

Manchmal zielte er mit den Waffen auf das Architec-Tour-Boot und stellte sich vor, wie der Amerikaner oder die Amerikanerin nach einem sauberen Schuss durch die Stirn ins Wasser klatschten. Er kicherte vor sich hin und griff nach der nächsten Waffe.

Die klassische Walther PPK mit Kaliber 7.65 fehlte ebenfalls nicht in seiner Sammlung, war es doch jene Waffe, mit der Hitler sich das Leben genommen hatte und die auch das Wirken des südkoreanischen Diktators Park Chung-hee unfreiwillig beendet hatte. Elvis Presley hatte eine Walther PPK mit Silberbeschlag und dem Aufdruck »TCB« – *Taking Care of Business* – besessen. PKK, die Abkürzung für *Polizeipistole Kriminalmodell:* Micciutti liebte diesen Zungenbrecher und flüsterte ihn mehrmals am Tag lustvoll vor sich hin.

Die Kalaschnikow AK 47 hatte er seinerzeit kurz nach dem Bürgerkrieg in Kroatien gekauft und eigenhändig im Kofferraum seines Autos über die Grenzen geschmuggelt. Das war, wie er sich immer wieder sagte, die mutigste Tat seines Lebens gewesen. Ärgerlich, dass er nur zwanzig Schuss Munition dazubekommen hatte, von denen auch schon drei Patronen verfeuert waren. Fünftausend Deutsche Mark hatte er dafür bezahlen müssen, sein bislang teuerster und mit großem Abstand gefährlichster Kauf. Vielleicht würde er noch heute in einem Kerker in Dubrovnik schmoren, wenn man ihn denn geschnappt hätte.

Es war ein berückendes Gefühl, an all seinen Waffen den kühlen, schimmernden Stahl zu berühren, auf dem der Schweiß der Fingerkuppen für eine winzige, flüchtige Sekunde einen kleinen Abdruck hinterließ, wie um zu sagen: *Du, Mensch, du bist ein Nichts. Ich dagegen, ich bin die Ewigkeit.*

Es war der Höhepunkt seines Daseins, aber höchst gefährlich, doch einmal im Jahr durfte er es sich gönnen, und es geschah unter allergrößter Vorsicht. Mit seinem Motorboot fuhr er nachts, meistens im nebligen November, auf eine der unbewohnten vorgelagerten Inseln. Am liebsten war ihm die Isola delle Rose gewesen, doch dort hatte nun der Hotelkonzern Marriott seinen Dreihundert-Zimmer-Wuchtbau hingepflanzt. Also war er auf Poveglia ausgewichen. Immer drei Waffen nahm er mit. Und feuerte mit ihnen je einen Schuss ab.

Ein Jammer, dass Laien, Pazifisten und sonstige Wohlstandsverwahrloste diese epochalen Emotionen nicht genießen wollten.

Zuallererst: der Lärm. Unbeschreiblich laut, unbeschreiblich schön. Erhaben in seiner Gnadenlosigkeit. Druckwellen, die kilometerweit strahlenförmig über die Lagune schossen.

Natürlich schoss er ohne Gehörschutz. Es musste klingeln in seinen Ohren, er wollte alles von diesem allumfassenden Phänomen erleben, das seinen Körper ins Vibrieren brachte wie eine Stimmgabel.

Dann, sofort danach oder doch auch zugleich: der Rückstoß. Was für eine Wucht! All dieses menschliche Kroppzeug wusste ja gar nicht mehr, was eine Waffe mit einem tat. Zu viele schlechte TV-Krimis, wo Pistolen mit einer Hand abgefeuert wurden.

Micciutti kicherte erneut und dachte daran, wie ihm einmal der zurückfahrende Schlitten die Haut an der Daumenkuppe abrasiert hatte.

Und die Gewehre erst – wenn du mit deinen Füßen nicht fest verankert im Untergrund stehst und den Körper nicht anspannst, kippst du im besten Fall einfach nach hinten, im schlechtesten Fall kugelst du dir die Schulter aus. Was für ein schwer zu zähmendes Monster eine Schusswaffe war! Doch in seinen Händen, das wusste er, war es eine Symbiose, eine Ehe wie im Himmel geschlossen.

Bei seinem letzten Urlaub, der schon wieder neun Jahre her war, hatte er seine Dolores nach Schottland geschleppt. Sie hatte alles gehasst. Das Wetter, die Hotels, den ewigen Tee und das Essen sowieso. Doch Micciutti war in seinem Element und hatte einen Kurs im Tontaubenschießen belegt. Mit der Schrotflinte holte er zehn von zehn Scheiben vom Himmel. Der schottische Lehrer hatte ihn angeblickt und gesagt: »Wie gut, dass wir gegen euch Achsenmächte keinen Krieg mehr führen.«

Und dann das Beste, weil am längsten Andauernde: der Duft. Verbranntes Leder, benzinähnliche Gase, pfeffrigscharfes Pulver. Der blutige Geruch von heißem Eisen. Der Duft klebte an den Händen und umschloss den ganzen Körper in einer Wolke. Kein Lagunen-Nieselregen konnte ihn abwaschen, tagelang blieb er an einem haften.

Bei jedem dieser Ausflüge sammelte er zuletzt die Hülsen sorgfältig ein und studierte in den nächsten Tagen die Zeitungen, doch nur zwei Mal hatte es eine Beschwerde wegen nächtlicher Feuerwerke gegeben.

All diese Rituale ließen ihn die Sache mit seiner Kollegin vergessen. Aber nur kurz.

Dolores. Ach, Dolores.

Der Royal Peril Fund of London bittet zum Afternoon-Tea

Max-Heinrich stand mit Barbara und dem Senior am Tresen der Bar *All'Arco* und genoss den guten Triestiner Hausbrandt-Kaffee, dessen Pulver im Siebträger von einer fauchenden, druckvollen Wasserfontäne durchstochen worden war. Wenn der Genuss auch nur kurz war, da ihn sein Vater zurück in die Wirklichkeit riss. Der Senior hatte generell viel zu erzählen nach einem kunsthistorischen Erkundungssonntag und wenigen Gesprächspartnern, daher hatte ihm Max-Heinrich die per SMS geäußerte Bitte nach einem kurzen Treffen nicht abschlagen können. Gut, dass er, vom aktuellen Stand der Vorkommnisse und Ermittlungen informiert, die Kulturgeschichte bald ruhen ließ und mit eigenen Schlussfolgerungen begann.

»Habt ihr je von den Kapitol-Morden gehört?«, fragte der Notar a. D.

Drei tiefschwarze Pfützen, die in aparter Keramik schwammen, standen vor ihnen auf der gemusterten Theke, und der Senior setzte zu einem seiner gefürchteten Monologe an.

»Ihr seid zu jung, um euch daran zu erinnern, aber damals, Ende der Siebzigerjahre, kam es in Rom zu einer Reihe von rätselhaften Morden. Die Opfer waren immer Prominente. Zwei Schauspielerinnen, ein Regisseur, der Topmanager der Banca di Roma, ein Kardinal. Man vermutete die Linken und die Brigate Rosse, man vermutete die Mafia, die über die Vatikanbank mit der Banca di Roma Geschäfte machte.«

»Und was haben die Kapitol-Morde mit unserem Fall zu tun?«, fragte Max-Heinrich.

»Damals waren es französische Anarchisten.«

»Die damit was bezweckten?«

»Anarchie! Umwälzung der herrschenden Verhältnisse! Chaos!« Erregt stocherte der Senior mit seinem Zeigefinger in der merklich kühler werdenden spätnachmittäglichen Luft herum.

»Aber was hat das alles mit unseren Ermittlungen zu tun?«, wiederholte Max-Heinrich ruhig.

»Ihr müsst euch die Anarchisten vornehmen!«

»Noch heute?«, fragte Max-Heinrich, der den Tag längst abgehakt hatte. Doch er musste zugeben, dass die Idee seines Vaters gar nicht so schlecht war. Ein Blick zu Barbara, die ebenfalls interessiert den Kopf gehoben hatte, bestärkte ihn.

»Noch heute.« Der Senior sah ihn an wie damals, als er fragte, ob er *noch heute* sein Zimmer aufräumen müsse. »Ich werde derweil die byzantinischen Einflüsse auf die venezianische Fensterarchitektur …« *Hintergrundgeräusch*.

Auch beim Peril Fund wurde am Sonntag gearbeitet. Keine sehr anarchistische Sicht auf die Dinge, und der Geschäftsführer des Peril Fund war optisch auch noch genau das Gegenteil eines Anarchisten, welchen man sich doch gemeinhin mit dürrem Körper, einem wirren Blick und einer Bombe mit Zündschnur unter dem Arm vorstellte. Sir

Martin Frillick hingegen trug ein elegantes Sakko und ein ausgezeichnet sitzendes Hemd, das seinen ziemlich unförmigen Körper bestmöglich kaschierte.

»Oh, ich ahne, warum Sie hier sind. Die vielen Presseberichte von heute. Darf ich Ihnen einen Tee anbieten?«, sprach Sir Martin.

»Nein, vielen Dank.«

Sir Martins helles Gesicht mit den rot geäderten Wangen verzog sich zu einem Lächeln. »Seit drei Jahren bin ich hier, seit drei Jahren habe ich keine einzige Tasse Tee an den Mann bringen können. Wein?«

Er zauberte eine Flasche aus einem kleinen Kühlschrank, der gleich beim Schreibtisch stand, und schenkte drei Gläser Friulano ein. Er schenkte sie ziemlich voll, aber in Venedig konnte man generell ordentlich trinken: Es musste ja niemand fahren. Außerdem war es ja schon spät.

Sir Martin, das war Max-Heinrich sofort aufgefallen, hatte sich ein großes Stück England mit nach Venedig genommen: In seinem Büro in einem schmucklosen Neubau in Giudecca sah es mit Chippendale-Mobiliar und filigranem, wenngleich nutzlosem Teeservice auf dem Tisch wie auf dem Landsitz eines Adligen aus. An der Wand schaukelte in dickem Öl die *HMS Victory* Horatio Nelsons, die gerade in der Schlacht von Trafalgar eine Breitseite auf die spanisch-französischen Verbände feuerte.

Sir Martin hatte neben Jean-Claude den vermutlich besten Job, den es in Venedig zu vergeben gab: Er war der Vorsitzende des Peril Fund, einer gemeinnützigen Organisation, die schon in den Sechzigerjahren von rührigen Briten gegründet worden war. 1966, als Florenz und Venedig für einige Tage in der Jahrhundertflut fast völlig verschwanden und viele Kunstwerke schwer beschädigt wurden, kam es zur ersten großen Spendenaktion der Geschichte. Sir Ashley Clarke, der damalige britische Botschafter in Rom, koordinierte die Hilfsaktionen. Bald wurde beschlossen, dass man sich auf Venedig konzentrieren sollte, wo die Palazzi in ihrer Struktur noch viel krümeliger waren als in Florenz.

»… und so sammelt der Peril Fund Mittel zur Restaurierung und zum Schutz von Kunstwerken und Architektur in Venedig und untersucht Möglichkeiten, sie vor künftigen Risiken zu schützen, insbesondere dem Anstieg des Meeresspiegels«, beendete Sir Martin den Vortrag über Historie und Gegenwart seiner Tätigkeit.

All das klang wie ein ehrbares Unterfangen, doch dahinter verbarg sich auch eine düstere Seite, wie Barbara Max-Heinrich auf dem Weg zum Fund berichtet hatte. Denn nicht wenige Förderer wollten radikal gegen Touristen vorgehen, sie bei Fehlverhalten strenger bestrafen oder gar völlig aussperren. Diejenigen, die sich um den Peril Fund geschart hatten, hielten das Wohlergehen einer Marmorsäule für bedeutsamer als das Wohlergehen eines Touristen. Immer wieder hatte es in den letzten Jahren erstaunlich harte, unmöglich durchsetzbare Forderungen gegeben, etwa komplett touristenfreie Wochenenden.

Es waren zwar immer Minderheitsmeinungen gewesen, und aktuell hatte sich der Peril Fund unauffällig verhalten, aber vor einigen Jahren hatte sich sogar die Agenzia Informazioni e Sicurezza Interna eingeschaltet, der italienische Inlandsgeheimdienst. Grund dafür waren enge Kontakte zur italienischen Anarchistengruppe FAI aus Livorno, welche zuletzt im Jahr 2011 tödliche Briefbomben verschickt hatte.

Max-Heinrich räusperte sich: »Was ist mit den Touristen? Oder den Kreuzfahrtschiffen? Wie Sie ja wissen, sind wir deshalb zu Ihnen gekommen.«

»Unser Fund versucht, Antworten auf die großen ökologischen, demografischen und sozioökonomischen Probleme der Stadt zu finden.« Sir Martin sprach, als hätte er in Oxford studiert, was möglicherweise daran lag, dass er tatsächlich in Oxford studiert hatte. Sein Abschluss hing gerahmt hinter dem Tisch. »Das heißt, wir sehen sowohl die Touristenmassen als auch die Kreuzfahrtschiffe als Problem, jedoch nicht als vordringliche Bedrohung. Das ist das Wasser selbst! Der Wasserstand in Venedig ist seit dem Jahr 1900 um zwanzig Zentimeter gestiegen. Daher können Sie davon ausgehen, dass niemand im Peril Fund mit diesen Anschlägen zu tun hat oder sie gar gutheißt. Wir sind keine Fanatiker wie dieser Vittorio Carducci oder wie irgendwelche Geheimbünde aus dem vorletzten Jahrhundert.«

Sir Martin hielt kurz inne und wies stolz auf seine Werke, Fotos vergangener Projekte. Säuberlich gerahmt nahmen sie die ganze Querseite des Büros ein.

»Wir haben bislang fünfzig Restaurierungen und Restaurierungsprojekte in Venedig abgeschlossen, darunter die Porta della Carta des Dogenpalastes, die Kirche Madonna dell'Orto in Cannaregio, die Kirche San Nicolò dei Mendicoli und die Cappella Emiliani aus dem sechzehnten Jahrhundert auf San Michele.« Sir Martin zeigte nacheinander auf die entsprechenden Fotos.

»Und Ihr neues Projekt ist die Restaurierung eines hydraulischen Krans im Arsenale, der 1883 von Armstrong Mitchell in Newcastle gebaut wurde«, erinnerte sich Max-Heinrich an eine Anmerkung des Seniors.

»Das stimmt!«, freute sich Sir Martin. »Dieser Kran ist weltweit einmalig.«

»Wie viele Menschen arbeiten für den Peril Fund?«, fragte Barbara.

Sir Martin sah die Majorin einen Augenblick bewundernd an, dann erklärte er: »Wir haben ein Büro in London mit vier Mitarbeitern. Hier in Venedig bin ich allein. Je nach Projekt kooperieren wir mit Universitäten aus dem In- und Ausland. Derzeit sind einige Maschinenbaustudenten der Universität Zürich mit dem Kran beschäftigt.«

Sir Martin schenkte sich Wein nach. Er schien sich so manche Angewohnheit des universitären Lebens beibehalten zu haben, und dazu gehörte ein aufreizend laxer Umgang mit Alkohol.

»Sind Ihnen jemals Merkwürdigkeiten bei den Studenten aufgefallen? Radikale Ansichten oder Forderungen oder irgendetwas anderes?«, hakte Barbara nach.

»Nein, das sind alles brave, fleißige junge Leute. Wir treffen uns einmal pro Woche hier zur Lagebesprechung, und zweimal pro Woche bin ich mit ihnen am Kran.«

»Seit wann sind die Studenten hier?«

»Diese Gruppe? Sie ist ganz neu und hat die Studenten abgelöst, die seit einem halben Jahr hier waren. Seit zwei Wochen arbeiten sie für unseren Fund.«

Max-Heinrich überlegte. Vor etwas weniger als zwei Wochen hatte die Anschlagsserie begonnen. »Wann sind Sie das nächste Mal vor Ort?«

Bratwurst und Baccalà

Max-Heinrich maß das Zimmer in seinem Bed & Breakfast ab. Zwölf Schritte längs, neun quer.

Er war eindeutig nervös, aber das hatte nichts mit den Ermittlungen zu tun.

Denn er hatte es tatsächlich gewagt.

Er hatte es gewagt, Barbara eine SMS zu schreiben. Ob sie heute Abend Zeit habe, mit ihm essen zu gehen. Hatte sie nicht nach dem Besuch bei Sir Martin erwähnt, sich auf ihren freien Abend zu freuen?

Sie hatte die SMS gelesen, das vermeldete sein Smartphone eindeutig. *Gesehen 19:58 Uhr* stand unter seinen Zeilen. Nun war es halb neun, der Abend kroch heran wie ein Raubtier, kam näher und näher. Hatte er zu viel gewagt?

Das Bild über dem Bett zeigte eine Kanalszene, war in modernem Stil mit dicken Pinselstrichen gemalt, damit der Künstler sein Talent nicht allzu deutlich zeigen musste. Max-Heinrich zählte zehn Schiffe, davon drei im Anschnitt. Vier klassische Gondeln, drei mit Motor betriebene Boote und drei Rümpfe undefinierbarer Herkunft. Die Signatur entzifferte er als *Gaia*. Draußen vor seinem weit geöffneten Fenster schimpfte ein alter Mann, aber er schimpfte in einem kräftigen Dialekt, den Max-Heinrich nicht verstand.

Um Punkt 21 Uhr machte er sich ein Bier aus der Minibar auf. Dosenbier, eisgekühlt. Es schäumte und zischte, und beinahe überhörte er das Klingeln.

Es war Pasquale Innocenti. Max-Heinrich wurde unbehaglich. Wusste der Colonello etwas von seinen amourösen Annäherungsversuchen bei seiner Untergebenen? Er fühlte sich, als hätte ihn sein Mathematiklehrer beim Herauskommen aus jenem Erotikkino erwischt, welches nicht weit vom Gymnasium lag und dessen Besuch unter den Elftklässlern als ultimative Mutprobe galt. Das, dachte er noch, macht ein autoritärer Knochen von Vater mit dir. Doch Innocenti, der das Durchklingeln bei Mitarbeitern zu ungewöhnlichen Zeiten aus einem Management-Ratgeberbüchlein aufgeschnappt hatte – Barbara hatte Max-Heinrich diesbezüglich vorgewarnt –, sprach ihm einfach nur seinen Dank aus und teilte mit, dass er am morgigen Montag zu einer »komplizierten Wurzelbehandlung« beim Zahnarzt wäre, und als Max-Heinrich sein volles Mitleid zeigte, schien der Colonello zufrieden und legte auf.

Endlich, um 21.14 Uhr, erschien auf dem Display jener Name, der Max-Heinrich elektrisierte. Er bemühte sich, nicht außer Atem zu klingen, denn schließlich hatte der Hechtsprung vom Bett zur Kommode einiges an Kraft gekostet. Zudem schoss ihm etwas Bier in die Nase.

»Hallo?«

Als er die Stille am anderen Ende hörte, bekam er es mit der Angst zu tun. Hatte er den Anruf aus Versehen fortgedrückt?

Nein, hatte er nicht.

Barbara beschied ihm, dass sie gern mit ihm essen gehen würde, und schickte ihm die Adresse des Lokals.

Auf dem Weg zum Restaurant kam ihm Kevin entgegen. Beinahe hätte Max-Heinrich ihn übersehen, so eilig hatte er es, zu seiner Verabredung zu kommen. Doch der Praktikant war in der breiten Gasse, auf der nur wenige Passanten unterwegs waren, nicht zu übersehen. Also blieb Max-Heinrich stehen und grüßte. Kevin blieb ebenfalls stehen und grüßte linkisch zurück, denn er trug zwei gewaltige Träger mit je sechs Zwei-Liter-Plastikflaschen Mineralwasser. An seiner Seite war eine hübsche junge Frau, in Kleidung und Stil zweifellos als Italienerin zu identifizieren, trotz ihrer hellen Haare. Kevin stellte kurz die Wasserflaschen ab und alle einander vor. Das machte er ziemlich formvollendet; seine Frau hieß Valeria, ihr Lächeln war etwas kühl.

Schon hob Kevin die schweren Wasserflaschen wieder an. »Für die Mutter meiner Verlobten«, sagte er wie zur Entschuldigung, und beide setzten ihren Weg fort. Max-Heinrich nickte verständnisvoll. Für ältere Leute war das Leben in Venedig zweifellos beschwerlich. Die engen Gassen, die vielstufigen Brücken, die kleinen, immer weniger werdenden Supermärkte in einem anderen Stadtsechstel – da war es gut, Hilfe zu haben.

Und es war üblich, dass in Venedig jeder jeden traf. Noch am Tag seiner Ankunft hatte Max-Heinrich den Bürgermeister höchstselbst gesehen, der mit zweien seiner Berater spazieren ging.

Nachdenklich blickte Max-Heinrich Kevin und Valeria nach. Sie blieben vor einem bildhübschen Palazzo stehen, und aus dem Fenster rief ihnen eine ältere Dame, offenbar Valerias Mutter, etwas zu. Ihr kompliziertes und sicher nicht unter achtzig Euro (ohne Quittung) aufgewickeltes und hellgefärbtes, oval wirkendes Haargebilde füllte fast den gesamten Rahmen aus.

Erster Stock, der *piano nobile* – die Signora schien Geld zu haben. Der *piano nobile* war seit Jahrhunderten das Geschoss der reichen Inhaber, während darüber, in den niedrigeren Stockwerken (jenen, die sich im Sommer tüchtig aufheizten und im Winter auskühlten), die Bediensteten hausen mussten. Durch die baulichen Gegebenheiten – hohe Decken, großzügige Zimmeraufteilung, generelles Prestige – war das Wohnen im ersten Stock bis heute das Höchste der Gefühle.

War die Dame nicht auch an den Rollstuhl gefesselt? Er versuchte, sich an die erste Begegnung mit ihr zu erinnern, doch dann erinnerte ihn ein Blick auf die Uhr, dass er zu spät dran war, und er drehte sich um und lief los.

Sie saßen im *Da Rioba* in Cannaregio so eng beieinander, dass sich ihre Knie bei der kleinsten Bewegung berührten. Links von ihnen krümmte sich ein französisches Paar in den späten Vierzigern ineinander, aber es war keine Liebe: Sie wurden nur von Verachtung auf die Welt zusammengekittet, gifteten sie doch gegen alle und jeden: das Wetter, das Essen, die Italiener, den Wein. Max-Heinrich hielt es für günstiger, das Zischeln dieser Nattern nicht zu übersetzen, obwohl Barbara neugierig nachfragte. Rechts tastete sich ein junges, gutgekleidetes Schweizer Pärchen mit den Zeigefingern hilflos durch die Speisekarte. Barbara half. Überhaupt wirkte sie recht gelöst.

Ihr erster Gang kam: *baccalà* auf warmem Brot und etwas Rosmarin. Der Stockfisch, wusste Max-Heinrich, wurde mit dem Hammer bearbeitet, gewässert, dabei das Wasser alle zwei Stunden gewechselt, und zuletzt mit Olivenöl, Knoblauch und etwas Milch zu einem Brei geschlagen.

Barbara verdrehte beim Biss ins Brot vor Genuss die Augen, Max-Heinrich tat es ihr vorsichtshalber gleich.

»Der beste *baccalà* der Stadt«, murmelte sie kauend.

»Haben Sie sich je gefragt, warum die Venezianer mitten

in der fischreichen Lagune leben und trotzdem zu *baccalà* greifen?«, fragte Max-Heinrich, sich vorsichtig vorantastend.

»Stimmt, das ist eine gute Frage, denn unsere Lagune ist tatsächlich sehr fischreich«, sagte Barbara und beäugte ihn neugierig.

»O ja, und die Fische sind auch noch leicht zu fangen, habe ich gelesen. Das Wasser ist zumeist nur ein paar Meter tief, das kann man schön durchkämmen. Aber es gab ein Schiffsunglück.«

»Was Sie nicht sagen?«

»Ja, vor fünfhundert Jahren stach ein venezianischer Kapitän mit seiner Kogge und deren Besatzung von Kreta aus in See. Sie wollten nach Flandern, doch heftige Unwetter drängten sie immer weiter nach Norden ab. Schließlich strandeten sie in einem Beiboot auf den Lofoten.«

Max-Heinrich richtete sich auf und setzte die Erzählung fort. »Drei Monate lang pflegten die Insulaner die Venezianer, bis sie die Heimreise antreten konnten. Und in den drei Monaten haben sie gelernt, wie man den Stockfisch herstellt.«

Barbara schien aufs Angenehmste verblüfft über Max-Heinrichs kulinarisches Wissen. Und so schickte jener in derselben Sekunde ein Dankgebet für seinen impertinenten Vater gen Himmel.

Überhaupt war Barbara ebenso liebenswürdig wie hinreißend und kaum wiederzuerkennen. Ihre spröde Dienstbeflissenheit hatte sie vollständig abgelegt. Max-Heinrich sprach sie darauf an.

»Als Frau ist es bei den Carabinieri schwer.« Barbara zuckte entspannt mit den Schultern. »In Italien sind wir noch nicht so weit mit der Gleichberechtigung. Du musst deutlich machen, dass du mindestens so gut bist wie deine

Kollegen, wenn nicht besser. Und das geht schlecht, wenn du das lächelnde Weibchen der Abteilung bist. Dann wirst du ganz schnell an die Espressomaschine geschickt.«

»Ich dachte schon, Sie würden mich nicht mögen.«

Barbara fasste Max-Heinrich kurz an den Unterarm, aber auf eine, wie er registrierte, betont kumpelhafte Art.

Bald redeten sie über ihre Hobbys. Barbara las gern Krimis und backte, wobei sie insbesondere ihren *cheese cake* rühmte. Max-Heinrich erzählte vom Birdwatching, und Barbara prustete los. Etwas von ihrem Spritz spritzte in Max-Heinrichs Gesicht.

»Das sollten Sie lieber anders formulieren«, gluckste sie immer noch vergnügt.

»Was meinen Sie?«

»Uccello, Vogel, ist in Italien, nun ja, der Spitzname für, ähem ...« Barbara deutete vage auf Max-Heinrichs Körpermitte, dann etwas genauer auf einen unbestimmten Ort, der allerdings deutlich unterhalb des Bauchnabels lag.

Max-Heinrich verstand und versuchte das Kunststück, zerknirscht zu grinsen, was zu einem munteren Auf und Ab seiner Mundwinkel führte.

»Und Sie müssen zugeben, dass das Beobachten von *uccelli* ein ziemlich seltsames Hobby wäre.«

Max-Heinrich nickte. »Ich denke, ich bleibe künftig lieber beim englischen Begriff *Birdwatching*.«

»Eine weise Entscheidung.«

Die Schweizer, ein Pärchen auf Hochzeitsreise, bestellten nach langem Hin und Her doch nur die Spaghetti *aglio, olio e peperoncino*, die, wie Barbara Max-Heinrich zuraunte, für jeden ambitionierten Koch eine Beleidigung darstellten, waren sie doch von einem Fünfjährigen hinzukriegen. Ach ja, und zwei kleine Salate wollten sie auch noch dazu. Barbara verdrehte die Augen.

Max-Heinrich notierte sich im Stillen, auf gar keinen Fall im Beisein Barbaras einen Salat zu bestellen.

»Spaghetti und Salat. Dafür geht man nicht in ein Restaurant. Das ist so, als würden Sie in Deutschland im Restaurant Pellkartoffeln mit Butter und Salz bestellen«, erklärte Barbara und zwinkerte ihm dabei vergnügt zu.

»Wobei, ich liebe Kartoffeln«, traute sich Max-Heinrich zu sagen.

Barbara lächelte spöttisch und wurde gleichzeitig ein wenig rot. Sie beugte sich ganz nah an Max-Heinrich heran, beinahe auf Kussentfernung, nicht ohne sich zuvor verschwörerisch nach neugierigen Mithörern umgesehen zu haben. Wieder legte sie ihre Hand kurz auf seinem Unterarm ab.

»*Patata* wiederum ist der Ausdruck für das, was wir Frauen dort haben, wo ihr euren *uccello* habt.«

Ach herrje. Gab es noch irgendein Fettnäpfchen, in das er hineintreten konnte? Jetzt blieb ihm nur der Frontalangriff.

»Kartoffel ist aber wirklich seltsam, finden Sie nicht?«, räusperte sich Max-Heinrich. »Also, die, äh, physiognomische Ähnlichkeit ist doch nun wirklich nicht …«

»Wie nennt Ihr Deutschen es denn?«, fragte Barbara unbekümmert.

Max-Heinrich dachte nach. »Manche nennen es *Pflaume*.«

»*Prugna?*«

»Ja, genau, wobei Sie doch zugeben müssen, dass die Form einer Pflaume eine ganz entfernte Ähnlichkeit … während die Form einer Kartoffel, nun ja …«

Die Bedienung erlöste Max-Heinrich mit *moèche*. Barbara wirkte beinahe enttäuscht, dass Max-Heinrich sich so leicht aus der Bredouille hatte befreien können.

Die Krebse waren eine teure venezianische Spezialität

und kosteten in diesem Frühjahr achtzig Euro das Kilo. Es gab sie nur zweimal im Jahr – genau dann, wenn sie eine Häutung hinter sich hatten und der Panzer noch ganz weich war.

Sie wurden einfach im Ganzen frittiert und gegessen, erklärte Barbara, die sah, dass Max-Heinrich etwas ratlos auf seinen Teller starrte.

»Im Ganzen?«

»Im Ganzen. Scheren, Beinchen, alles.«

Max-Heinrich schlug zu. Natürlich war es äußerst gewöhnungsbedürftig, in einen Krebs zu beißen, doch Max-Heinrich ahnte, dass er hier punkten konnte. Der Panzer war tatsächlich weich, sodass seine Zähne den Krebs mühelos zerkleinerten. Er schmeckte etwas süßlich und nussig. Man durfte halt auf keinen Fall daran denken, auf was man da gerade herumkaute.

»Sie sind aber tapfer«, freute sich Barbara. »Die wenigsten Menschen essen sie zum ersten Mal wirklich ganz.«

Das hörte Max-Heinrich gern. *Bravo, coraggioso* – welcher Mann hörte das nicht gern? Er wischte sich über die Lippen, denn er wollte verhindern, dass ihm ein Krebsbeinchen aus dem Mund hing. Drei deutsche Generationen, von einem einzigen Loriot-Sketch für immer verdorben.

Bei der Frage nach dem Dessert brachte Max-Heinrich zögernd das Wort *Tiramisù* hervor und betrachtete Barbara. Doch dieses Wort schien unbedenklich zu sein und trug nichts Schlimmes mit sich außer dem Versprechen auf ein paar Kalorien zu viel.

Nach dem Essen bummelten sie am Canale della Misericordia entlang bis in die schmaleren, immer enger werdenden Seitengässchen. Sie waren nahezu allein, es war ein

Wunder – als hätten sich die Touristen und auch die vielen Boote auf den Kanälen nach einem Zauberspruch einfach in Luft aufgelöst.

Irgendwann hakte sich Barbara bei Max-Heinrich unter. Natürlich, auch das war in Italien eine freundschaftliche Geste und auch der Enge der *calli* geschuldet, aber Max-Heinrich war sie auch ohne tiefere Bedeutung nur recht. Ein frischer Wind blies ihnen ins Gesicht, die Feuchtigkeit des Kanals tat ein Übriges, aber von dem Arm, der sich um seinen geschlungen hatte, strömte Wärme durch Max-Heinrichs ganzen Körper.

Die Nacht ließ Venedig zu sich selbst kommen und schuf eine Stille, die keine andere Stadt der Welt kennt. Die Absenz jeglichen Verkehrslärms war wirklich ein Erlebnis. Max-Heinrich hörte nur den Widerhall ihrer beider Schritte, das Knirschen der vertäuten Boote und das Glucksen, Gurgeln und Murmeln der Wellen, die keineswegs gegen die Uferanlagen und Palazzi schlugen, sondern die Mauern sanft und rhythmisch streichelten. Ein klein wenig war das Wasser der Kanäle immer in Bewegung, reichte doch schon eine einzige Bugwelle von irgendwoher, um die vertäuten Boote im Stichkanal ins Schwanken zu bringen.

Vor dem Bed & Breakfast gab es zwei rasche Küsschen auf die Wange. Das war mehr, als er zu hoffen gewagt hatte.

Und so sank Max-Heinrich gegen Mitternacht etwas verwirrt, aber ziemlich glücklich ins Bett. Barbaras Parfüm blieb ihm noch bis zum Einschlafen erhalten, eine unsichtbare, kuschlige Decke.

Die Unterwelt des Internets

Montag, 8 Grad, überraschend kühl, leichter Wind aus Nordost, Touristenstrom wie immer anschwellend, vom Kälteeinbruch unbeeindruckt

Pasquale Innocenti musste am frühen Morgen eine Wurzelbehandlung in Vier-Sieben, dem hinteren rechten Backenzahn, über sich ergehen lassen, wie er nicht nur Max-Heinrich gestern Abend, sondern auch schon seit vielen Tagen auf der Suche nach viel *compassione* seinen Untergebenen verkündet hatte. Und so trafen sich Max-Heinrich, Barbara und Carmine um Punkt neun ohne den Colonello im Besprechungssaal unter einer Karte der Stadt aus dem sechzehnten Jahrhundert. Drei weitere Carabinieri unterer Dienstgrade hatten sich eingefunden, die bei den Ermittlungen helfen sollten, insbesondere der Zeugenbefragungen im Fall des gestürzten Models und der Auswertung der Foto- und Filmaufnahmen. Draußen auf dem Markusplatz, direkt unter den Fenstern der Procuratie Nuove, rief eine chinesische Reiseführerin ihre Gruppe harsch zur Ordnung. Es war zwar noch früh, aber Max-Heinrich musste kein Chinesisch verstehen, um die Genervtheit ihrer Stimme herauszuhören, die durch die Mauern und Glasscheiben drang wie ein heißes Messer durch zimmerwarme Butter. Barbara leitete als ranghöchste Ermittlerin die Besprechung. Ihre Stimme klang viel angenehmer.

Sie fasste noch einmal den gestrigen aufreibenden Tag zusammen, referierte von den zwei Anschlägen und den ergebnislosen Befragungen der Opfer, den schrillen Meldungen in den Nachrichten und der notwendig gewordenen Pressekonferenz, dem Besuch bei dem Kreuzfahrtkoordinator Blasier und dem Venedig-Retter Sir Martin Frillick. Außerdem machten der Bürgermeister, der Präsident der Region Venetien und sogar der italienische Innenminister Druck. Es schien, als wäre auch Barbara, die wie Carmine seit sieben Uhr im Büro war, am heutigen Morgen eine Wurzelbehandlung lieber gewesen.

»Und heute sind wir in so ziemlich jeder Tageszeitung Europas auf einer der ersten drei Seiten«, schloss sie mit einem gequälten Lächeln. »Wir müssen uns einiges anhören.«

Das Seufzen der Carabinieri erfüllte den Raum. Jeder war gern in der Zeitung, aber keiner aus den falschen Gründen.

»Also schauen wir, was wir haben. Was gibt es Neues von Ihren Ermittlungen bei Esposito?«, wandte sich Barbara an Carmine.

»Wenig. Feinde hatte er keine. Außer, dass er zum SSC Neapel hält, was hier in Venedig, na ja …« Der Witz war so schlecht, dass er ihn selbst abbrach. »Ein unauffälliges Leben, keine Vorstrafen, keine Schulden, am Wochenende Fußball-Toto. Nichts, was irgendwie einen Mord rechtfertigen würde. Er war einfach nur zur falschen Zeit am falschen Ort.«

»Wir wissen also nicht, wie er dieses TTX hätte einnehmen oder wer es ihm hätte verabreichen können?«

Carmine schüttelte den Kopf. »Dafür haben gestern Abend die Ballistiker ihre Untersuchungen aus dem Gabrieli beendet. Sie haben ein neues Videoanalyseverfahren aus den USA benutzt, es gab Schwierigkeiten mit der Software, aber wir wissen jetzt etwas mehr über die Entfernung und den Schussabgabeort. Die Kugel wurde aus 140 bis 145 Metern, also vom Wasser aus, und aus einer Höhe von höchstens zwei Metern abgefeuert, und zwar fast von einem Standort direkt in gerader Linie gegenüber dem Gabrieli.«

»Hilft uns das?«

»Vorerst nicht, außer dass es sich bei dem Boot des Schützen wahrscheinlich um ein kleines Boot ohne Aufbauten handelt, möglicherweise um eine *batela*. Leider gibt es keine verwertbaren Aufnahmen vom Tatzeitpunkt, mit der wir ein in Frage kommendes Boot identifizieren könnten.«

»Ärgerlich«, grummelte Barbara.

»Können wir die Bevölkerung um Mithilfe bitten?«, fragte Max-Heinrich. »Vielleicht hat ein Tourist ja doch Aufnahmen gemacht, die uns weiterhelfen.«

Barbara nickte und notierte sich die Idee, um sie mit Innocenti zu besprechen. »Auch bei den anderen Fällen könnten wir das tun. Es ist zwar bei uns in Italien sehr unüblich, aber Ihr habt ja sogar eine Fernsehsendung, *XY gesucht*, oder?«

»Aktenzeichen XY«, lächelte Max-Heinrich, und Barbara lächelte zurück. Eine kleine Reminiszenz des gestrigen Abends lag im Besprechungsraum, verflüchtigte sich aber schnell wieder.

»Ach ja, die Ballistiker haben mich noch auf etwas hingewiesen«, holte Carmine Max-Heinrichs abwandernde Gedanken zurück. »Aus diesem Winkel und praktisch auf Meereshöhe konnte ein Schuss eigentlich niemanden in dem Hotelzimmer treffen. Die Kugel musste zwangsläufig weit oben in der Suite einschlagen. Die Person wäre nur gefährdet gewesen, hätte sie direkt am Fenster gestanden.«

»Was nicht nach Anschlag, sondern tatsächlich nach Warnung aussieht«, sagte Max-Heinrich.

»Ja, das war auch mein Gedanke.«

»Bloß, dass es in dieser Serie längst zu mehr als Warnungen gekommen ist«, warf Barbara ein. »Wir haben mit einem Toten zu tun, und der Schuss mit der Armbrust ist ein eindeutiger Mordanschlag.«

»Wir haben also als mögliche Verdächtige jene Venezianer, die gegen die Touristen sind. Und die hier ansässigen Umweltorganisationen, die vielleicht ein Exempel statuieren wollen«, sagte Max-Heinrich nachdenklich. »Wir haben die Kulturbeseelten vom Peril Fund mit ihren Kontakten zu anarchistischen Gruppierungen. Dann sind da die Verrückten und die Verschwörungstheoretiker. Und zuletzt gibt es ja noch die Prominentenhasser. Haben wir uns die wirklich schon ausreichend vorgenommen?«

»Was genau meinen Sie?«, fragte Barbara.

»Stars bekommen etwa zehn Drohbriefe pro Tag und eine Morddrohung pro Woche«, sprang Carmine, der offenbar etwas witterte, aufgeregt ein. »Wobei die meisten Briefe natürlich längst Mails und Online-Kommentare sind.«

»Das alles wird doch üblicherweise an die örtlichen Behörden weitergeleitet, die entscheiden, ob eine Gefährdungslage vorliegt, oder?«, sagte Max-Heinrich, und Barbara nickte bestätigend.

»Wurde je untersucht, ob ein ähnlicher Text wie der an Antonio Blasier an eines der prominenten Opfer der aktuellen Serie geschickt wurde?«, fragte er weiter.

Carmine blickte zu Boden. »Äh, nein.«

»Dann sollten wir einmal schauen, ob das der Fall war.«

Barbara blickte den Deutschen lange an, der daraufhin rot wurde. Das war, hoffte er, ein anerkennender Blick.

Es war ein Keller unterhalb der Wasserlinie, eine Seltenheit in Venedig, und Max-Heinrichs Überraschung hätte nicht größer sein können. In dem gut beleuchteten Raum saßen vier IT-Experten mit eindeutig menschenähnlichen Zügen vor großen Monitoren, und als die Besucher eintraten, hoben sie alle den Kopf und machten ein unverfänglich freundliches Gesicht, waren also mit rudimentären sozialen Umgangsformen vertraut. Kein Vergleich zu den Räumen der IT-Experten bei der Kripo in München, wo graue nutzlose Computer in artigen Reihen auf Schreibtischen aus Pressholzplatten vor wackligen Bürostühlen platziert auf ihren Gnadenschuss warteten, der Staub sogar auf der Zunge schmeckbar war, ein schmieriger Film die kalten Monitore belegte, alles in einem giftgrünen Odium waberte und das gesamte Ensemble wie der Atombunker von Tito in Belgrad aus dem Kalten Krieg aussah, inklusive der vom Leben entfremdeten Gestalten.

Max-Heinrich schaute schwer verdutzt. »Das ist also euer Computerraum.«

Barbara lächelte stolz. »Im Gegensatz zur hiesigen Polizei oder auch eurer Kriminalpolizei sind wir eine Militäreinheit. Wir müssen nicht fragen, um uns was Schönes zu gönnen.«

Einer der Experten stand auf, näherte sich den drei Besuchern und stellte sich als Massimiliano vor. Seine Gesichtsfarbe war nicht madenähnlich, sondern von erstaunlicher Frische, sogar ein keckes, modernes Menjou-Bärtchen spross aus seinem insgesamt fast sympathischen Gesicht. Barbara erklärte ihm, was sie brauchten. Er nickte seinen Kollegen zu, und sofort jagten agile Finger über die Tastaturen. Wenn man die Augen schloss, klang es wie Küchenschaben auf Linoleum. Auch Massimiliano setzte sich wieder vor seinen Monitor und streichelte seine Tastatur.

»Alle Drohungen, die von italienischen Servern oder italienischen Postämtern an Prominente gerichtet wurden, haben wir auf unserem Zentralserver in Rom archiviert, nach den betreffenden Personen sowie zeitlich sortiert, ob anonym oder nicht, ob von einer echten oder verschleierten Mail-Adresse. Wir haben selbstverständlich jederzeit Zugriff auf den Server, und auf Anfrage dürfen auch unsere Freunde von der Polizei die Daten nutzen.«

»Und wann ermitteln Sie?«, fragte Max-Heinrich.

»Nie. Für präventive Nachforschungen bräuchten wir ein paar tausend Ermittler. Es braucht schon konkrete Drohmomente, um etwa den Straftatbestand des Stalking zu erfüllen.« Massimiliano klickte auf einen Ordner, der sich auf seinem Monitor elegant auffächerte. »An den Fußballer ist nichts gekommen, außer ein paar Pöbeleien auf Instagram oder Twitter. Nichts Schriftliches. Er war ja auch nur zwei Tage hier. Das Model und der Influencer kamen, wie Sie sagten, beide erst am Freitag an, verbrachten also bisher zu wenig Zeit, um sich zumindest hier Feinde zu machen. Ein paar Dinge haben wir natürlich trotzdem. Der Designer wiederum ist wohl den meisten Menschen zu unbekannt, wir haben nichts über ihn.«

»Obwohl er sich mit seinem Luxuskaufhaus viele Gegner gemacht haben dürfte«, gab Barbara zu bedenken.

»Das mag sein, aber uns ist nichts dergleichen weitergeleitet worden. Wir könnten allerdings in seinem Privat-Account nachsehen …?«

Barbara schüttelte den Kopf. »Später vielleicht. Was ist mit Chris Cock? Den haben Sie bisher nicht erwähnt.«

»Ja, weil das der interessanteste Fall ist. Wir haben vier Ordner nur für ihn angelegt. Mails, Tweets, Instagram-Posts und echte altmodische Briefe, alles abgespeichert und eingescannt. Allein seit Anfang des Jahres sind das über einhundert.«

»Könnten Sie uns all diese ausdrucken?«, bat Max-Heinrich.

Das Menjou-Bärtchen zuckte nun doch ein wenig. Ausgedrucktes schien hier unten als eine Sache des vergangenen Jahrhunderts zu gelten. Aber kaum hatte Max-Heinrich den Satz beendet, waren Massimilianos Finger schon über die Tastatur geglitten, und am anderen Ende des Raumes meldete sich ein Laserdrucker fiepend zu Wort.

Wenig später teilten sich Barbara und er den Papierstapel auf. Max-Heinrichs Mappe enthielt etwas über fünfzig ausgedruckte Drohungen, und er tauchte tief in die Welt der Verzagten und Verstörten hinab. Einige der Texte waren an das Hotel Gabrieli gerichtet, andere an Chris Cocks Filmfirma, eine sogar ans US-amerikanische Konsulat beim Flughafen in der Via Galileo Galilei Nummer 30.

Es waren anklagende Botschaften auf Englisch und Italienisch, denn Chris Cock sprach, wie die Stalker und Irren wussten, wegen seiner Villa am Comer See leidlich Italienisch und vernaschte zudem, wenn man der Presse glauben durfte, immer wieder italienische Starletts aus der zweiten und dritten Reihe. Er hatte sich also tief in die italienische Kultur vorgearbeitet.

Die Drohungen waren in furchtbar schlichter Diktion und fast immer in universeller Wutbürger-Interpunktion verfasst, zu erkennen an der typischen GROSSSCHREI-

BUNG und den vielen Ausrufezeichen. »GEH STERBEN!!« oder »häng dich auf!!!!« waren übliche Sätze.

Max-Heinrich wusste selbst nicht so recht, wonach er suchte – kein Attentäter würde wohl ernsthaft seine Anschlagspläne vorab bekannt geben. Und doch war den meisten Menschen, die zu schrecklichen Taten bereit waren, eine gewisse Hybris eigen. Sie hielten sich einfach für schlauer als der Rest der Welt.

Einen Drohbrief und zwei Mails legte Max-Heinrich nach einer Dreiviertelstunde zur Seite. Der Drohbrief, absatzweise abwechselnd auf Italienisch und Englisch geschrieben, richtete sich gegen den US-amerikanischen »Kulturimperialismus« – auch das war ein beliebter Wutbürger-Dauerbrenner – und erwähnte, dass man »Menschen wie dich an die Wand stellen« werde. Ein Hinweis auf Schusswaffen? Die erste der zwei Mails war die einzige, die konkret die Hotelsuite benannte, was nicht leicht herauszufinden war, also ein hohes Maß an Stalker-Skills benötigte. Die zweite Mail kam Max-Heinrich insgesamt merkwürdig vor. Dort hieß es, Chris Cock habe mit seiner »impertinenten Präsenz« viele »Leben zerstört« und werde »gerichtet« werden. Das war selbst für Schreibtisch-Denunzianten eine ungewöhnlich harsche Diktion.

Barbara hatte zwei verdächtige Einträge auf Instagram gefunden, in denen von »Kopfschüssen« und ähnlich Haarsträubendem die Rede war. Von allen Verfassern fand Massimiliano innerhalb kurzer Zeit die Klarnamen heraus.

»Und jetzt?«, fragte Max-Heinrich.

»Jetzt recherchieren wir ein wenig genauer«, entgegnete Massimiliano. »Das wird dauern. Aber nicht lange.«

Barbara nickte Max-Heinrich zu. Ihre Arbeit im Keller war getan. Weiter ging's.

Armstrong, Mitchells & Co.s hydraulischer Kran

Max-Heinrich und Barbara ließen sich zum Arsenale fahren. Carmine war dieses Mal nicht der Kapitän, denn er setzte seine Ermittlungen rund um den Tod des bedauernswerten Giuseppe Esposito fort, ein junger *Brigadiere* stand an dem Steuerrad mit der Messingnabe. Außerdem war der Senior an Bord. Der alte Herr wollte sich diese Fahrt und eine exklusive Besichtigung der Werft, die Venedigs Macht über Jahrhunderte gesichert hatte, nicht entgehen lassen. Das weiße Haar flatterte wie die Fahne eines triumphierenden Konsuls über den Canal. Zum Fahrtwind und der brummenden Arbeitsweise des Dieselmotors gab es vom Senior ein linguistisches Rauschen, einen nicht enden wollenden Diskurs über das Spielcasino und Richard Wagners letzte Wohnung, das Ca' Pesaro und das Ca' d'Oro und das Ca' Pesaro sowie die Palazzi Rezzonico und Grassi und das Guggenheim-Museum. Dabei spannten die Ausführungen oft einen Bogen vom einstigen Besitzer bis zum heutigen Verwendungszweck und wären, einzeln genossen, hochinteressant gewesen, waren aber in der konstant anschwellenden Geballtheit nicht zu verdauen.

Um zum Arsenale zu gelangen, musste der Brigadiere einmal komplett den östlichen Fischschwanz umrunden, der Venedig bildete. Dafür ließ er das Quartiere Sant'Elena und die Isola di San Pietro backbords, um über den Canale Porta Nova ins Bassin Darsena Grande einzubiegen; der traditionelle Zugang zum Arsenale über die aus Athen stibitzten Löwenstatuen wurde nur zu besonderen Anlässen geöffnet.

Der Kran war leicht zu finden. Man musste nur nach Sir Martins glänzendweißem Gesicht und dem roten Haarschopf Ausschau halten. Der Anführer von Venedigs vermeintlichen Anarchisten saß an einem Klapptisch unter einem Sonnenschirm, mit der *Times* und einer Flasche Wein vor sich. Der Kran ragte neben ihm empor.

»Ein Prachtstück, nicht wahr?« Sir Martin hatte sich erhoben und blinzelte in die tiefstehende Frühlingssonne, als Max-Heinrich, Barbara und der Senior nach Verlassen des Bootes zu ihm traten und sich begrüßt und, im Fall des Seniors, vorgestellt hatten. »Der hydraulische Kran mit der Seriennummer 2919, gebaut 1883 in Newcastle im Auftrag der königlichen italienischen Marine.«

Es war tatsächlich ein mächtiges Gebilde, um die zwanzig Meter hoch und mit einem ebenso langen stählernen Arm, der weit ins Hafenbecken ragte. Der gesamte Aufbau war tiefschwarz lackiert und stand auf einem gemauerten Podest. Bevor Barbara zum offiziellen Grund ihres Besuchs kommen konnte, hob Sir Martin zu einer Rede an:

»Es gab sie in La Spezia, Bombay, Liverpool, Malta, Taranto, Pozzuoli und Tokio. Einer nach dem anderen wurde verschrottet. Der Letzte, den es erwischte, war das Exemplar in La Spezia. Wir haben hier einen Dinosaurier vor uns. Den Tyrannosaurus rex der Lastenkräne!«

Um den Dinosaurier der Kräne standen fünf Studenten, fotografierten und machten Aufzeichnungen.

Max-Heinrich betrachtete sie genauer. Sie sahen ungefährlich aus. Weiche, helle und fleckige Bärte die drei Jungs, die zwei Mädchen mit hochgestecktem Haar. Alle mit schlabbrigen ärmellosen Shirts, einer Wasserflasche und dem obligatorischen desinteressierten Blick, der wohl eine gewisse Haltung ausdrücken sollte.

»Die eigentlichen Restaurierungsarbeiten haben noch nicht begonnen, wir wollen erst die genaue Funktionsweise des Krans analysieren«, erklärte Sir Martin, während er Plastikgläser hervorzauberte und Wein einzuschenken bereit war, hätten seine Gäste nicht energisch den Kopf geschüttelt. »Alle Dokumente der Firma Armstrong, Mitchells & Co., diesen Kran betreffend, sind leider im Zweiten Weltkrieg verloren gegangen – ein Stuka-Volltreffer!«

»Ah, die gute Junkers Ju 87«, schwärmte der Senior, der als kleiner Junge den Zweiten Weltkrieg so eben verpasst und mit aller Unschuld eine gewaltige Sammlung von Flugzeugmodellen angehäuft hatte, über deren Eigenschaften – das wusste sein Sohn aus leidvoller Erfahrung – er ebenso ausgiebig referieren konnte wie über nahezu jedes andere Thema. Nun hielt er mit diesem Wissen zurück; vermutlich, weil Engländer etwas empfindlich auf solche Geschichten zu reagieren pflegten.

Nach dem aufreibenden Fotografieren machten nun auch die Studenten eine Pause, hockten sich im Schneidersitz zu Füßen des Krans und holten Stullen hervor.

»Wozu brauchte man eigentlich so ein Ungetüm? Doch nicht für den Schiffsbau?«, fragte Barbara.

»Nicht für den eigentlichen Rumpf, aber für die Beladung und vor allem für die Bewaffnung. Denken Sie an die Kanonen der Schlachtschiffe. Dieser Kran konnte Kanonen und auch Panzerplatten von bis zu hundertsechzig Tonnen heben, dazu all die schweren Munitionskisten.«

»Und was geschieht jetzt genau mit ihm?«

»Erst einmal müssen wir das Nötigste tun, etwa den Rost an den kritischen Stellen aufhalten.«

Max-Heinrich trat näher an den Kran heran. Erst jetzt

bemerkte er die vielen von der Zeit abgenagten Areale, von denen Sir Martin eben gesprochen hatte. Sie wirkten bedrohlich, auch angesichts des unstabil scheinenden Aufbaus mit dem schweren, ausladenden Arm.

»Es ist kein Stahl, sondern gutes altes Gusseisen«, sagte Sir Martin, der ihm gefolgt war, mit einem Stolz, als wäre er der Konstrukteur. »Dem modernen Stahl in vielerlei Hinsicht überlegen, wenn Sie mich fragen. Denken Sie an den Eiffelturm. In drei Monaten mit einer Handvoll Arbeitern errichtet, kein einziger Todesfall beim Bau, bis heute keinerlei Macken.«

»Aber der Rost hier?« Barbara zeigte auf eine besonders angefressene Stelle.

»Nun ja, im Gegensatz zum Eiffelturm steht dieser Kran seit fast anderthalb Jahrhunderten direkt am Salzwasser, bekommt bei jedem Hochwasser und jedem Sturm ordentlich was ab …«

»Verstehe.«

»Doch all das, was wir tun, wäre eine sinnlose Arbeit, wenn das Wasser immer weiter steigt.«

»Kann man denn etwas dagegen tun?«, fragte der Senior neugierig.

»Auf dieses Problem suchen wir seit fünfzig Jahren eine Antwort. Wir haben sogar ein Forschungsstipendium am Churchill College in Cambridge eingerichtet.«

»Was ist mit dem Mose-Projekt?«, warf Max-Heinrich ein.

»Eine Wand, die Wasser aufhalten soll, hat in der Geschichte der Menschheit noch nie dauerhaft funktioniert. Derzeit denken wir vom Peril Fund eher daran, statt das Wasser irgendwie abzusenken, Venedig *anzuheben*. Wollen Sie wirklich keinen Wein?«

Barbara schüttelte den Kopf.

»Wie soll das gehen?«

»Indem wir behutsam eine Mischung aus Sand und Zement in den Untergrund pumpen.«

»Klingt ziemlich gewagt«, meinte Max-Heinrich.

»Wir stehen natürlich noch beinahe am Anfang. Und es ist bislang auch noch nie außerhalb eines Labors probiert worden. Möglicherweise ist es unsere einzige Chance. Sonst müssten wir vor dem Anstieg des Meeresspiegels kapitulieren.«

»Ich habe von diesem Vorschlag der Wissenschaftler schon gelesen«, sagte Barbara, »und da hieß es, wenn es schiefgeht, könnte halb Venedig einfach ins Wasser kippen.«

Sir Martin schenkte sich ein drittes Glas ein. »Ob wir die Umsetzung dieses Vorhabens je erleben werden, ist ohnehin fraglich«, seufzte er. »Ich werde wohl nicht mehr dabei sein, aber Sie beide sind ja noch jung.«

Apropos vergeudete Jugend: Max-Heinrich trat auf die Studenten zu. Die fünf jungen Forscher, Arbeiter des Geistes und Hoffnungsträger eines ganzen Volkes, saßen immer noch im Halbkreis zu den Füßen des Krans und genossen ihre Vormittagspause.

»Geht die Arbeit gut voran?«, fragte Max-Heinrich höflich – und auf Deutsch. Die Wirkung blieb allerdings aus.

Nur zwei der fünf Angesprochenen blickten auf, und selbst das schien große Mühe zu bereiten.

»Joo, geht scho«, antwortete einer mit angenehm sedierendem Schweizer Akzent. Seine Augen zeigten alle Symptome eines erschreckend labilen Charakters.

»Und wie gefällt euch Venedig?«

»Schön hier, oderrr«, sagte ein Zweiter, der allerdings nicht aufschaute. Denn er hatte sich gerade ein Dosenbier geöffnet und atmete den Inhalt regelrecht ein. Immerhin hatte er noch den Anstand, den Rülpser zu unterdrücken.

»Nicht zu viele Touristen für euren Geschmack?«

»Nein, alles gut. Wir sind ja auch bloß Gäste, oderrr.«

»Was haltet ihr denn von den Kreuzfahrtschiffen?«

»Ganz schön groß für so eine kleine Stadt. Aber nicht unsere Sache, das müssen die Venezianer schon selbst regeln.«

»Als Studenten der Kunstgeschichte kennt ihr sicherlich Vittorio Carducci?«

Zwei schüttelten den Kopf, drei nickten.

»Lest ihr auch seine Zeitschrift, *Il Critico*?«

Die drei, die zuvor genickt hatten, schüttelten nun den Kopf.

Ein Joint kreiste, was eine tiefere Unterhaltung unmöglich machte. Max-Heinrich ging zu Sir Martin zurück, um ihm von dem Joint zu berichten, doch der hatte sich wieder auf seinem Klappstuhl im Schatten niedergelassen und schenkte sich just ein weiteres Glas Weißwein ein. Max-Heinrich winkte ab, sowohl geistig als auch körperlich. Revolutionäre, Anarchisten oder Terroristen, das sagte ihm sein Verstand, waren weder die Studenten noch Sir Martin selbst. Barbara schien das Gleiche zu denken, während der Senior sich mit Sir Martin in ein Gespräch über den Schiffsbau der letzten zehn Jahrhunderte vertiefte.

Das Polizeiboot, das sich kurze Zeit später mit Blaulicht näherte, wirkte wie Ärger in Stromlinienform. Selbst die Bugwelle schien schlechte Laune zu haben, und die wimmernde Sirene zerriss die gemütliche, träge Stille.

Aus dem Boot kletterte Arcangelo Belladonna höchstpersönlich, begleitet von seinem finsteren Schlagschatten Rocco Maccarone. Erst verblüfft, dann triumphierend blickte er die beiden Deutschen und Barbara an. So nachlässig wie möglich quetschte er vage Begrüßungslaute hervor. Schließlich zeigte er mit dramatischer Geste auf die Studenten, die sich von der Anwesenheit der nun zweiten Polizeikraft nicht weiter stören ließen.

Sir Martin hingegen hatte sein Gespräch mit dem Senior, höfliche Entschuldigungen murmelnd, unterbrochen, war aufgestanden und wankte nun mit dem typischen Watschelgang eines Schwergewichts auf Belladonna zu.

»Kann ich Ihnen helfen, Questore?«

Max-Heinrich registrierte, dass man sich kannte.

»Diese Studenten sind seit Beginn der Anschlagsserie in der Stadt.« Belladonnas Augenringe bewegten sich erregt auf und ab.

»Das ist auch uns bekannt«, erklärte Barbara und trat einen Schritt vor.

»Zudem konsumieren sie Drogen, und wer das tut, lässt auch Statuen auf Prominente stürzen.«

»Eine gewagte Folgerung.« Barbara bemühte sich, kühl zu bleiben.

»Dennoch würde ich zu gern die Alibis dieser jungen Leute überprüfen. Einer von ihnen ist schließlich Mitglied der *Partito Operaio e Popolare*, der Tessiner Kommunistischen Partei, und ein anderer gehört dem Radikalen Eidgenössischen Bund für Transnationale Ethik an, der sich mit sehr merkwürdigen Thesen gegen den Massentourismus hervortut.«

»Was soll das? Damit kommen Sie doch ohne weitere Indizien vor keinem Richter durch«, empörte sich Barbara. Doch Max-Heinrich konnte sich denken, dass sie sich ärgerte, weil die konkurrierende Polizei einen Wissensvorsprung hatte. Wie konnte das sein? Carmine hatte doch versprochen, vorab zu recherchieren. Und er hatte ihnen nichts von alldem gesagt.

Belladonna ging nun seinerseits näher an die Majorin

heran und senkte seine Stimme. Als auch Rocco sein breites Kreuz in Stellung brachte, trat Max-Heinrich, der mit seiner Größe punkten konnte, neben Barbara.

»Sehen Sie, meine Überzeugung war seit jeher folgende«, legte der Questore los, »wir von der Polizei zeigen der Bevölkerung, dass wir etwas tun. Daher nehmen wir lieber dreimal Menschen fest, auf denen nur der Anschein eines Tatverdachts liegt, anstatt von vornherein allzu viele Zweifel zu äußern und nichts zu tun. Mit unserer Strategie fühlt sich die Bevölkerung sicher. Sie weiß, dass wir für sie da sind. Sie weiß, dass wir aktiv sind. Nicht wie die ewigen Bedenkenträger der Carabinieri.«

Ohne eine Antwort abzuwarten, wandte sich Arcangelo Belladonna an die Studenten. »Ich nehme Sie alle vorläufig fest wegen Verstoßes gegen das Betäubungsmittelgesetz.«

Max-Heinrich, der Senior, Barbara und Sir Martin sahen dem Polizeiboot nach, das sich mitsamt den Studenten entfernte, die verwirrt wirken mochten, sich dies jedoch nicht anmerken ließen und stattdessen zum Selfie am Heck zusammenrückten.

»Sie sind unschuldig«, sagte Sir Martin.

»Das glaube ich auch«, sagte Max-Heinrich.

»Das mit dem Drogengerauche gehört sich aber auch wirklich nicht«, sagte der Senior.

»In ein paar Stunden sind sie wieder frei«, sagte Barbara.

»Wer steckt eigentlich Ihrer Meinung nach hinter den Anschlägen?«, fragte Max-Heinrich den Vorsitzenden des Peril Fund.

Sir Martin zuckte die Schultern. »*Der Fall ist klar wie Brunnenwasser*, würde Shakespeare sagen, doch er dichtete lange vor der Umweltverschmutzung.«

Diese Antwort war eines Oxford-Absolventen würdig.

»Bestellen Sie sich manchmal Pizza nach Hause?«, fragte Sir Martin plötzlich.

Barbara hob die Hände. »Ich esse keine Pizza.«

Max-Heinrich dachte an seine Tochter Lena und nickte.

»Die Pizzabäcker hier im Veneto haben vor einigen Jahren die *Pizza Veneziana* erfunden, und inzwischen gibt es sie fast überall auf der Welt. Eine Köstlichkeit! Mit Tomaten, Mozzarella, Sardellen und Oliven. Ein Prozentsatz des Verkaufspreises jeder verkauften Pizza Veneziana geht an unseren Fund, und bisher haben wir dadurch immerhin zweieinhalb Millionen Pfund eingenommen. Wenn Sie also etwas für die Rettung Venedigs tun wollen: Essen Sie mehr Pizza!«

Das Überfallkommando

Gerade als sich die Kielwelle des hastig fortschießenden Polizeibootes beruhigte und das aufgewühlte Wasser in ein sanftes Gluckern überging, klingelte Barbaras Diensthandy. Es war der Colonello. Sie stellte auf Lautsprecher.

»Voschfeffff«, zischelte es aus dem Smartphone.

»Volltreffer«, übersetzte Barbara.

Max-Heinrich fiel es wieder ein: die Wurzelzahnbehandlung. Armer Kerl. Er hörte ganz genau hin.

»Was meinen Sie?«, fragte Barbara.

»Ihr Verdäschischer. Diesche schomische Mail. Die mit dem …« Man hörte es rascheln, der Colonello verschob Papier auf seinem Schreibtisch. »Die mit dem *Leben scherschört*. Der Verfascher hat vier Vorschrafen wegen illegalen Waffenbeschisches. Der Schugriff erfolgt genau in dieschem Moment.«

Das war eine gute Nachricht. Barbara nickte Max-Heinrich zufrieden zu. Beim Blick auf das Display fiel ihr eine SMS auf, die ihr Carmine geschickt hatte. Sie öffnete sie, und gemeinsam mit Max-Heinrich las sie:

Zwei der Studenten sind Mitglieder verdächtiger Organisationen. Rufen Sie zurück, falls Sie Einzelheiten brauchen.

»Papa, wir fahren zurück«, rief Max-Heinrich.

Der Senior hob die Hände: »Macht, was ihr wollt!« Er zwinkerte Sir Martin zu, der ein Glas für ihn einschenkte.

»Hätte nicht auch der Colonello mit seinen Zahnschmerzen eine SMS schicken können?«, fragte Max-Heinrich die Majorin.

Barbara kicherte: »Sie kennen Ihr eigenes Geschlecht nicht sonderlich gut.«

Sie alle waren in der Lage, zweihundert Liegestütze am Stück zu machen. Sie konnten ein olympisches Becken tauchend durchqueren und mit vierzig Kilogramm Ausrüstung auf dem Rücken drei Tage und Nächte ohne Schlaf durch hochalpine Wälder wandern. Jeder von ihnen hatte mindestens dreißig Fallschirmsprünge absolviert, sie waren extrem geschickt mit Gewehren und Pistolen und zeigten unter Druck keine Nerven. Auch im Stress blieb ihr Puls unter fünfzig Schlägen pro Minute. Sie hatten schwarze Gürtel in diversen Kampfsportarten und Körper, die wie Skulpturen von Michelangelo oder Skizzen von Leonardo aussahen. Die *Squadra Speciale,* das Sondereinsatzkommando der Carabinieri, nahm nur die Besten. Und machte sie noch besser. Die meisten waren schon im Ausland unter Feuer gewesen. Bosnien, Irak, Afghanistan. Sie waren so hart, dass sie Stahlperlen schwitzten.

Aber das hier war selbst ihnen neu. Wie näherte man sich in einer wässrigen Stadt wie Venedig unerkannt dem Feind? Noch dazu am hellichten Tag? Der Kommandant, ein hagerer Kerl, der jeden Morgen um fünf Uhr einen Fünfzehnkilometerlauf zum Wachwerden absolvierte, hatte sich für den einzig möglichen Weg entschieden. Zunächst ließ er sich und sein Kommando in einem geschlossenen Boot der Carabinieri zu einem Seitenkanal nicht weit vom Ziel bringen. Und von dort ging es das letzte

Stück in einer herbeizitierten, ganz unverdächtigen Transportgondel. Und so hockten acht seiner besten Leute mit ihm in der Felze, jener wettergeschützten Kabine mittschiffs, die aus den Touristengondeln längst entfernt worden war, auf manchen Transportgondeln aber noch nicht, denn wer wollte zu liefernde Pakete schon strömendem Regen aussetzen? Die Frage des Gondoliere, ob er ein Foto seiner bewaffneten Fracht machen dürfe, wurde mit einem tiefen Knurren beantwortet, das an einen schlechtgelaunten Löwen erinnerte. Der Gondoliere steckte mit Bedauern sein Handy weg.

Die Männer waren so eng aneinandergedrängt, dass sie wie ein einziges merkwürdiges schwarzes Lebewesen wirkten. Sie trugen Splitterschutzwesten aus Kevlar und Sturmmasken. Zwei von ihnen hielten Maschinenpistolen im Anschlag, vier andere Pistolen, zwei hatten schwere Stemmeisen dabei, gegen die jede venezianische Tür aus morschem Holz kapitulieren würde.

Der Gondoliere, der noch nie so seltsame Fracht befördert hatte, legte nach nur zehn Minuten behutsam an der seit Jahren unbenutzten Tür auf der Rückseite eines Palazzos in der Nähe des Guggenheim-Museums an. Dann gab der Kommandant den Befehl zum Zugriff. Die ersten beiden Männer sprangen auf die schmale Stufe vor der Tür und ließen die Eichenlatten des morschen Portals krachen, während die übrigen von der Felze aus Feuerschutz gaben. Und wenige Augenblicke später strömte das gesamte schwarze Lebewesen ins düstere Treppenhaus.

Das Verhör

Ein zitterndes Bündel unbestimmten Alters. Fadendünnes, aber volles Haar, grau wie die Haut. Gebeugte Gestalt, generell ungesund wirkend, wie eine Maus, die einen Giftköder überlebt hat. Aber nur knapp. Innocenti stützte sich auf seinem Schreibtisch ab, Barbara stand neben ihm, erläuterte, durch ein Bündel Formulare blätternd, das eine oder andere. Max-Heinrich hielt sich im Hintergrund, und Carmine schien erkannt zu haben, dass er der einzige bewaffnete Mann im Raum war, denn er erhöhte dementsprechend seine Wachsamkeit.

Innocenti gab ein väterliches »tschtschtsch« von sich und schaute den Verhafteten zum ersten Mal, seit dieser hereingeführt worden war, mit einem diamantbohrenden, aber zugleich irgendwie sympathisierenden Blick an, so wie ein Weihnachtsmann ungezogene Kinder. »Bösche Mailsch an Chrisch Cock schreiben. Scho etwasch macht man doch nischt.«

Carlo Micciutti sank, sofern das überhaupt möglich war, noch mehr in sich zusammen. Er versuchte, sich in sich selbst aufzulösen, und er machte seine Sache gar nicht mal schlecht, fand Barbara.

»Über eine Fake-ID-Adresche geschrieben …«

»IP-Adresse«, korrigierte Barbara.

»Wischen Schie«, Innocenti breitete wie resignierend die Arme aus, »scho etwasch bekommt man heutschutage kinderleicht herausch. Schie und isch, wir schollten dasch Internet der näschten Scheneraschion überlaschen.«

»Dolores«, schluchzte Micciutti plötzlich auf.

»Dolores?«, fragten Barbara und Innocenti zugleich.

Micciutti schniefte. »Sie wollte nichts mehr mit mir zu tun haben. Und daran war dieser Schauspieler schuld.«

Dolores Garcia-Breton, lernten Barbara und die restlichen Anwesenden in den nächsten tränenreichen Minuten, war eine Spanischlehrerin an der Mittelschule gewesen, eine Kollegin Micciuttis. Sie stammte aus Venezuela und hatte sich auf ein Techtelmechtel mit Micciutti eingelassen, das diesen völlig aus der Bahn geworfen hatte. Zum einen, weil er frauentechnisch noch nie aus dem Vollen hatte schöpfen können, zum anderen, weil Dolores Dinge mit ihm anstellte, die er nur aus schwedischen Videos kannte. Doch Dolores, Mitte vierzig, hatte schon mit zarten zwanzig Jahren eine ungute Besessenheit für Prominente entwickelt. Sie hatte so ihre Tricks, sich ihnen zu nähern; immerhin war es ihr in den Jahren vor Micciutti gelungen, zwei italienische Top-Ten-Sänger sowie den Teilnehmer einer Castingshow zu verführen. Was aber Chris Cock anging, war sie völlig hinüber und zeigte eine Obsession, die an kreischende Teenager erinnerte.

Während all diese verstörenden Informationen aus Micciutti heraussprudelten, blickte Barbara mit Innocenti, Carmine und Max-Heinrich auf die Fotos der beschlagnahmten Pistolen und Gewehre, die ihnen der Kommandant der Spezialeinheit in einer Mappe gereicht und samt dem Verdächtigen überlassen hatte. Carmine pfiff anerkennend, Barbara stieß ihn in die Seite, und alle lauschten erneut Micciuttis Worten.

Dolores hatte mehrmals über verlängerte Wochenenden vor Chris Cocks Villa am Comer See herumgelungert, in hohen Stöckelschuhen und, wenn das Wetter es zuließ, in der knappestmöglichen Kleidung, die gerade so nicht nuttig wirkte. Wenn Cock im Gabrieli wohnte, dann bezog sie auch ein Zimmer dort, und wenn sie sich das nach zwei Nächten nicht mehr leisten konnte, bewohnte sie die Lobby. Einmal wurde sie verhaftet, daher war ihr Verhalten aktenkundig. Und es kam, wie es kommen musste: Dolores verließ den armen Micciutti, sosehr der auch bettelte. Sie hatte Großes vor, und sie glaubte fest an sich. Da konnte sie keinen mausgrauen Ballast gebrauchen.

Heftiges Klopfen an der Tür unterbrach das Liebesgejammer.

Auf ein »Herein« des Colonello trat ein junger Carabiniere in Uniform aufgeregt herein. »Colonello, das müssen Sie sich unbedingt ansehen!«

Im Empfangssaal der Carabinieri bestaunten der Colonello und die beiden Ermittler – Carmine war bei Carlo zurückgeblieben – eine Kathedrale aus Holzkisten, die sich dreitürmig mehr als mannshoch vor ihnen aufrichtete. Gerade schleppte die Squadra die letzte der Kisten herbei. Die Männer der Spezialeinheit hatten sich längst von Helm, Sturmhaube und Splitterschutzweste befreit. So war es meistens: Als Helden wurden sie angefordert, als Packesel endeten sie.

»Wir haben diese Kisten in drei verschiedenen Verstecken gefunden. Sie alle waren in Karten in der Wohnung gekennzeichnet gewesen«, erklärte der hagere *comandante*. »Ein Versteck befand sich in einem mehrfach verriegelten Raum in einer angemieteten, aber leerstehenden Wohnung der Zielperson in Mestre. Ein zweites Versteck befand sich vergraben in einem Waldstück an der Nordspitze des Lido und ein drittes in einer Industrieruine auf der Insel Poveglia.«

»Ah, die Geisterinsel«, sagte Barbara. Weil alle sie fragend anblickten, erklärte sie knapp, was es damit auf sich hatte: Angeblich spukten dort noch die Geister der Pesttoten, die auf der einstigen Quarantäneinsel starben.

»Das Erstaunliche ist, dass die Kisten in allen drei Fundorten identisch bestückt waren«, erklärte der Kommandant weiter.

»Schieschen Schie losch«, verlangte Innocenti.

»Ein Wasserkanister mit einem Fassungsvermögen von dreißig Litern, bis obenhin befüllt. Schutzanzug, Feinstaubmaske, Kicklicht, Rettungsdecke, Kurbelradio, Brennpastedosen, Topfkreuz für die Brennpastedosen, Spirituskocher, Kernseife, Funkgerät, Stirnlampe, Desinfektionstücher, Handdesinfektionsmittel, Kurbeltaschenlampe, Kurbellaterne, starke Stricke, Gaskocher, Gaskartuschen, Wasserdesinfektionspillen, Landkarten im Maßstab eins zu fünfundzwanzigtausend von Triest bis Ravenna, Regenponcho, Teelichter, Klappspaten, Beil, Kompass, Schweizer Taschenmesser, Taschenlampe, Pfefferspray, jede Menge Batterien, ein Erste-Hilfe-Koffer, Panzertape, drei Dutzend Proteinriegel.«

»Was ist mit weiteren Waffen?«, fragte Barbara, denn sie hatte die Hoffnung, die Waffe zur Patrone in Chris Cocks Hotelsuite zu finden. Auf den Fotos war sie nicht dabei gewesen.

»An jedem der Fundorte ein Stilett mit dreißig Zentimeter langer Klinge, eine Präzisionsarmbrust mit fünf Stahlgeschossen sowie je eine Glock 17 mit vierunddreißig Schuss Munition.«

»Haben Sie auch ein Gewehr mit Dreihunderter-Kaliber gefunden?«, hakte Barbara ungeduldig nach.

»Noch nicht, aber wer weiß, ob wir wirklich alle Verstecke ausgehoben haben.«

»Eine beachtliche Schammlung haben Schie da«, sagte Innocenti zu Carlo, als die Ermittler wieder zu dem Verhafteten zurückgekehrt waren.

»Jeder hat eben seine Hobbys.«

»Ein ungewöhnlischesch Hobby, mit Verlaub. Und vermutlisch einesch, dasch Ihnen nun viel Ärger einbringen wird.«

»Ich habe den Jagdschein und kann gut mit Waffen umgehen.«

»Sie werden wohl kaum ein *brevetto* für all diese Waffen haben, und Sie sind zudem mehrfach vorbestraft«, mischte sich nun Barbara ein.

»Nun ja, einmal Alkohol am Steuer nach einer Weihnachtsfeier mit den Kollegen, einmal Sachbeschädigung eines Coca-Cola-Automaten, der mir mein Wechselgeld nicht herausgeben wollte – ›vorbestraft‹ ist *una parola grande*. Und ich habe alle Strafen bezahlt.«

»Dennoch glaube ich kaum, dass Sie Ihr ganzes Arsenal auf legalem Weg zusammengetragen haben. Wollen Sie damit einen Weltkrieg beginnen?«

»Nein, ich will einen Weltkrieg überleben.«

Barbara sah erst zu Max-Heinrich, dann zum verirrt dreinblickenden Colonello und zuletzt zu Carmine, dessen Ohren vor Verblüffung wieder einmal heftig wackelten.

»Oder eine Naturkatastrophe. Oder einen Terroranschlag mit Chemiewaffen. Oder eine Epidemie. Wir Venezianer wissen ja, was die Pest mit einer Stadt machen kann«, fügte Carlo an, als niemand sprach.

Über Max-Heinrichs Gesicht machte sich Zufriedenheit breit, die von einer plötzlichen Erkenntnis ausgelöst wurde. Barbara wusste: Wenn der Deutsche diesen Blick aufsetzte, dann würde es interessant werden.

»Sie sind ein Prepper«, wandte er sich im nächsten Moment an Carlo Micciutti.

Carlos Augen leuchteten vor Glück auf. Seine Haltung wurde straff, und er sah gleich jünger und frischer aus. »Zwar bevorzuge ich den Begriff *Survivalist*, aber Sie haben recht!«

Max-Heinrich räusperte sich. »Haben Sie denn Indizien dafür, dass es zu einem Weltkrieg kommen könnte?« Seine Worte zielten offensichtlich auf die Zurechnungsfähigkeit des Verhafteten.

Doch Carlo Micciutti schien diese Frage schon zu oft gehört zu haben, denn er zeterte plötzlich voller Selbstbewusstsein: »Wir sind einfach nur Menschen, die sich auf einen Notfall vorbereiten! Selbst, wenn es möglich ist, dass dieser Notfall nie eintritt.«

»Aber dafür ischt doch der Schtaat da«, wandte Innocenti ein.

»Sie glauben doch nicht ernsthaft, dass der Staat in einem echten Notfall seinen Bürgern helfen kann?«

Nun schaltete sich Carmine ein. »Oh, ich denke schon, dass wir das können. Mehrmals im Jahr gibt es Katastrophenübungen, bei denen genau diese extremen Fälle durchexerziert werden.«

Micciutti lächelte gönnerhaft. »Schön, ich lasse Sie in Ihrem Glauben. Auch wenn Sie vielleicht wissen sollten, dass das nächste Notfalllazarett in Vicenza bereitsteht, sechzig Kilometer entfernt, und ein Fassungsvermögen von lächerlichen fünfzig Patienten hat. Lassen Sie mich etwas fragen«, wandte er sich an Innocenti. »Haben Sie eine Hausratversicherung gegen Einbruch oder eine Feuerschutzversicherung?«

Innocenti nickte unwillig.

»Sie werden sie vermutlich nie in Anspruch nehmen.

Und doch bereiten Sie sich auf den schlimmsten Fall vor. Das ist genau unsere Devise: Besser haben und nicht brauchen als brauchen und nicht haben.«

»Meine Oma denkt so«, stimmte Carmine eine Spur zu eilfertig zu. »Sie geht seit Jahren einmal im Monat mit einer Überlebensliste einkaufen und hat den Keller voller Konserven. Mit ihren Vorräten könnte sie leicht ein paar Monate überleben. Und in der Küche hat sie noch einen alten Herd, den sie mit Holz befeuern kann.«

»Sehen Sie?« Micciutti nickte zufrieden.

Barbara gefiel es nicht, dass ein Verdächtiger das Verhör diktierte.

»Ob nun Survivalist, Prepper oder nicht«, sagte sie. »Sie hatten die Möglichkeiten, die Expertise und auch das Motiv, am Donnerstag vor zwei Wochen einen präzisen Schuss …«

Mit jedem Wort war Carlos Kopf wieder tiefer in die Brust gesunken, doch bei der Erwähnung des Datums hellte sich sein Gesicht auf.

»Am Donnerstag vor zwei Wochen, sagen Sie?« Er reckte das Kinn.

»Korrekt.«

»Oh, für diesen Tag habe ich ein Alibi.«

»Das werden wir überprüfen.«

»Dafür haben Sie es nicht weit.« Micciutti zeigte aus dem Fenster auf das gegenüberliegende Gebäude. »Ich saß den ganzen Tag bei Ihren Kollegen, den *Carabinieri del Porto*, um endlich meinen Motorbootführerschein verlängern zu lassen.«

»Ihr dürft mir meine Waffen nicht wegnehmen! Meine Sammlung! Meine Kinder! Darf ich sie noch einmal sehen?«

Innocenti nickte Carmine zu, der gemeinsam mit zwei herbeigerufenen Carabinieri Micciutti hinausgeleitete. Der Venezianer kam vorerst frei und hatte sich einmal pro Woche bei den Carabinieri zu melden. Sein Personalausweis und Reisepass wurden vorsorglich eingezogen. Ihn erwarteten eine saftige Geldstrafe sowie ein Verlust all seiner Waffen, aber wohl, je nach Richter und anwaltlichem Geschick, kein Gefängnis.

Innocenti ließ sich dann die internationalen Zeitungen des Tages bringen, die immer erst gegen Mittag in Venedig eintrafen, und zeigte sie Barbara und Max-Heinrich. Die Schlagzeilen waren eindeutig, und sie sahen nicht gut aus. Sie machten keine Werbung für Venedig. Und auch nicht für die Carabinieri.

Fünf Espressi und ein Chinese

Auf dem Weg zum Mittagessen holte Max-Heinrich seinen Vater vom Bootsanleger des Cipriani am Markusplatz ab. Der Senior hatte sich nach dem feuchten Vormittag mit Sir Martin aufs Ohr gelegt und frisch gemacht. Gemeinsam spazierten sie über den Riva degli Schiavoni, dieses Mal unbehelligt von Kreuzfahrtemissionen menschlicher Art. »Kennst du die Truthahntheorie?«, begann der Senior, nachdem ihm der Sohn von dem Verhör mit dem Prepper berichtet hatte.

Max-Heinrich verdrehte die Augen, aber mehr innerlich. Er kannte diesen enthusiastischen Ton, der allen Diskursen des Seniors vorausging wie eine Kriegsstandarte.

»Der Truthahn bekommt das ganze Jahr über wunderbares Essen und wird gehegt und gepflegt. Sein Wohlbefinden steigt von Tag zu Tag, er glaubt sich beim Farmer in besten Händen – und dann, am Tag vor Thanksgiving: *zack*, Kopf ab!«

»Und was willst du mir damit sagen?«

»Ganz einfach. Das Federvieh kommt vom bestmöglichen in den schlechtestmöglichen Zustand. Genau so funktioniert die Menschheitsgeschichte. Du kannst nie von dem jetzigen Zustand auf die Zukunft schließen. Historiker sind die schlechtesten Politiker!«

Max-Heinrich sah einer seltenen Kolbenente zu, einem Männchen, das zunächst seinen roten Schnabel tief ins Wasser tauchte, dann folgte der orangerote Kopf, und schließlich war es ganz im Wasser verschwunden, um nach

Nahrung zu suchen. Max-Heinrich wäre gern mitgetaucht. Es war nicht die erste Kolbenente, die er sah; es schien eine ungewöhnlich große Population in der Lagune zu geben. Er beschloss, der Sache irgendwann nachzugehen.

»Der Frühling 1914 war außergewöhnlich warm, die Menschen vergnügten sich in den Parks, die Wirtschaft brummte. Drei Monate später lag Europa miteinander in dem blutrünstigsten Krieg, den die Menschheit je gesehen hatte. Bis zum Ende des Jahres waren bereits eine Million Soldaten in den Schützengräben verreckt.«

»Bist du dabei gewesen?«

»Sehr witzig, Sohn. Ich bin alt – komm drüber hinweg!«

»Du sagst also, diese Prepper haben recht?«

»Ich sage, sie sind weniger verrückt, als du und ich vielleicht zu glauben wünschen.«

Max-Heinrich tastete sich durch den Satzbau, den ihm der Vater präsentiert hatte, aber schüttelte dann den Kopf.

»Wer hundert Tage lang Gewinn gemacht hat, kann nicht davon ausgehen, dass er am hundertersten Tag ebenfalls Gewinn macht«, setzte der Senior seinen Vortrag fort. »Nur weil es in der Vergangenheit bergauf ging, geht es nicht immer so weiter, sondern es folgt unweigerlich ein tiefer Fall. Jede Prognose ist daher nichtssagend. Nur weil wir in Deutschland siebzig Jahre keinen Krieg hatten, heißt es nicht, dass es in den nächsten siebzig Jahren so weitergeht. Politische und ökonomische Systeme sind extrem instabil, und Vergangenes erlaubt keine Aussage über die Zukunft.«

»Ja, schon gut, ich habe deinen Punkt verstanden.«

»Ich kann mich schon noch gut an den Krieg erinnern. An den *Zweiten* Weltkrieg«, ergänzte der Senior mit einem scharfen Seitenblick. »Deine Mutter, Gott sei ihrer Seele gnädig, hat einmal die Woche eingekauft und sehr genau darauf geschaut, dass sie immer genug Konserven im Keller hatte, um uns mindestens zwei Wochen lang durchfüttern zu können, falls es zu einer Krise kommt.«

»Aber Papa, diese Prepper, das sind doch die, die an Verschwörungen glauben. Daran, dass die Zombie-Apokalypse bevorsteht oder daran, dass wir von Reptilwesen regiert werden. Diese Menschen kann ich nicht ernstnehmen, und das hat ganz sicher nichts mit Mama zu tun.«

Aber der Senior hatte längst Fahrt aufgenommen, und sein Bremsweg ähnelte jenem eines Öltankers auf hoher See. »Ein Kapitän namens E. J. Smith schrieb einmal, dass er seit vierzig Jahren zur See gefahren sei. Er habe nie ein Schiff untergehen sehen. Er sei nie in Seenot geraten. Er sei niemals in irgendeine auch nur entfernt gefährliche Situation geraten. Zwei Jahre später übernahm er das Kommando auf der *Titanic.*«

Barbara erwartete die Hempels in einer Bar in der Via Giuseppe Garibaldi, der breitesten Straße Venedigs. Der Tag konnte den Frühling kaum im Zaum halten, sodass sie draußen zwischen den Touristen Platz nahm und Tramezzini bestellte.

Gegenüber würde bald ein chinesisches Restaurant eröffnen, das vierundachtzigste der Stadt, und sie sah etwas verträumt den drei Chinesen zu, die dem Außenbereich den letzten Feinschliff verpassten. Einer putzte die Löwenstatuen aus Plastik, die den Eingang flankierten, ein anderer schleppte Blumenkübel heran, ein dritter versuchte, für die laminierte Speisekarte mit großen Bildern der angebotenen Gerichte einen perfekten Platz zu finden.

»Kennen Sie die Geschichte mit den Aquarien und der chinesischen Mafia?«, begann der Senior, noch bevor er sich gesetzt hatte.

»Ach, Papa, das ist doch eine unsinnige Geschichte«, versuchte Max-Heinrich abzuwiegeln.

»Nein, erzählen Sie«, tat Barbara glaubwürdig interessiert.

»Also, vermutlich haben Sie noch nie ein chinesisches Restaurant ohne Aquarium gesehen, richtig?«

Barbara dachte nach. »Nein, das habe ich wirklich noch nicht.«

»Nun, es geht das Gerücht, dass die Anzahl, Farbe und Größe der Fische jedem Eingeweihten zeigen, welchen Rang der Besitzer innerhalb der chinesischen Triaden einnimmt. Ein Aquarium mit vielen kleinen Fischen zeigt, dass es sich um einen niederen Schutzgeldzahler handelt. Doch je prächtiger und bunter die Fische werden, desto höher steht der Wirt in der Hierarchie.«

»Faszinierend.« Barbara biss in ihr Thunfisch-Ruccola-Sandwich.

»Unsinn«, wandte Max-Heinrich ein.

»Doch, es stimmt«, meldete sich eine Stimme vom Nebentisch. »Oder vielleicht nicht?«

Barbara und die Hempels wandten sich um. Hinter ihnen saß ein Chinese, der fröhlich grinste. Er war Anfang vierzig und trug ein kragenloses weißes Hemd, dessen oberste zwei Knöpfe verwegen offen standen. Er sah aus wie die fernöstliche Ausgabe des jungen Alain Delon, fand Barbara.

Der Senior räusperte sich. »Es tut mir leid, falls ich Sie oder Ihre Kultur beleidigt habe. Sie müssen wissen, ich bin ein großer Bewunderer insbesondere der Han-Dynastie, und ihre Heqin-Politik, welche durch Heirat …«

Der Chinese winkte ab. »Machen Sie sich keine Sorgen, Sie haben mich nicht beleidigt.«

Sein Italienisch klang makellos. Nun senkte der Chinese seine Stimme, behielt aber sein fröhliches Gesicht. »Ich weiß, wer Sie sind. Und lassen Sie sich versichern, die chinesische Gemeinde von Venedig ist fest auf der Seite der Ordnungshüter, um diese heimtückischen Anschläge aufzuklären!«

»Was wissen Sie über die Anschläge?«, fragte Barbara misstrauisch.

»Majorin Goldoni, Kriminalkommissar Hempel, ich weiß nur, dass diese Anschläge unser Geschäft schädigen, wenn sie nicht aufhören. Und sinkende Einnahmen kann doch keiner wollen.«

Woher hatte dieser Mann diese Informationen, überlegte Barbara. Was die Majorin nicht wusste: Wäre sie nicht auf Kunstdiebstahl spezialisiert, hätte sie ihn auch gekannt.

Doch bevor sie nachfragen konnte, erhob sich der Mann. »Hier ist meine Karte. Kommen Sie einmal zu mir zum Essen, wenn sie authentische chinesische Küche der Hunan-Region kosten wollen. Kein touristischer Fraß wie da drüben.«

Barbara blickte auf die Karte, auf der lediglich der Restaurantname – *Loto primaverile, Frühlingslotos* – und die Adresse standen. »Wie heißen Sie?«, fragte sie und reichte die Karte an Max-Heinrich weiter.

»Nennen Sie mich Signor Li. Ihre Kollegen werden mich kennen. Ach, und falls Sie sich fragen sollten: In meinem Aquarium schwimmen sehr große und sehr bunte und sehr dominante Fische.« Herr Li zwinkerte ihnen zu, warf ein paar Münzen auf seinen Tisch und verließ in ungekünstelter Lässigkeit die Szene.

Die Masken, die Hochzeit und die Insel

Die Carabinieri hatten ihm nie etwas nachweisen können, doch Signor Li schien ein wichtiger Mann innerhalb der chinesischen Gemeinde Venedigs zu sein. Das und mehr erfuhren Max-Heinrich, Barbara und der Senior, als sie eine halbe Stunde später zurück im Präsidium waren. Die seltsame Begegnung hatte die drei nicht losgelassen, und so ließ sich Barbara Informationen kommen.

Herr Li betrieb demnach neben dem Restaurant in Venedig auch noch eines in Mestre, *Winterjasmin*. In beide Etablissements verirrten sich nie viele Gäste, doch Signor Li konnte über sein Leben nicht klagen. Das allerdings hatte Max-Heinrich schon in der Tramezzino-Bar an der Patek-Philippe-Calatrava-Sonderedition an Herrn Lis Arm bemerkt, die in etwa so viel kostete wie seine Dreizimmerwohnung in München, deren Kauf er einst erwogen hatte, bis die Eigentümerin ihm den Kaufpreis genannt hatte. Es blieb fürs Erste bei der monatlichen Mietzahlung. Jedenfalls: Wer ein Apartment in begehrter deutscher Innenstadtlage am Arm tragen konnte, der musste in seinem Leben zweifellos einiges richtig machen.

Signor Li organisierte, das wussten die Carabinieri, in seinen Lokalitäten Pokerrunden und schien ein Herz für illegale Sportwetten zu haben, die er über Mittelsmänner in Asien abwickelte. Dort konnte man nämlich auch auf Ergebnisse der dritten und vierten europäischen Ligen wetten – oder auf solche Dinge, welcher Spieler den ersten Einwurf bekommt oder die letzte Ecke tritt; und in der vierten Liga reichte ein geschenkter Flachbildfernseher aus, um einige Episoden auf dem Feld entsprechend zu steuern. Aber insgesamt machte er bei den Carabinieri nicht den Eindruck eines wirklich gefährlichen Gangsters. Daher hatte man ihn fürs Erste in Ruhe gelassen, obwohl es erstaunlich war, dass er ziemlich oft im Dunstkreis besonderer Vorkommnisse der Stadt gesichtet wurde.

Signor Li half also bei den momentanen Ermittlungen nicht weiter, und die zweite Besprechung des Tages bei Pasquale Innocenti mit Max-Heinrich, Barbara und Carmine Boldi verlief bei ziemlich niedriger Raumtemperatur. Sogar der Senior, der wieder mit im Spiel war und sich einen möglichst entfernten Stuhl gewählt hatte, hielt sich angesichts der Stimmung des Colonello vorsichtshalber zurück. Die Zweifel an den Fähigkeiten der ermittelnden Carabinieri waren vermutlich von Arcangelo Belladonna und seinen zugegebenermaßen besseren Kontakten zu der heimischen Journaille gestreut.

Der Erlass so mancher Strafzettel und die Vergabe von Konzessionen insbesondere für Motorboote auf den Kanälen waren überzeugende Argumente, um die traditionell unterbezahlten, unterprivilegierten Redakteure der örtlichen Tageszeitungen sowie die Korrespondenten der großen Druckerzeugnisse in freundlicher Stimmung zu halten. Den Carabinieri waren solche administrativen Finessen nicht möglich.

Nach einem längeren ungemütlichen Schweigen räusperte sich Barbara. »Eine Spur gäbe es doch noch, die wir nicht ignorieren sollten.«

»Welche kann das sein?«, fragte Innocenti, der wieder über alle Konsonanten gebot.

»Fassen wir zusammen: Es müssen mehrere Menschen hinter den Anschlägen stecken, richtig? So viele Attacken in einem so engen Zeitfenster, mit so vielen verschiedenen Mitteln.«

»Richtig«, nickten die Zuhörer.

»Sie müssen gut organisiert sein und absolut skrupellos zu Werk gehen«, setzte Barbara fort.

Eine erneute Runde Nicken.

»Und sie dürften sich in Venedig gut auskennen.«

»Ja«, sagte Innocenti lächelnd. »Es ist unwahrscheinlich, dass ein Tagestourist mit einem Jagdgewehr per Zug nach Venedig kommt, sich ein Taxiboot mietet und von dort aufs Gabrieli schießt.«

»Also ...« – eine effektvolle Pause –, »was ist dann mit dem VVV?«

Innocenti verdrehte die Augen. Carmine schien verwirrt.

»Dem VVV?«, fragte Max-Heinrich.

»Alte Märchen. Verschwörungstheorien«, winkte Innocenti ab.

Der VVV oder *Venezia Vera Verissima*, klärte Barbara die Deutschen auf, war ein Geheimbund, der sich Ende des 19. Jahrhunderts etabliert hatte, als mit dem Aufkommen der Eisenbahn der Massentourismus einsetzte und immer mehr Fremde in die Lagunenstadt strömten. Der VVV soll ausschließlich aus Mitgliedern alteingesessener venezianischer Familien bestehen, die es sich zur Aufgabe gemacht haben, die städtischen Traditionen zu wahren, zu pflegen und zu verteidigen. »Sir Martin Frillick vom Peril Fund hatte gestern in seinem Büro *Geheimbünde* erwähnt. Das hat mich auf die Idee mit dem VVV gebracht«, schloss Barbara.

»Ich glaube nicht daran, dass es ihn wirklich gibt«, schüttelte Innocenti den Kopf.

»Das ist ja die Stärke eines Geheimbundes. Dass niemand an seine Existenz glaubt«, gab der Senior zu bedenken. Er glaubte, mit seinem Wissen für harmonischere Verhältnisse sorgen zu können. »Überlegen Sie einmal, wie die Templer zunächst im Verborgenen agierten, bis sie …«

»Doch, doch, es gibt ihn«, fiel Carmine dem Senior ins Wort. »Denken Sie an den Maskenmacher.«

Innocenti verdrehte erneut die Augen. »Der ist doch nur ein bisschen blöde.«

Der Maskenmacher, ein Mann namens Ugo Foscarini, gehörte tatsächlich einer der ältesten venezianischen Familien an, deren Vorfahren einst im Großen Rat gesessen haben sollen, dem Parlament des Stadtadels, erklärte Carmine. Er war mehrmals wegen Pöbeleien gegen allzu respektlose Touristen aufgefallen und hatte einmal einen betrunkenen Engländer, der in seinem Laden allerlei Masken probierte und Selfies machte, obwohl sowohl das ungefragte Anprobieren als auch das Fotografieren streng verboten war, mit einem Knüppel übel zugerichtet. Bei einer anschließenden Durchsuchung in der Werkstatt waren verdächtige Notizen zutage gefördert worden, dazu unerklärliche Insignien aus Silber, die mit etwas Fantasie ein ineinander verschlungenes VVV bildeten, Zeichnungen vom Markuslöwen, der an seinen Vorderpfoten Ketten sprengte, und lange weiße Umhänge. Das gab dem Gerücht neue Nahrung, dass der VVV ein real existierender Geheimbund sein könnte. Doch mehr als Schmuck und weißen Stoff hatte man nie gefunden. Und angesichts der mannigfaltigen Aufgaben der Ordnungskräfte hatte man auch nie intensiv weitergesucht.

»Wäre es denn möglich, dass dieser VVV hinter den Anschlägen steckt?«, fragte Max-Heinrich.

»Es ist zumindest eine Organisation, auf die alle vorher

genannten Kriterien zutreffen. Und nach allem, was wir wissen, haben sie auch ein Motiv.«

An der Tür klopfte es. *»Avanti«*, dröhnte Innocenti. In der Tür erschien ein schnittiger Mann in einer Carabiniere-Uniform, die aber ein klein wenig anders aussah als jene, die Carmine so formvollendet trug; auch die Wappen unterschieden sich deutlich.

»Servizio navale«, flüsterte Barbara Max-Heinrich ins Ohr. »So etwas wie eure Wasserschutzpolizei.« Ihre Locken kitzelten ihn angenehm.

»Wir hatten doch von Ihnen die Anweisung bekommen, alle möglichen Bewegungen Prominenter in der Stadt zu melden.«

»Und?«

»Heute Abend kommt etwas ganz Großes auf uns zu: eine Hochzeit.«

»Wer?«

»François Fittipaldi heiratet Ronja-Jacqueline Unterbauer.«

Von Fittipaldi hatte Max-Heinrich schon gehört: ein Franzose und Playboy ganz alten Schlages, Erbe eines Millionenvermögens, wenngleich dieses Vermögen aus Badintarsien und -keramik stammte, was ihm den ungeliebten Beinamen *Kloschüsselmillionär* eingebracht hatte, gegen den er vergeblich anprozessierte. Doch wer war Ronja-Jacqueline Unterbauer? Eine Google-Suche klärte schnell auf: eine dralle Kärntnerin, die bei der Wahl zu »Austria's Topmodel« Dritte geworden war, nie mit ihren Reizen gegeizt hatte und mithin, so etwas reichte heutzutage, als internationaler Superstar galt.

»Und warum erfahren wir das erst jetzt?«, sagte Innocenti scharf.

Der Carabiniere namens Raimondo Gaudino reagierte gelassen. »Niemand hat die Verpflichtung, seine Hochzeit bei uns zu melden. Zudem hat sich das Brautpaar tatsächlich um Geheimhaltung bemüht, denn die Gästeliste ist erlesen: Politik, Wirtschaft, viel Kino und Fernsehen. Viel wichtiger ist aber, sie haben die Bilder exklusiv an *Paris Match* verkauft, da ist jeder Paparazzo geschäftsschädigend.«

»Das ist die Gelegenheit!« Innocenti sprang auf und schraubte seine Faust in die Luft – die Zeit des manikürten Trommelns war vorbei. »Es wäre doch ein Wunder, wenn unser Täter sich diese Gelegenheit entgehen ließe!« Innocenti marschierte vor Erregung auf und ab. »Wir werden alle verfügbaren Einheiten aus der Terraferma zusammenziehen. Wir werden diese Hochzeit sehr intensiv begleiten, die meisten von uns *in borghese* natürlich, in zivil.«

Und so sollte die Hochzeit nach dem Bericht des schneidigen Navale-Carabiniere ablaufen: François und seine Ronja-Jacqueline würden nach einer Gondelfahrt gegen 17 Uhr, also in nicht einmal zwei Stunden, in der Kirche San Francesco della Vigna in Castello heiraten. Für Fittipaldi war es übrigens Eheschließung Nummer vier. Dann würde die Hochzeitsgesellschaft – erwartet seien dreihundert Gäste, neben einigen Schwergewichten wie mutmaßlich Carla Bruni auch reichlich C-Prominenz-Beifang, vorwiegend aus der sogenannten Reality-TV-Szene – mit Shuttlebooten ins Luxushotel Kempinski San Clemente Palace gebracht, wo ein Hotelflügel für die Feierlichkeiten gebucht war. Zum Abschluss gäbe es ein rekordverdächtiges Feuerwerk, arrangiert von einer neapolitanischen Firma, die auch jedes Jahr für das Silvesterfeuerwerk in Rom verantwortlich war.

Was für ein Zirkus, dachte Max-Heinrich.

»Fantastisch!«, freute sich Innocenti. »Wir hätten es selbst nicht besser arrangieren können. Die Route der

Gondeln werden wir überwachen, da entgeht uns nichts. Wir postieren Beamte entlang der Strecke, dazu fahren wir vorweg und hinterher. Bei der Zeremonie selbst müssen wir ebenfalls anwesend sein, die Überfahrt mit den Shuttlebooten bewachen wir ebenfalls, und zum Hotel drüben sollen sich auch Kollegen auf den Weg machen, und zwar sofort. Boldi, Sie übernehmen gemeinsam mit Gaudino die Koordination.«

Barbara hob den Arm. »Wir hatten ja eigentlich vor, den Maskenmann zu besuchen …«

Innocenti winkte gönnerhaft ab. »Das ist gar kein Problem, tun Sie das, liebe Barbara. Harte Personenschutzarbeit, mit Verlaub, das ist nichts für Sie.«

Barbara hätte gern widersprochen, das sah Max-Heinrich ihr deutlich an, doch dieses Mal ließ sie Innocenti gewähren. Der Colonello deutete nun auf Max-Heinrich. »Am besten gehen Sie als Tourist zum Maskenmacher und hören sich ein wenig um. Und ich glaube, Ihr Vater könnte gut dabei helfen, sofern es ihm …«, er nickte majestätisch dem Notar a. D. zu, der das Nicken erwiderte, »… keine Umstände bereitet.«

Wenig später ließen die drei mit Erleichterung das Tohuwabohu aus nervösem Geschrei, hastigen Stiefelschritten und aufbrandendem Telefongeläut in der Dienststelle hinter sich.

Tote Augen überall. Leere Höhlen, von weißem und schwarzem Pappmaché umrahmt. Das winzige Geschäft nicht weit von der Rialtobrücke, wie bei so vielen venezianischen Handwerkern Werkstatt und Verkaufsraum zugleich, war mit Kunst und Plunder völlig zugestellt. Nicht einmal einen Abort schien es zu geben. Oder er war hinter Tausenden von Masken jeder Art verborgen.

Der Maskenmacher trug eine exzentrische blaugeränderte Brille, die seine Halbglatze sehr betonte. Er war nicht klein und auch nicht groß, aber von einer erstaunlichen Knotigkeit. Alles an ihm war knubblig, als hätte er nicht so recht in eine Form gepasst: die Nase, die Ohren, die Gelenke und vor allem die Finger. Doch er bewegte die verwachsenen Glieder mit Geschick und Geschwindigkeit.

»Sie interessieren sich für Masken?«, fragte der Maskenmacher, ohne aufzublicken. »Wozu? Um sie sich als Souvenir an den Kühlschrank zu hängen?«

Max-Heinrich wollte etwas erwidern, doch der Senior war schneller. »Ganz gewiss nicht, *maestro*. Wir sind gekommen, um Ihre jahrhundertealte Kunst und die vielen faszinierenden Facetten einer *maschera veneziana* zu würdigen.«

Die Hempels hatten Barbara vorsichtshalber draußen gelassen und machten auf Touristen.

Nun blickte der Maskenmacher auf und quälte sich ein Lächeln ab. Zweifellos war sein handwerkliches Talent größer als sein Kundenumgarnungsvermögen. Max-Heinrich ahnte nach seinen Tagen in der Stadt Foscarinis Problem. Sicher standen täglich Fremde ohne jegliche Verkaufsabsicht im Laden, die ihn anstarrten wie ein seltenes Tier im Zoo und die ungefragt Fotos machten, weil der Hintergrund so viel hergab.

»Meine Familie stellt seit 1787 Masken her. Vielleicht sogar schon viele Jahrzehnte zuvor. Doch damals mussten wir Foscarinis zum ersten Mal Steuern zahlen.«

Der Senior betrachtete eine der typischen venezianischen Halbmasken, die eine wirksame Verkleidung waren, aber den Mund zum Sprechen, Trinken und Küssen freiließen.

»Interessieren Sie sich für die *volto*?«

»Obwohl ich natürlich weiß, dass sie nur ein kleiner Teil des klassischen Kostüms ist.«

»Tatsächlich?«, lauerte Ugo Foscarini.

»Ja, sie gehört doch wohl zur allgemeinen Ausstattung des *baùtta*, dem schwarzen Umhang aus Samt und dem Dreispitz auf dem Kopf«, gab der Senior zurück.

»Mein Herr, Sie scheinen ja wirklich etwas von unserem Karneval zu verstehen. Das ist eine echte Seltenheit!«

»Nun, die venezianische Kultur ist doch die maßgebende des Mittelmeerraums, und der Mittelmeerraum ist die Wiege von allem«, schmeichelte der Notar a. D.

Noch immer wirkte der Maskenmacher misstrauisch. »Dann kennen Sie sicher auch diese Verkleidung?« Er zeigte auf eine Gesichtsmaske mit roten Wangen und einen großen Hut.

»Natürlich! Der Dottore – ein gelehrter Schwätzer und Besserwisser, der sich ungefragt in die Liebesangelegenheiten der jungen Generation einmischt.«

»Eine großartige Rolle für dich!«, rief Max-Heinrich aus dem Hintergrund, denn er hatte sich etwas abgesetzt.

Ugo Foscarini kicherte, und sein Kichern klang, als wenn jemand eine Brille zertrat. Dann griff er hinter sich und holte eine Maske mit langer, spitzer Nase hervor. »Hier, der Pulcinella, auch im Deutschen nicht unbekannt. Wie nennt man ihn, *Hanswurst?*«

»Ja, sehr gut!«, nickte der Senior eifrig. »Dümmlich, aber nicht unsympathisch und dazu wichtig für jedes Bühnenstück.«

Die beiden redeten sich in Rage, tauschten Wissen, Halbwissen und Anekdoten aus. Mindestens einmal schaffte es der Senior sogar, Goethe zu zitieren. Es war ein karnevalshistorischer Schlagabtausch von der Dimension des Ali-Foreman-Fights 1974 in Zaire.

Und das war gut, denn Max-Heinrich konnte sich in dem Laden umsehen, während die Debattierenden abwechselnd in den Seilen hingen. Es gab hier überhaupt nur eine Möglichkeit, Dinge vor neugierigen Blicken zu verbergen: einen Apothekerschrank mit Dutzenden würfelförmiger Schubfächer, der offenbar als Dekoration weiter hinten im Laden stand. Max-Heinrich blickte genauer hin. An einem der staubigen Schubladen sah der Griff blank und benutzt aus. Er hustete laut, um ein mögliches Knarzen zu übertönen, doch der Schub glitt geräuschlos auf. Darin lagen eine Brieftasche mit ein paar hundert Euro Bargeld und allerlei Ausweispapieren, eine Uhr der Marke Panerai mit schwarzem Ziffernblatt und schwarzem Lederarmband sowie ein zusammengefaltetes Tuch aus geschmeidigem, dünnem Leder, in dem sich ganz deutlich etwas verbarg.

»Neben der Colombina gibt es natürlich noch den Brighella«, hörte er den Maskenmacher. »Wichtig sind der Dolch am Gürtel und der Geldbeutel, denn er ist zwar ein Diener, aber …«

»… aber dennoch eine interessante Figur und ein verschlagener Bursche zudem, der auf seinen Vorteil bedacht ist«, ergänzte der Senior.

»Sehr richtig! Und hier, der eitle Capitano …«

Max-Heinrich schlug das Tuch auf. Darin funkelten mehrere silberne, wuchtige Münzen, etwa so groß wie der Ring, den man mit Daumen und Zeigefinger formen kann. Als Relief fühlte er die ineinander verschlungenen Buchstaben VVV, von denen Carmine berichtet hatte. In das Tuch selbst waren die Worte *»Lune, giorno del Santo«* eingebrannt. Er konnte sie sich nicht erklären. Bevor er die Schublade schloss, steckte er sich eine der Münzen ein.

Die beiden Hempels saßen mit Barbara bei einem Glas Weißwein im Garten des kleinen Bed & Breakfast, in dem Max-Heinrich untergebracht war. Gerade hatte Max-Heinrich mit Lena telefoniert, die ihm mit betonter Langeweile erklärte, dass daheim alles in Ordnung sei. Barbara hatte ihn dabei ganz merkwürdig angeschaut, was er sich nicht erklären konnte. Anschließend schickte er Lena ein paar malerische Venedig-Fotos via WhatsApp, die sie prompt mit einem Herzchen-Emoji kommentierte. In Zeichensprache ging eben alles leichter.

»*Lune*, das ist venezianisch für *lunedì*, Montag«, erklärte Barbara, nachdem Max-Heinrich das Handy weggelegt und ihr die Worte auf dem Tuch des Maskenmachers genannt hatte. »Wir kürzen die Wochentage gern ab. *Marte* statt Martedì, *mercole* statt Mercoledì und so weiter. Venezianern muss es immer schnell gehen.«

»Und der Zusatz *giorno del Santo?*«

»Montag gilt als Markustag, weil die Reliquien des Heiligen an einem Montag in Venedig angekommen sind.«

Max-Heinrich betrachtete die Münze in seiner Hand. War es überhaupt eine Münze? Oder eher ein Amulett? Vielleicht sogar eine Erkennungsmarke?

Er gab sie Barbara.

»Echtes Silber. So verschlungen wie die Münzen und Zeichen von damals. VVV. Es gibt ihn also doch.« Sie drehte die Münze zwischen ihren schönen Fingern.

»Lune. Montag. Heute.« Max-Heinrich sprach wie zu sich selbst. »Wir haben vielleicht eine Spur.«

Barbara nickte aufgeregt, und auch Max-Heinrichs Herz schlug schneller, was sehr selten vorkam.

Der Senior sorgte dafür, dass beide wieder zum Ruhepuls zurückfanden. Beim Maskenmacher hatte er sich zweifellos als nützlich erwiesen, und diesen Bonus missbrauchte er, um noch ein paar weitere Vorträge zu emittieren, die sich in den letzten Tagen bei ihm angestaut hatten.

»Nun rate doch einmal, welche Regierungsform die stabilste aller Zeiten war?«, stupste er seinen hinter Stirnfalten zurückgezogenen Sohn an.

»Das Römische Reich?«

»Ach was, Junge, die paar hundert Jahre! Nein, die Dogenrepublik Venedig! Tausend solide Jahre trotz Kriegen, Hungersnöten und Staatspleiten. Es war eine raffinierte Mischung aus Demokratie, Monarchie und Diktatur. Das haben Sie sehr gut gemacht«, lobte er Barbara, die graziös nickte, obwohl das Lob sehr albern war. »Ihr wisst ja: Der Doge, gewählt von den alteingesessenen Familien, war der oberste Repräsentant. Er wurde aber streng kontrolliert, man öffnete seine Briefe, und er durfte die Stadt nicht verlassen. Dennoch hatte sein Wort Gewicht.«

Max-Heinrich gähnte mit geschlossenem Mund, und es war ein so herzhaftes, profundes Gähnen, dass es seine Nüstern fast zum Reißen brachte.

»Das Parlament bestand aus den Kaufmannsfamilien und hatte viele Rechte, und doch gab es noch die Gerichtsbarkeit, die sich aus drei Inquisitoren zusammensetzte und eigenmächtig Urteile fällen durfte – aber die Inquisitoren durften nur ein Jahr lang im Amt sein, taten also gut daran, klug und umsichtig zu agieren. Und dann gab es ja noch die einflussreichen Prokuratoren, die sich um die Staatsfinanzen kümmerten, und die vielen Spione, die Republikfeinde im Zweifelsfall in einem der Kanäle dauerhaft entsorgten. Eine brillante Machtverteilung!«

Max-Heinrich hatte die Fähigkeit entwickelt, bei den

Monologen seines Vaters mit offenen Augen zu dösen. In der Ferne hörte er die letzten Vaporetti, dieses Geräusch, wenn sich der schützende Gummimantel des Schiffsrumpfs gegen das Holz des Anlegers rieb, und das sich entfernende Geräusch brummender Dieselmotoren. Auf dem Dach des Hotels stritten zwei Schwarzkopfmöwen um einen Fetzen Fisch. Ein Wespenbussard, vom Mäusebussard an seinem längeren Schwanz und schmaleren Flügelspitzen zu unterscheiden, zog am Himmel seine Kontrollrunden.

»Auch den Dogen wählte man stets im hohen Alter, um ihn im Zweifel schnell wieder loszuwerden.«

Der Gedanke hatte etwas für sich, fand Max-Heinrich und betrachtete den Senior.

»Marino Falier wollte eine erbliche Herrschaft errichten, wie sie in anderen italienischen Stadtstaaten üblich war. Er hatte kein Glück mit seinem Vorhaben – man köpfte ihn vor seinem Palazzo.«

»Nie mehr Haareschneiden, nie mehr Zähneputzen, nie mehr Mittelohrentzündung.«

Barbara lachte.

»Und vergiss nicht: Niemand konnte einen Hofstaat unterhalten oder sich mit repräsentativen Kutschen fortbewegen. Ob Schatzkanzler oder Wirt, Doge oder Tuchhändler, stets ging es durch enge Gassen oder per Gondel über die Kanäle. Näher waren sich Herrscher und Beherrschte nirgends. Das sorgte von selbst für demokratische Verhältnisse.«

»Papa, erzähl uns lieber alles, was du über Geheimbünde weißt.«

Diese offene Fragestellung war ein Fehler gewesen, und fünf Minuten später, als der Senior kurz Luft holte, präzisierte Max-Heinrich seine Frage und bekam zu hören, dass

Geheimbünde sich gern nachts an entlegenen Orten zu Kulthandlungen trafen, deren genaue Riten nur sie selbst verstanden. Entlegene Orte – das war in Venedig gar nicht so einfach. Es musste sich wohl um eine der vorgelagerten Inseln handeln.

»Und wie findet man solche entlegenen Orte?«

Der Senior lächelte. »Ein Kinderspiel! Du musst dich von einem Mitglied dorthin führen lassen.«

»Genau das haben wir vor«, bekräftigte Barbara.

»Heute. *Lune*. Am Tag des Stadtheiligen«, ergänzte Max-Heinrich.

Die Feuer vom Lido

Endlich, kurz nach zwanzig Uhr, schloss der Maskenmacher seine Werkstatt in der Calle Frezzaria ab und ging in Richtung des Canal Grande. Im Halbdunkel bestieg er am Anleger San Marco Vallaresso ein wartendes Taxiboot, das Richtung Osten davonfuhr. Barbara und Max-Heinrich folgten ihnen in Barbaras privatem, unauffälligem Boot, das sie zuvor nur wenige Schritte von San Marco Vallaresso am Pier der Calle Tredici Martiri vertäut hatten.

Es war keine gewöhnliche Auftragsfahrt, denn Max-Heinrich und Barbara beobachteten, dass der Kapitän und der Maskenmacher kein Wort miteinander wechselten, als wäre die Fahrt Teil eines Rituals.

Just in diesem Moment legte auch die Hochzeitsgesellschaft ab, und die angemieteten Shuttleboote kreuzten den Bacino di San Marco auf dem Weg ins Luxushotel. Barbara und Max-Heinrich verloren den Maskenmann kurz aus dem Blick, kamen dafür aber dem Hochzeitstreiben so nahe, dass sie die Champagnergläser funkeln sahen. Es wurde gelacht, abgekaute Garnelenschwänze flogen vom Oberdeck ins Meer, an Bug und Heck posierte man für den Instagram-Account. Max-Heinrich konnte es sich schwer erklären, aber die Szenerie hatte etwas ungemein Obszönes, und er sah, wie auch Barbara sich auf die Lippen biss. In diesem Moment verstand er die genervten Venezianer nur zu gut.

Die Ermittler fielen nicht auf, denn es herrschte noch genügend Verkehr. Sie hielten sich sichere zweihundert

Meter hinter dem Taxiboot, das quer über den Bacino di San Marco auf den Lido zusteuerte, aber die übliche Haltestelle am Terminal der Riviera Santa Maria Elisabetta ignorierte und weiter gen Süden fuhr.

Barbara drosselte den Motor und ließ den Abstand größer werden. »Es geht zum Golfplatz«, erkannte sie.

Henry Ford war empört gewesen, und mit einem empörten Henry Ford war nicht gut Kirschen essen. Er war 1928 nach Venedig gereist und hatte Golfschläger dabei. Und er hatte erfahren, dass es in Venedig keinen Golfplatz gab. Das war keine gute Neuigkeit. Denn er war überzeugt davon, ohne Golf zu sterben. Seine Kontobelege bewiesen, dass er in einem Jahr neunhunderttausend Dollar für Golf ausgegeben hat – nach heutigem Wert gut und gern zehn Millionen Dollar. Das ist umso erstaunlicher, da er in allen anderen Dingen ein schlimmer Geizhals war, der nicht einmal im Winter sein Schlafzimmer heizen ließ. Er ließ meteorologische Daten von allen seinen Anwesen führen, um zu wissen, wann er wo sein musste, um ja keinen Golftag dem schlechten Wetter opfern zu müssen. In Chicago erwischte ihn dann doch einmal ein Schneetag. Trotzdem ließ er den Pro rufen. »Spielen wir eine Runde?«, fragte Ford.

»Sir, der ganze Platz ist eingeschneit«, antwortete der Pro.

»Jetzt nicht mehr«, antwortete der Milliardär. Und tatsächlich: Als die beiden zum Club kamen, leuchtete er in sattem Grün. Ford hatte den gesamten Platz – Fairways, Bunker, Rough – von seinen Angestellten freischaufeln lassen.

In Venedig hatte Ford 1928 einen schottischen Architekten herbeizitiert, der den Platz quer über eine alte Festung baute, welche die Zufahrt zur Lagune zwischen Lido und Pellestrina überwachen sollte.

Natürlich, ein Golfplatz! Abgelegen und vor allem in der Nacht garantiert besucherfrei. Auch der Zugang zum Club war reglementiert, durch eine Holzbrücke und ein gemauertes Portal. Barbara fand für ihr Boot einen verfallenen Steg, der beinahe vollständig von Trauerweiden umschlossen wurde. An diesem Abend, der sich noch gerade so am letzten Tageslicht labte, standen vor dem Portal zwei Männer, die nicht so aussahen, als würden sie ihre Faust häufig in der Tasche tragen. Die Ermittler sahen den Maskenmacher gerade noch hineingehen, auch andere Personen kamen über die Brücke herbei und zeigten den Wachen etwas Glänzendes in ihrer Handfläche. Die Wachen nickten daraufhin und ließen sie durch – es waren, so schien es, die VVV-Münzen.

»Perfekt«, freute sich Barbara. »Wir haben sogar eine Eintrittskarte.«

»Kennen Sie jemanden von den Besuchern? Oder die Wachen?«

Barbara schüttelte den Kopf. In der Dunkelheit waren die Einzelheiten der Gesichtszüge nicht zu erkennen.

»In jedem Fall sollten wir uns das näher anschauen.« Max-Heinrich griff in seine Hosentasche, um sein VVV-Eintrittsamulett hervorzuholen, doch der Griff ging ins Leere. Ihm wurde heiß, kalt und wieder heiß. »Äh. Wie soll ich sagen? Die Münze liegt …«

»... im Hotel«, seufzte Barbara. »Aber nicht schlimm, der Haupteingang wäre eh viel zu gefährlich.«

Max-Heinrich schaute sich auf Google Earth den Circolo Golf Venezia an und ging auf maximale Vergrößerung.

»Das Wasser wird zum Sumpf, und hundert Meter weiter die Straße runter ist ein Waldstück, das direkt an den Platz grenzt und das wir gut durchqueren können sollten.«

Barbara klopfte Max-Heinrich in einer burschikosen Geste auf die Schulter. Vielleicht war sie stolz auf seine Findigkeit, vielleicht wollte sie nur Tatendrang und Aufbruchsstimmung signalisieren. Oder vielleicht wollte sie nur loben, wie gut er den aktiven Konjunktiv II ausdrücken konnte.

Fünf Minuten später huschten die beiden Ermittler über den manikürten Rasen des Circolo Golf Venezia, der zur Realität gewordenen Wahnvorstellung des einstmals reichsten Mannes der Welt. Im Gebüsch empörte sich eine Zwergdommel – *wruu, wruu, wruu* – über den ungewöhnlichen abendlichen Betrieb.

Die anderen Gäste gingen in sicherer Entfernung von ihnen mit gebeugtem Kopf ins Clubhaus. Max-Heinrich zeigte auf ein Feuer, das auf dem Fairway der achtzehnten Bahn, einem kurzen, schmalen Par 4, in einem Stahlrost loderte. Daneben war ein etwa fünf Meter hoher Pfahl errichtet, der von oben bis unten mit Stoff verhüllt war.

»Dorthin«, flüsterte er. Barbara verstand und nickte.

Hinter einem Fliederbusch, der roch wie die Parfümabteilung bei Karstadt, beobachteten sie, wie ein Gast nach dem anderen mit weißem, knöchellangem Umhang sowie einer Kapuze mit Augenschlitzen wieder aus dem Clubhaus heraustrat und ihnen entgegenkam.

Es war ein unheimlicher Anblick. Max-Heinrich versuchte, in all diesen Vorkommnissen eine gewisse Komik zu entdecken, doch die Mundwinkel weigerten sich, der Schwerkraft zu trotzen. Die Sonne war nun endgültig verschwunden, der Mond stand bereits hoch am Himmel, wurde aber mehr und mehr von aufziehenden Wolken verdeckt. *Luna, Lune*, dachte Max-Heinrich.

»*Venezia Vera Verissima*, es ist nicht zu glauben«, flüsterte Barbara. Ihre kleine, spitze Nase bekam einen letzten Rest Mondlicht ab, bevor die Flammen im Rost die gespenstische Beleuchtung der Szenerie übernahmen. »Ich habe das immer für einen Mythos gehalten.«

Max-Heinrich fiel ein Schof Enten nicht weit vom Clubhaus auf. Sie dösten gemeinsam, zu einem groben Kreis geformt, und die äußeren Vögel hatten ein Auge offen, um nicht von Angreifern überrascht zu werden. Dass sie sich von den Menschen, die wenige Meter an ihnen vorbeischritten, nicht stören ließen, konnte nur bedeuten, dass sie es gewohnt waren – dass diese nächtlichen Versammlungen also schon seit langer Zeit stattfanden.

Ein Mann mit roter Schärpe trat nun neben das Feuer und gab Fackeln aus, die von den Gästen nacheinander in Brand gesteckt wurden. Allmählich erhellte sich die Szene.

»Was die Verkleidung wohl soll?«, fragte Max-Heinrich leise.

»Man sagt, sie tragen die Umhänge, um an die Geister der Vorfahren zu gemahnen, die das, was derzeit in Venedig passiert, nicht gutheißen.«

Ein plötzlich auffrischender Wind brachte die Fackeln und Umhänge in Bewegung, Büsche und Äste ruckelten im feuchtwarmen Scirocco, der vom Süden her blies. Die Gestalten bildeten einen Kreis und hielten die Fackel in die Höhe. Max-Heinrich zählte zweiundzwanzig Personen.

»Venedig sinkt, aber stirbt nicht!«, eröffnete der Mann

mit der roten Schärpe die Versammlung. Die übrigen Kapuzenmänner wiederholten es, nicht schreiend, sondern mit tiefer und entschlossener Stimme. Dann umrundeten sie im Uhrzeigersinn dreimal den Pfahl.

Als alle wieder standen, näherte sich der Mann mit der roten Schärpe, offenbar der Anführer der Gruppe, mit der Fackel dem Pfahl. Die Stofflappen schien man mit brennender Flüssigkeit getränkt zu haben, denn die Flammen fraßen sich rasch nach oben, bis der gesamte Pflock brannte. Das Feuer war so heiß, dass Max-Heinrich es aus gut dreißig Metern Entfernung im Gesicht spürte.

»Es heißt, der Pfahl symbolisiere den Markusturm«, raunte Barbara.

»Und warum stecken sie ihn dann in Brand?«

Barbara wollte etwas erwidern, aber das Ritual ging weiter.

Der Mann mit der Schärpe holte eine Schriftrolle hervor, entrollte sie umständlich und las mit lauter Stimme vor: »Wir glauben daran, dass Venezianer und Touristen unterschiedliche Menschenrassen sind.«

»Nur der VVV«, antworteten die Kapuzenmänner wie mit einer Stimme.

»Wir glauben daran, dass wir Venezianer uns für die finale Schlacht gegen die kapitalistisch-touristische Weltverschwörung rüsten müssen.«

»Nur der VVV«, wiederholten sie.

»Wir glauben daran, dass es ein Fehler ist, unseren Feind zu beherbergen, Gesetze nur für ihn zu erlassen und ihm einen angenehmen Aufenthalt zu verschaffen, um dann von ihm verraten und für immer aus der angestammten Heimat gedrängt zu werden!«

»Nur der VVV.«

Es handelte sich eindeutig um eine rituelle Formel. Nun

nahm der Wortführer seine Kapuze ab. Es war tatsächlich Signor Foscarini, der Maskenmacher, gut an der blauen Brille zu erkennen.

»Heute ist ein großer Tag«, rief er, »denn ein Neuling begehrt Eintritt zu unserem Kreis. Wollen wir es ihm gewähren?«

»Wie der Großfürst es wünscht«, gaben die Versammelten zurück.

»So soll er denn vortreten und niederknien.«

Vom Clubhaus aus führten zwei Kapuzenmänner einen schmalen Mann herbei, der noch keinen Umhang trug. Er kniete vor dem großfürstlichen Maskenmacher nieder.

»Nun folgen die Fragen an dich, Novize, und gebe deine Antworten laut und deutlich. Ist dein Motiv ehrenhaft und aufrichtig?«

»Ja!«

»Bist du ein gebürtiger Venezianer von reiner Rasse?«

»Ja!«

»Bist du frei in deinem Denken und Handeln?«

»Ja!«

»Bist du kein Knecht des Systems, ob politisch, wirtschaftlich oder kirchlich?«

»Ja! Also, ähm, nein!« Hier war zweifellos noch etwas Feilen an den Formulierungen nötig.

»Wirst du alles tun, um Venedig vor schädlichen Einflüssen zu schützen?«

»Ja!«

»Respektierst du fortan den VVV und wirst du dein Schweigegelübde bewahren?«

»Ja!«

»Wirst du ein verlässlicher Bruder unserer Gemeinschaft, auf dessen Wort man sich verlasssssssss…«

Die Stimmen verschwammen zu einem schlammigen

Gemurmel, und dann wurde Max-Heinrich schwarz vor Augen, und das war merkwürdig, denn ihm war nicht schlecht, er hatte die Augen geöffnet, er war ganz wach. Als er zusätzlich den Druck von vielen kräftigen Händen an seinem Körper spürte, war ihm die Situation klar: Er hatte eine Kapuze über den Kopf gezogen bekommen.

»Hilfe! Was soll das?«, rief er, doch die Wörter drangen durch den Stoff kaum nach draußen. Auch Barbaras erstickte Stimme war zu hören, verwirrt und wütend wie die seine.

»Die Spritze«, hörte er dumpf eine männliche Stimme.

»Ja, eine Spritze, schnell!« Eine zweite Stimme, drängender.

Mindestens vier Männer hatten Max-Heinrich an seinen Extremitäten gepackt und hielten ihn nun waagerecht in der Luft. Ohne Bodenkontakt war er nur noch ein hilflos zappelnder Lagunenaal und spürte bald einen Stich im linken Arm.

»Lassen Sie uns los, wir sind die Po…, die Poli…«

»Die Ca…, die Cara…«, korrigierte Barbara schreiend, dann brach sie ab und wurde still.

Aus Max-Heinrichs Muskeln und Sehnen entwich die Kraft, er war nur noch ein schlackernder Sack von Haut und Knochen.

Dann wurde ihm wieder schwarz vor Augen, aber dieses Mal so richtig. Und das war wirklich bedauerlich, denn gerade als er und Barbara ohnmächtig wurden, begann in fünf Kilometern Entfernung das zwar sehr prätentiöse, aber eben auch sehr beeindruckend choreografierte, vierzigtausend Euro teure Hochzeitsfeuerwerk.

Er hatte von der Hochzeit schon viel früher erfahren, hatte er doch mit dem Geld von *ihm* jede Menge unterbezahlter Arbeiter in den Luxushotels bestochen. Das war es, was ihm stets einen ungeheuren Wissensvorsprung gab, selbst vor der Presse, die sich solche Summen gar nicht leisten konnte. Die Kontakte hatte er online aufgenommen und die vereinbarten Summen per Bitcoins überwiesen, sodass niemand die Spur zurückverfolgen konnte. Die armen Küchenhelfer, Reinigungskräfte und Kellner würden nie erfahren, wer für fünfhundert Euro extra im Monat einfach nur wissen wollte, wer wann in welchem Hotel abstieg; aber fünfhundert Euro waren fünfhundert Euro und machten sehr viel aus, wenn man im teuren Venedig netto nur tausenddreihundert Euro heimbrachte.

Die Hochzeit wäre tatsächlich ein sehr guter Anlass gewesen. Er hatte über einen Raketenwerfer nachgedacht, was sicher äußerst spektakulär gewesen wäre, mitten auf dem Bacino di San Marco. Aber Raketenwerfer, hatte er erfahren, waren äußerst ungenau. Und wäre die Sache schiefgegangen, wäre er sofort aufgeflogen.

Dann dachte er darüber nach, das Feuerwerk so zu manipulieren, dass es die ganze Hochzeitsgesellschaft ausradierte. Doch er schaffte es nicht rechtzeitig, genug Sprengstoff herbeizuschaffen. Schließlich aber ließ er von allen Plänen ab. Denn *er* hatte ihn gewarnt: Die Carabinieri hatten doch noch Wind von der Hochzeit bekommen und alle Kräfte zusammengezogen, um ihm eine Falle zu stellen.

Er ärgerte sich maßlos. Es war Zeit, allem mit einem finalen Federstrich ein Ende zu setzen.

Ein süßlich duftender Morgen

Dienstag, 17 Grad, teilweise bewölkt,
Touristenstrom auf hohem Niveau abflauend

Er kannte diesen Geruch. Er kannte auch das Gefühl des etwas kratzigen Bettlakens. Kein Zweifel, er war in seinem Zimmer in Cannaregio. Max-Heinrich brauchte ein paar Minuten, um sich zu sammeln. Durch die Vorhänge fiel fahles frühmorgendliches Licht.

Irgendetwas stimmte nicht, einmal abgesehen davon, dass er doch gerade noch auf einem Golfplatz auf dem Lido gestanden und einigen vermummten Gestalten mit Fackeln zugesehen hatte. Nein, hier und jetzt stimmte etwas nicht. Was war es bloß? Er drehte sich zur Seite.

Und dort sah er als Erstes eine wunderschöne Wolke aus gewellten schwarzen Haaren, die sich über das Kopfkissen ausgebreitet hatte. Und dann sah er einen schönen, perfekt mittig platzierten Leberfleck auf der rechten Wange. Barbara! Wie er selbst war sie immerhin völlig angezogen. Auch sie erwachte nun langsam und blickte Max-Heinrich mit schreckgeweiteten Augen an.

Dann geschah etwas, mit dem Max-Heinrich nicht gerechnet hatte – sie beugte sich über ihn, und ihre vollen Lippen näherten sich den seinen.

Max-Heinrich wusste nicht, wie ihm geschah. Vorsichtshalber schloss er die Augen und schürzte die Lippen, zum Kuss bereit, doch die Berührung blieb gemeinerweise aus.

»Süß. Wie eine Mandarine«, erschnupperte sie an seinen Lippen.

Max-Heinrich verstand und tat nun so, als wäre das Schürzen der Lippen seine tägliche Morgengymnastik, indem er es ein paarmal nonchalant wiederholte. Er richtete sich auf. »Chloroform?«

Barbara nickte und sprang aus dem Bett. »Sie haben uns eine Spritze gegeben und dann noch zusätzlich Chloroform verabreicht.«

Der Senior, Frühaufsteher wie seit Anbeginn der Zeiten, wartete bereits im Garten des kleinen Bed & Breakfast, wo für das Frühstück eingedeckt worden war, auf seinen Sohn. Er blickte mit dieser typisch väterlichen Mischung aus Überraschung und Empörung auf die beiden, als sie die Treppe herunterkamen. Ihre noch etwas wankenden Schritte trugen nicht gerade zum positiven Gesamteindruck eines deutschen Polizeikommissars und einer italienischen Carabiniere-Majorin bei.

»Es ist nicht so, wie du denkst«, sagte Max-Heinrich und war auf einmal wieder sechzehn. Manche Dinge änderten sich einfach nie, egal, welches Alter man erreichte.

Rasch erzählten sie dem Senior, was sie am gestrigen Abend beobachtet hatten. Ein guter, starker Kaffee *all'americano* half, die letzte Mattigkeit abzuschütteln.

»Und dann hat man euch betäubt und hierhergebracht?«

»Ja, zweifellos.«

»Es gibt keinen Nachtportier, sie müssen die Hotel- und Zimmertür mit dem Schlüssel Ihres Sohns geöffnet haben«, ergänzte Barbara.

»Ein starkes Stück«, empörte sich der Senior. »Mit Anästhetika ist nicht zu spaßen, das hätte böse enden können!«

Max-Heinrich biss in ein Brioche, das mit viel Liebe in der Mikrowelle aufgebacken worden war, und blickte nachdenklich einer Möwe nach, die das Für und Wider einer Attacke aufs Büfett abgewogen und sich gegen das Risiko eines engen venezianischen Gartens entschieden hatte. »Und macht diese Aktion den VVV nicht erst recht verdächtig?«

»Selbstverständlich dürfen Sie uns nicht verdächtigen«, empörte sich der Maskenmacher, war aber insgesamt auf umgänglich gestriegelt, als er mit zerknirschter Miene und besonders verwachsen wirkend vor Pasquale Innocentis Schreibtisch stand. Er war von selbst ins Hauptquartier der Carabinieri gekommen, nur wenige Minuten, nachdem das deutsch-deutsch-italienische Trio eingetroffen war.

»Was wir machen, ist nichts anderes als Folklore«, rechtfertigte sich Signor Foscarini mit vor Erregung leicht beschlagener Brille weiter. »Wir Venezianer sind keine Krieger, sondern Kaufleute. Und solche Zusammenkünfte sind gut fürs Geschäft.«

»Bleibt die Tatsache, dass Sie zwei Ordnungskräfte betäubt und verschleppt haben.«

»Das war unser Sicherheitsdienst. Wir wussten nicht, dass es sich um Carabinieri handelte, denn niemand von ihnen trug eine Uniform. Das haben wir erst bei der Durchsuchung ihrer Jackentaschen festgestellt. Die Unterkunft des deutschen Kollegen haben wir dank des Zimmerschlüssels herausgefunden, aber Ihr Wohnort« – Signor Foscarini wandte sich an Barbara – »war uns unbekannt. Daher haben wir auch Sie ins Ponte Chiodo gebracht. Hoffentlich war die Situation nicht unangenehm für Sie.«

Barbara wurde rot, ganz entgegen ihrer Art.

Er wandte sich wieder an den Colonello. »Vor allem hatten Ihre Kollegen ja keinen Durchsuchungsbefehl, und der Golfplatz ist im Privatbesitz eines unserer geschätzten Mitglieder.«

Innocenti blickte Barbara und Max-Heinrich langsam nickend an. »Ich denke, wir können hier guten Gewissens von einer Pattsituation sprechen, die beide Seiten vergessen sollten.«

»Und was ist mit dem VVV? Könnten Sie den, bitte schön, auch vergessen?«, fragte der Maskenmacher listig.

Innocenti schüttelte den Kopf. »Das kann ich Ihnen nicht versprechen, denn solange die Vorkommnisse nicht aufgeklärt sind, ermitteln wir in alle Richtungen. Aber selbstverständlich werden wir keine Pressemeldung über die Angelegenheit herausgeben. Ich denke, Sie können diesbezüglich beruhigt sein.«

Die Alibis zu den bereits vorgefallenen Anschlägen musste der Maskenmacher und Großfürst dennoch liefern, was ihm aber leichtfiel: Er war stets in seinem Laden gewesen und konnte flugs Zeugen dafür benennen.

Max-Heinrich, der Senior und Barbara nahmen den Espresso entgegen, der ihnen gebracht wurde. Innocenti verzichtete, indem er auf seine Wange zeigte. Er hatte es aber auch schwer nach dieser Sache mit Vier-Sieben. Auch Max-Heinrich hätte Grund zum Klagen, denn wegen der rabiaten Betäubung litt er unter furchtbaren Kopfschmerzen, doch solange Barbara sich nichts anmerken ließ, wollte auch er nicht jammern.

»Die Hochzeit von François Fittipaldi und Ronja-Jacqueline Unterbauer brachte keinerlei Erkenntnisgewinn«, fasste Innocenti den Abend zusammen, in den er so große Hoffnungen gesetzt hatte. »Alles blieb ruhig, nichts Verdächtiges fiel vor. Wir können darüber froh sein, verstehen Sie mich nicht falsch. Nun berichten Sie noch einmal genau vom VVV.«

Das tat Barbara. »Und der VVV ist mir nun suspekt geworden«, schloss sie ihren Bericht. »*Venezianer und Touristen als unterschiedliche Rassen, finale Schlacht, kapitalistisch-touristische Weltverschwörung* – das ist doch mehr als eine Scharade!«

»Aber man kann Leute eben nicht wegen ihrer Dummheit verhaften. Dann müssten wir die halbe Stadt wegsperren.«

Der Senior fand Innocentis Witz köstlich, Barbara knurrte, Max-Heinrich hatte Kopfschmerzen und schaukelte das erkaltete Tröpfchen in seiner Espressotasse hin und her, Innocentis manikürte Finger verrichteten ihr übliches Werk. Sie saßen ratlos herum wie ein noch nicht fertig gemaltes Bild. Max-Heinrich blickte aus dem Fenster und sah einen Rollstuhlfahrer, der den Platz überquerte. Da fiel ihm Kevins venezianische Bald-Schwiegermutter wieder ein. »Warum sitzt sie eigentlich im Rollstuhl?«

»Wer?«, fragte Barbara irritiert.

»Die Mutter von Kevins Verlobter. Der Praktikant von DAUNE.«

»Was hat der arme Kerl denn jetzt …«, hob Innocenti abwehrend die Hände.

»Ich weiß nur, dass seine Verlobte Valeria heißt, und ihre Mutter sitzt im Rollstuhl.«

»Valeria, Valeria, und eine Mutter im Rollstuhl …« Barbara fuhr sich durch das schwarze Haar, welches sich wieder einmal nicht zwischen gewellt und gelockt entscheiden konnte. »Hat die Mutter immer so eine auftoupierte Frisur?« Barbara machte eine Handbewegung, als wollte sie einen Bienenschwarm verscheuchen.

Max-Heinrich nickte erwartungsvoll.

»Also, dann kann es nur Camelia Dandolo sein. An die Geschichte erinnere ich mich.«

»Ein Jagdunfall. Sie wurde von einem Querschläger getroffen. Vor etwa einem Jahr«, sprang Innocenti ein. Die Stadt war eben doch ein Dorf.

»Ein Jagdunfall in Venedig?«, wunderte sich der Senior.

»O ja, es gibt in der Lagune allerlei Gänse, Wachteln und Enten, die von Oktober bis Januar gejagt werden dürfen.«

Vogelfreund Max-Heinrich zuckte zusammen.

»Wer war schuld?«

»Deswegen ging es ja durch die Presse: niemand!«, referierte Innocenti, der es genoss, den Mann des Überblicks darzustellen. »Jedenfalls weigerte sich die gesamte Jagdgesellschaft, einen Schuldigen zu benennen. Auch die weiteren Untersuchungen ergaben nichts, weil man offenbar die Details vertuschen wollte und sich Fingerabdrücke von allen Beteiligten auf dem fraglichen Gewehr fanden. Man wollte die Sache in der Familie lassen. Aber ob Sie's glauben oder nicht, *notaio*, es gibt auch Rehwild.«

»Tatsächlich?«

»Ja, sie schwimmen von Insel zu Insel. Erst neulich hat mein Kollege Ivano von der Finanzpolizei einen Rehbock aus der Lagune geholt. Einfach an den Hörnern hochgezogen. Ivano ist ein bärenstarker Mann, obwohl er den ganzen Tag am Schreibtisch sitzt.«

»Um was mit ihm zu machen?«

Der Colonello machte die universelle Geste eines Zeigefingers, der horizontal vor seiner Kehle entlangfuhr.

Dann klingelte Barbaras *telefonino.*

»Pronto? Si. Si? Si. Si? Okay. In comandatura. Si.« Sie wurde beim Telefonat etwas blass.

Eine Nachbarin von DAUNE hatte sich gemeldet. Sie hatte am Vortag die offenstehende Tür bemerkt, sich aber nichts dabei gedacht. Als sie am Morgen sah, dass die Tür immer noch weit offen stand, hatte sie nachgesehen. Das Büro der Umweltorganisation war durchwühlt, Jean-Claude offenbar verschwunden. Auf dem Schreibtisch lag Barbaras Visitenkarte mit der Handynummer, welche die Nachbarin nun angerufen hatte.

Carmine Boldis Boot schoss über die Kanäle zum DAUNE-Büro. Vor kritischen Biegungen schaltete er das Blaulicht ein, das, den Motorenlärm übertönend, hell und klar aufheulte. Er war tatsächlich ein ausgezeichneter Kapitän und nahm die Kurven so schnell und scharf, dass selbst die Gondolieri auf ihren durchgeschüttelten Gondeln bewundernd fluchten. Barbara war froh, ihn gerufen zu haben.

Max-Heinrich hielt das Gesicht in den Fahrtwind und genoss die erfrischende Wirkung der feinen, nebligen Gischt, die vom Rumpf aufgewirbelt wurde und seine Kopfschmerzen vertrieb. Als er seine Hände in die Hosentasche steckte, um sie zu trocknen, ertastete er ein Stück Karton. Er holte es hervor. Er betrachtete es. Und dann näherte er sich dem guten Carmine Boldi, legte ihm die Hand auf die Schulter und bat höflich um eine Änderung der Fahrtrichtung.

Barbara war erstaunt, der Senior verblüfft, aber Max-Heinrich bestand darauf. Er verließ sich auf seine Eingebung. Carmine tat, wie ihm befohlen, und wendete das Boot mit einer schneidigen Kurve über Backbord.

Das mit der Eingebung klappte nicht immer, schon gar nicht in den letzten Tagen. Aber es klappte oft genug.

Jean-Claude hat ein Asien-Problem

Plitsch. Plitsch. Plitsch.

Der bildhübsche Jean-Claude wirkte nun noch etwas kleiner, als er ohnehin schon war. Das lag möglicherweise an der wenig vorteilhaften Position, in der er sich befand – in der Horizontalen, gefesselt und geknebelt, umringt von vier schlechtgelaunten Chinesen und unter einem Wasserhahn, der alle drei Sekunden einen Tropfen auf Jean-Claudes Stirn absonderte.

»Die chinesische Tropfenfolter!«, juchzte der Senior entzückt, »ich dachte, es gäbe sie nur im Märchen!«

»Wir sind ja keine Unmenschen und wenden nur Methoden an, die keine Spuren hinterlassen«, lächelte der elegante Signor Li, der etwas abseits stand. »Mit etwas Schlafentzug, schlechtem Essen oder eben Wassertropfen auf der Stirn lässt sich jede Menge bewirken. Ich sagte Ihnen doch, dass ich auf Ihrer Seite stehe.«

Die steten Tropfen auf der Stirn ließen das Opfer nämlich innerhalb kürzester Zeit verrückt werden, denn aus irgendeinem Grund spielte einem das eigene Empfinden den bösen Streich, dass sich auf der Stirn ein Loch bilden würde, welches sich durch den Schädel bis ins Hirn fraß. Alle Folteropfer hielten höchstens eine Stunde durch.

»Immerhin geht es Jean-Claude besser als Eduard dem Zweiten«, sagte der Senior. Und als niemand nachfragte, redete er einfach weiter. »Ein englischer König aus dem vierzehnten Jahrhundert, der abdanken musste, weil er seiner Frau und ihrem Liebhaber im Weg war. Schließlich brachte man ihn um. Bei seinem Mord wollte man keine sichtbaren Spuren hinterlassen und rammte ihm einen glühenden Schürhaken ins Hinterteil.«

Alle Anwesenden kniffen kurz die Gesäßmuskulatur zusammen, sogar Signor Li zuckte kurz im unteren hinteren Torsobereich.

»In jedem Fall muss ich Sie wegen Freiheitsberaubung festnehmen«, erklärte Barbara, steckte die Dienstwaffe weg, bahnte sich einen Weg durch die vier Männer von Signor Li und machte sich an Jean-Claudes Fesseln zu schaffen.

Signor Li hob die Hand. »Warten Sie doch noch ein paar Minuten, dann wird der Mann geständig sein. Wir haben erfahren, dass DAUNE hinter den Anschlägen steckt.«

»Wie wollen Sie das erfahren haben?«

»Wir bekommen Antworten, wenn wir fragen.«

»Er wird sofort befreit!«

Signor Li zuckte die Schultern und half beim Lösen der Fesseln. Der DAUNE-Chef schnaufte erleichtert durch und drehte seinen Kopf von diesen schrecklichen Tropfen fort. »Ich bin unschuldig, so glauben Sie mir doch!«, ächzte er.

»Ja, ja, schon gut.« Barbara schritt auf Signor Li zu. »Muss ich Ihnen die Handschellen anlegen, oder kommen Sie freiwillig …«

In diesem Moment klingelte Max-Heinrichs Telefon. Der Klingelton beherrschte den Raum wie der Duft eines köstlich in Sojasauce, Zitronen und Oregano gegarten Hühnchens.

Es war Antonio Blasier, der Kreuzfahrt-Koordinator von Giudecca. Max-Heinrich stellte auf Lautsprecher.

»Herr Kommissar, es gibt ein Problem.«

»Nämlich?«

»Wir haben gerade Kapitän zur See Spiro Agnosticu von dem Kreuzfahrtschiff *MSC Sea Diamond* gefunden, das an diesem Vormittag ablegen sollte, zudem seine beiden ersten Offiziere. Alle drei waren in einem sehr derangierten Zustand und sind hier bei uns an Land.«

»Ich sehe das Problem immer noch nicht.«

»Die *MSC Sea Diamond* hat soeben abgelegt!«

Auf Kollisionskurs

Die *MSC Sea Diamond* hatte tatsächlich abgelegt, ohne auf die zwingend vorgeschriebene Hilfe der Schlepper zu warten, und schob sich nun mit viel zu hoher Geschwindigkeit durch den Giudecca-Kanal. Ein Vaporetto der Linie vier konnte ihr nur mit Mühe ausweichen. Hafenmeisterei und Schlepperkapitäne bemühten sich um Funkkontakt, die verblüfften Schlepper umkreisten wie empörte Spatzen das 100 000 Tonnen schwere, 98 000 PS starke Schiff mit seinen 2900 Gästen an Bord und den 680 Besatzungsmitgliedern, von denen just die ersten drei fehlten.

Wer steuerte das Schiff?

Und was hatte derjenige vor?

Die drei leitenden Offiziere waren in einem Etablissement nicht weit vom Spielcasino gefunden worden, einem von außen unscheinbaren Zwei-Sterne-Hotel in Cannaregio namens Aquila Rossa, das schon seit einigen Jahren übel beleumundet war und sich offenbar der langen venezianischen Tradition der Kurtisanerei hingegeben hatte. Das war in Italien streng verboten, aber mit dem Nachweis dieser Tätigkeit stellte es sich ziemlich schwierig dar. Der Zustand der drei spottete jeder Beschreibung. Man hatte ihnen einen extrem wirkmächtigen Drogencocktail verabreicht, der sie abwechselnd singen, pöbeln und schlafen ließ. Und manchmal sogar alles zugleich.

»Die Spezialeinheiten sind angefordert und kommen aus Mailand per Hubschrauber«, rief Barbara in den Fahrtwind des von Carmine gesteuerten Bootes. »In zwanzig Minuten sind sie da. Weit wird das Schiff nicht kommen.«

»Die Frage ist, ob es überhaupt weit kommen will«, rief Max-Heinrich seinerseits nicht nur gegen den Fahrtwind, sondern nun auch gegen das heulende Blaulicht an, das Carmine aktiviert hatte.

»Wie kommen wir an Bord?«

»Es gibt nur einen Zugang, wenn das Schiff nicht am Hafen liegt«, schrie Carmine. »Die Tenderluke. Sie ist allerdings von innen verriegelt.«

Max-Heinrich rief Antonio Blasier an.

»Ja, wir haben einen Sicherheitsmann an Bord, aber der Zugang zur Brücke ist verriegelt«, bestätigte dieser.

»Erklären Sie ihm, er soll uns die Tenderluke öffnen.«

»Bei voller Fahrt?«

»Haben Sie eine bessere Idee?«

Der Sicherheitsmann war so jung, dass er noch eine Zahnspange trug. Er war Grieche, Student der Kunstgeschichte und hatte sich einen ruhigen Job erträumt. Gerade hatten in Athen die Semesterferien begonnen, und es war ein großes Glück, dass er überhaupt die Tenderluke an Backbord aufbekam. Das Glück hatte sich in zwei Wäschern aus Bangladesch manifestiert, die ihm zur Hilfe geeilt waren. Carmine Boldi näherte sich an und hielt das Boot geschickt bei gleicher Geschwindigkeit exakt einen Fuß von der Tenderluke entfernt.

Max-Heinrichs gesamtes Gesichtsfeld war plötzlich weiß. Der gewaltige Schiffsrumpf breitete sich nach oben und zu den Seiten nahezu unendlich weit aus, es war ein monumentaler, furchteinflößender, schwindelerregender Anblick. Er atmete entschlossen aus und sprang als Erstes hinüber, Barbara folgte.

»Können Sie auch ein Kreuzfahrtschiff steuern?«, rief Max-Heinrich, sich am Rand der offenen Luke festhaltend, in Richtung Motorboot zurück.

Carmine wiegte den Kopf hin und her. »Theoretisch schon.«

»Dann brauchen wir Sie an Bord. Überlassen Sie das Boot meinem Vater!«

Der Senior, stolzer Besitzer des deutschen Sportbootführerscheins Binnen, übernahm das Ruder, während Carmine mit sichtbar schwerem Herzen sein Baby einem pensionierten Deutschen überließ und zu einem heldenhaften Sprung ansetzte.

Sie rannten durch die Innereien des Schiffes in Richtung Bug und erreichten über eine spiralförmige Treppe das erste Passagierdeck. An der Reling drängten sich die Kreuzfahrer, die von dem unvermutet nahen Blick auf die schnell anwachsende Stadt völlig verzückt waren.

»Wie viele Zugänge zur Kommandobrücke gibt es?«, fragte Barbara.

Der Sicherheitsmann grübelte und versuchte, sich an die Inhalte seines zweitägigen Einweisungskurses zu erinnern, in dem es vor allem darum gegangen war, allzu betrunkene Gäste so unauffällig wie möglich zurück in ihre Kabinen zu begleiten – es sei denn, sie saßen gerade an einem der Einarmigen Banditen, dann sollte man sie auch im Vollrausch gewähren lassen, solange es eben ging. Zugänge zur Brücke standen nicht auf dem Kursprogramm. Er zuckte im Laufen mit den Schultern.

»Zwei«, antwortete einer der beiden Wäscher aus Bangladesch, die ihnen voller Neugier gefolgt waren. »Der Aufzug hier und diese Tür dort!«

Der Aufzug allerdings ließ sich nur mit einem Schlüssel

bedienen, und die Tür war, wie erwartet, verriegelt. Max-Heinrich und Carmine warfen sich ein paarmal dagegen. Keinen der Passagiere interessierte das Gestöhne und Gezerre in ihrem Hintergrund, das näherkommende Venedig war viel zu faszinierend.

»Lasst mich mal ran«, tönte eine wohlbekannte Stimme in ihrem Rücken.

Barbara, Max-Heinrich und Carmine verfestigten sich zu marmornen Statuen, die Verblüffung symbolisierten.

Es war Rocco Maccarone.

Er war, wie er knapp herauspresste, am Morgen zufällig dem DAUNE-Praktikanten Kevin begegnet, der ihn nicht erkannt hatte und völlig derangiert und fiebrig ausgesehen hatte. Außerdem hatte der Umweltschützer etwas unter der Windjacke getragen, was durchaus ein Tramezzino hätte sein können, sofern Tramezzini neuerdings in Pistolenform gemacht wurden. Rocco war ihm bis zum Kreuzfahrthafen gefolgt, wo er mit seinem Polizeiausweis ungehindert an Bord gelangt war.

»Kevin!«, rief Barbara.

»Das kann ich kaum glauben«, sagte Max-Heinrich kopfschüttelnd. Der Jagdunfall der Bald-Schwiegermutter kam ihm wieder in den Sinn.

»Jedenfalls hat das Schiff nun abgelegt. Und das ganz ohne Schlepper. Was ist da los?«, fragte Rocco.

»Es ist kein Kapitän an Bord.«

»Und wer steuert dann das Schiff?«

»Wir vermuten, dass es entführt wurde.«

»Gar nicht so einfach, ein Schiff zu entführen«, schmunzelte Rocco in seiner zweihundert Kilogramm bankdrückenden, dreihundert Kilogramm kreuzhebenden Einfalt.

»Vielleicht wollen die Entführer ja auch gar nicht entkommen«, erklärte Barbara.

»Ist Kevin da oben?«, überlegte Max-Heinrich. »Hat er das Steuer übernommen?«

»Wir sollten es schnell herausfinden.«

Doch die Tür, eine schwere Stahltür, war nach wie vor verriegelt. Rocco warf sich ein paarmal dagegen. Die Tür bekam Beulen, aber widerstand.

Unterdessen hatte das Schiff den Bacino di San Marco erreicht. Doch statt nach rechts ins offene Meer zu schwenken, bemerkte Max-Heinrich, dass es nach links abdrehte, genau auf den Markusplatz zu. Auch Barbara zog erschrocken die Luft ein.

Einer der Wäscher aus Bangladesch hatte sich entfernt, kam aber nun mit einem breiten Lächeln zurück. In den Händen trug er wie den Skalp eines Feindes einen dicken Metallring, an dem gut und gerne fünfzig Schlüssel gegeneinander klimperten.

»Alle Ersatzschlüssel an Bord«, freute er sich über seinen Coup. »Einer muss es sein.«

Drama in der ersten Reihe

Es war Schlüssel Nummer sechsunddreißig gewesen, dann ging es eine enge, nur für die Besatzung bestimmte Wendeltreppe empor. Auch die Tür zur Kommandobrücke war verriegelt, doch sie war kein schweres Schott wie die Tür des Passagierdecks, und ein Tritt von Rocco ließ sie mit solcher Wucht auffliegen, dass sie gleich wieder in den Rahmen knallte. Aber der Mechanismus war hinüber, und sie betraten die Brücke und sahen allerlei Dinge: zunächst einmal eine fabelhafte Hundertachtzig-Grad-Sicht auf die Stadt. Auch jede Menge Monitore. Und allerlei elektronische Steuerelemente. Sie sahen den Markusplatz und eine ganze Schar ratloser Schlepper, die vor dem Bug hin und her kreuzten.

Vor allem aber sahen sie Kevin, der eine Pistole in der Hand hielt, die gegen einen Offizier gerichtet war. Bei dem Offizier handelte es sich um einen an Bord verbliebenen Griechen, der Kevin zu überwältigen versucht hatte, was augenscheinlich in die blütenweiße, gestärkte und mit einer scharfen Bügelfalte versehene Offiziershose gegangen war.

»Wie schön, dass Sie dabei sind«, lächelte Kevin, als wäre er Gastgeber eines Cocktailempfangs. Er ließ sich nicht davon beirren, dass nun seinerseits zwei Pistolenläufe auf ihn zielten. Auch der Sicherheitsmann mit der Zahnspange fummelte an seiner Waffe, einem kurzen Schlagstock, der im Halfter festzustecken schien, doch Max-Heinrich gab ihm ein Handzeichen, es lieber sein zu lassen. Es lag schon genug Nervosität in der Luft.

»Was, zur Hölle, haben Sie vor?« Barbara war entzückend, wenn sie fluchte. Außerdem musste sie sehr laut sein, denn aus allerlei Apparaturen fiepte und fauchte es, Telefone klingelten, Monitore stießen Warntöne aus.

»Oh, das werden Sie bald sehen. Es wird einen hübschen Effekt geben. Und halten Sie mich bitte nicht auf, denn das würde diesem Herrn hier wenig bekommen.«

Der Offizier, der an einem der Monitore stand, hatte Kevin gute Dienste geleistet und unter anderem den Befehl zum Ablegen gegeben, was Kevin sicherlich nur mit viel Pistolengefuchtel hatte bewerkstelligen können.

»Was sagt Ihr Vorgesetzter dazu?«, fragte Max-Heinrich nun. Vielleicht half es ja, mit Kevin zu reden.

»Der Zwerg? Ha! Ein Propagandist der Kreuzfahrer. Längst von der Industrie gekauft. Dem süßen Leben verfallen. Kein Krieger für die gute Sache.«

Es wurde noch lauter, als drei schwarze Helikopter der Carabinieri am Himmel auftauchten. Es war die Spezialeinheit aus Mailand. Die Hubschrauber senkten sich bedrohlich vor der Brücke nieder. Neben zwei Sikorsky-S76-Transporthubschraubern, die je acht hochgerüstete Anti-Terror-Soldaten an Bord hatten, welche sich bereits zum Abseilen bereit machten, flog auch noch ein Agusta A129 in der Formation, ein Kampfhubschrauber mit einer dreiläufigen Zwanzig-Millimeter-Kanone mit fünfhundert Schuss Munition sowie zwei Luft-Boden-Raketen. Die Personen auf der Brücke wussten nicht, ob es einen Schießbefehl gab.

»Zu spät, zu spät«, kicherte Kevin. »Dieses Schiff hält niemand mehr auf.«

Alle auf der Brücke erkannten angesichts des rasch größer werdenden Markusplatzes, was Kevin vorhatte. Keine Frage: Er war völlig wahnsinnig.

»Wollen Sie all diese Leute an Bord umbringen?«, rief Barbara.

»Ich denke nicht, dass irgendjemand sterben wird. Wir sind ja nicht im Eismeer wie die *Titanic*. Aber Venedig wird für Jahrhunderte gerettet sein.«

»Ein solcher Aufprall würde vielleicht den Dogenpalast und den Campanile einstürzen lassen. Was ist mit den Menschen, die sich im Inneren aufhalten?«, appellierte Barbara erneut an irgendeine Art von Restverstand.

»Zur falschen Zeit am falschen Ort. Und ein kleines Opfer im Vergleich zur Rettung Venedigs.«

»Was meinen Sie dauernd mit dieser Rettung?«, fragte Max-Heinrich.

»Touristen sind wie Ratten. Und Prominente stacheln sie an. Und Kreuzfahrtschiffe bringen die Pestwolken.«

Max-Heinrich dachte über diesen Vergleich nach, sah aber ein, dass das wenig zum Entknoten des Problems beitrug. Ihm war ungefähr klar, was Praktikant Kevin vorhatte: ein spektakuläres Unglück zu provozieren, das fortan Kreuzfahrtschiffe und möglicherweise auch Urlauber von Venedig fernhielt.

»Hören Sie mir zu, Kevin. Dieser junge Mann namens Carmine Boldi, vierfacher Familienvater, wird nun das Steuer übernehmen, und Sie werden die Waffe sinken lassen, so wie danach auch wir die Waffe sinken lassen.«

»Ich denke, das wird nicht möglich sein«, erwiderte Kevin, als Carmine bereits mutig an die Steuereinheit trat, und richtete die Waffe nun blitzschnell auf den italienischen Carabiniere, der von Max-Heinrich zu einem vierfachen Familienvater geadelt worden war.

»Wenn Sie jetzt einen von uns erschießen, sind Sie ein Mörder. Wenn Sie niemanden erschießen, werden Sie für viele Menschen ein Held sein und bewundert werden«, sagte Max-Heinrich mit seiner bedeckten Stimme, die durch allen Lärm hindurch deutlich zu hören war und die kein Polizeipsychologe besser hinbekommen hätte. Bloß dass es bei ihm die ganz natürliche Modulation war und nicht die in hundert überflüssigen Seminaren eingeübte Atemtechnik, welche die Stimme in Stresssituationen sinken statt ansteigen lassen sollte.

Kevin dachte nach. Und ließ langsam die Waffe sinken.

»Sie werden ein paar Jahre bekommen, die nicht der Rede wert sind. Sie schreiben im Gefängnis Ihr Buch, das zu Ihrem Fanal wird und Generationen prägen wird.«

Kevin nickte langsam und lächelte zufrieden. Aber dann brach der Wahn wieder durch, und er hob die Waffe erneut an. Doch nun war Rocco bei ihm. Und so wurde Max-Heinrich Zeuge eines von Roccos legendären Faustschlägen, die Kevin abheben ließen. Es war wie im Comic: Die Pistole blieb noch einige Zeit an Ort und Stelle in der Luft hängen, während Kevins Körper gegen die Monitore schlug.

Als Max-Heinrich sich über den bewusstlosen Umweltschützer beugte, sah er, dass stimmte, was Carmine Boldi gesagt hatte: Auf Kevins Stirn waren vier perfekte Knöchelabdrücke. Es sah aus wie geschminkt.

Carmine warf sich an die Steuereinheit und drehte den kleinen roten Knopf, der die Antriebsschrauben steuerte, auf *full speed astern*, volle Kraft zurück. Die sechzig Tonnen schweren Ungetüme mit fast zehn Metern Durchmesser verlangsamten ihre Umdrehung, und dann setzten sie sich träge in entgegengesetzter Laufrichtung in Bewegung und zerteilten die dunklen Wasserschichten des Bacino di San Marco. Doch der mächtige Rumpf, der nun unter den Scherkräften vibrierte, verlangsamte kaum die Fahrt und schob sich, dreißig Meter hoch, scharf und gleißend weiß gestrichen, unaufhaltsam auf den Markusplatz zu.

»Komm schon, komm schon, komm schon«, flüsterte Carmine und hielt den Knopf fest gegen den Anschlag. Der Offizier und der Sicherheitsmann diskutierten auf Griechisch mit einer Leidenschaft, von der sich selbst Italiener noch etwas abschauen konnten, was nun am besten zu tun sei. Viel Hilfe war das dennoch nicht.

Von der Reling aus versuchten einige der Matrosen, die die Lage offenbar begriffen hatten, den Schleppern die Leinen zuzuwerfen, aber das Schiff hatte immer noch viel zu viel Fahrt. Zudem war für die Matrosen kaum ein Durchkommen, hatten sich doch unzählige Kreuzfahrtgäste draußen eingefunden, um Venedig zu genießen. Niemandem von ihnen war klar, in welcher Gefahr sie sich befanden.

Max-Heinrich wollte die Passagiere warnen, aber wie? Irgendwo musste es doch einen Durchsageknopf geben! Die erregten Griechen ließen sich derweil von ihrer gestenreichen Debatte nicht abbringen.

Carmine schaltete zusätzlich Bugstrahlruder und Heckstrahlruder ein, die das Schiff beim Anlegen seitlich bewegten, doch eine elektronische Sicherheitssperre verhinderte das – sie konnten nur bei niedriger Fahrt unter drei Knoten benutzt werden. Erregte Matrosen und niedere Offiziere strömten auf die Brücke. Nun schaltete Carmine das *Anti Healing System* aus und deaktivierte damit die Stabilisatoren, die ansonsten computergestützt ihre Flügel ausfuhren. Er wagte ein Manöver, das bei Kreuzfahrtkapitänen als *Niederknien* bekannt war: Er riss das Ruder so hart herum, dass das Schiff bedenklich krängte. Die *MSC Sea Diamond* legte sich in die Kurve wie ein Motorradfahrer; in den sechs Bordrestaurants verrutschten die Teller, und nicht nur die Scampis auf den Büfetts wunderten sich. Bei ruhigem Wasser verhinderten zahlreiche elektronische Systeme eine gefährliche Schräglage, aber ganz sicher konnte man sich nie sein, wie ja die *Costa Concordia* gezeigt hatte.

Der Vorwärtsdrang der *MSC Sea Diamond* war ungebremst.

Auf einmal kreuzte ein Carabiniere-Boot knapp vor dem Rumpf, ein alter Kerl mit dichtem weißen Haar hielt mit einer Hand das Steuer und gab mit der anderen Hand den Schleppern erregte Zeichen.

»Ihr Vater«, sagte Barbara, die neben Max-Heinrich getreten war, verblüfft.

»Er begibt sich da vorn in Gefahr«, sorgte sich Rocco, der dicht hinter ihnen stand.

Doch Carmine Boldi begriff. Und lächelte.

»Was ist mit den Schleppern?«, fragte Max-Heinrich, der sofort gewusst hatte, was sein Vater ihnen sagen wollte. »Haben wir eine Chance?«

Carmine blickte den Deutschen an. Seine Ohren wackelten wie Kuhschwänze, die Fliegen verscheuchten. »Vielleicht haben Sie und Ihr Vater recht.« Er winkte einen Matrosen herbei. »Gib mir Kontakt zu *Maria 3*«, rief er.

Schlepper *Maria 3*, der hilflos an Backbord stampfte, meldete sich.

»Wir brauchen einen Stoß von euch. Das ist unsere letzte Chance!«

Niemand außer Carmine hörte die Antwort von *Maria 3*, doch sie entsprach offenbar der verbalen Entsprechung eines an die Stirn tippenden Zeigefingers.

»*Avanti, forza*, tut es einfach«, insistierte Carmine. »Mit jedem PS, das ihr habt!«

Allmählich merkten auch die Touristen am Markusplatz, was passierte, und sie taten genau das, was Touristen in so einem Fall nun einmal tun: Sie zückten ihre Smartphones und filmten das sich ungebührlich nähernde Schiff.

Nur ein paar klügere Menschen traten ein paar Meter zurück. Die Kreuzfahrtgäste an der Reling juchzten verzückt. So nah hatte der Markusplatz nicht einmal im Prospekt ausgesehen!

Endlich spürten sie auf der Brücke, wie das Schiff langsamer wurde und sich gegen Steuerbord neigte. Doch das Rammen des Markusplatzes war immer noch eine reale Gefahr, und der Aufprall würde einem heftigen Erdbeben entsprechen. Max-Heinrich sah schon den Dogenpalast, dieses luftig-leichte Gebilde auf seinen zarten Säulen, ebenso zu Staub zerfallen wie den fragilen Markusturm, Unmengen von Touristen aus aller Welt unter den Trümmern begrabend. Und was würde mit dem Schiff selbst und seinen 2900 Passagieren und 680 Besatzungsmitgliedern passieren? Und mit ihnen selbst auf der Brücke?

Der Stoß von *Maria 3* war so heftig, dass Barbara gegen Max-Heinrich und beide an die Brückentür geschleudert wurden. Und *Maria 3* ließ nicht locker, verbiss sich mit ihren 20 000 PS in den Rumpf der *MSC Sea Diamond*. Endlich drehte sich der Bug vom Markusplatz ab, doch das Heck schwenkte bedrohlich herum. Zwei weitere Schlepper kamen herbei und schoben sich heroisch zwischen das Kreuzfahrtschiff und den Markusplatz, und wie Nashörner mit gesenktem Haupt arbeiteten sie sich mit maximaler Kraft und tiefschwarzem Rauch ab. Doch auch ihre PS-Stärke half nicht viel.

In dem Augenblick, als die ersten vertäuten Gondeln zersplitterten, stürmten die Carabinieri der Mailänder Spezialeinheit auf die Brücke. Zusammen sahen sie zu, wie kurz danach die *bricole*, die senkrechten Pfeiler und schließlich die Stege einknickten und vom Rumpf zermalmt wurden. Es knackte und knirschte, und die feinen Holzsplitter bildeten eine staubig-bräunliche Wolke.

Das Ende einer Ära

Es hatte gerade so gereicht.

Der Rumpf des Riesen hatte jede Menge Gondeln sowie die Shuttleboote zu den Hotels Cipriani und JW Marriott zerpulvert und für Zehntausende spektakulärer Aufnahmen gesorgt, welche YouTube, die sozialen Medien und die Nachrichtensendungen fluteten. Doch das eigentliche Ufer verfehlte die *MSC Sea Diamond* um einen halben Meter.

Die Passagiere, die Venedig aus einer nie gekannten Perspektive filmten und die in ihrer döspaddligen Naivität erst viel später erfuhren, in welcher Lebensgefahr sie ein Fanatiker gebracht hatte; die Touristen auf dem Markusplatz, die ihrerseits den weißen Riesen aus erschreckend naher Perspektive auf ihren Smartphones festhielten; die verzweifelt fluchenden Gondolieri; die schwarzen Hubschrauber, aus denen sich vermummte Elitesoldaten mit schusssicheren Westen und Maschinenpistolen auf dem Rücken aufs Oberdeck abgeseilt hatten – all das gab Stoff für mehrere Tage voller Sondersendungen, üppig bezahlter Experten und Millioneneinnahmen an TV-Werbung. Die Anschläge auf die Prominenten waren nur noch eine Fußnote.

Bereits einen Tag später wurden Kreuzfahrtschiffe im Umkreis von sieben Seemeilen um die Altstadt verboten; ein Verbot allerdings, das bereits wenige Tage nach dem Vorfall heftig diskutiert wurde und möglicherweise bald aufgeweicht oder, wie ein korkiger Wein, ganz zurückgenommen werden würde.

Die Handschellen hatten nicht geklickt, denn die Carabinieri benutzten Schlaufen aus Hartplastik, doch der Kunststoff erledigte den Job tadellos. Die Spezialeinheiten führten den wirr stammelnden Kevin ab, der zudem noch etwas wacklig auf den Beinen war und gestützt werden musste.

Der Senior stand immer noch am Steuer und strahlte vor Freude, als das Boot der Carabinieri über den Kanal schoss.

»Ach, jetzt noch was von Wagner«, jubelte er, während sich sein Haar wie ein Flittchen dem Fahrtwind ergab.

Carmine Boldi stand vorsichtshalber neben dem Senior, denn Zivilisten hatten am Steuer von italienischem Militäreigentum eigentlich nichts zu suchen, und bei Deutschen gab es erst recht eine gewisse Restskepsis. Aber der Senior machte es gar nicht schlecht, und Carmine musste keine Sorgen haben, dass der Mann am Steuer bald den Wunsch verspürte, in Polen einzumarschieren.

Max-Heinrich saß auf der Bank am Heck des Bootes, Barbara und Rocco flankierten ihn. Es war eng, aber die körperliche Nähe tat allen gut. Selbst für so erfahrene Ordnungshüter war die eben gemachte Erfahrung ziemlich schweißtreibend gewesen, und nun entspannten sie sich.

Jetzt war auch Zeit für die Aufarbeitung der Vorkommnisse. Denn Rocco Maccarone hatte schon länger ein Auge auf Kevin gehabt.

»Wie sind Sie bloß auf ihn gekommen?«, fragte Max-Heinrich. Er musste wegen des Motorengeräuschs und des Fahrtwindes etwas lauter sprechen.

»Eva Tremila«, antwortete Rocco.

»Die Klatschzeitschrift?«, sagte Barbara erstaunt.

Der knallharte Polizist zog eine beleidigte Miene. »Man kann ja nicht immer nur Akten lesen.«

»Und was hat das alles mit Kevin zu tun?«

»Als wir bei Signor Vantamme und seiner DAUNE im Büro waren, habe ich mich auch in dem Nebenraum umgesehen, und da lag die aktuelle Ausgabe von *Eva Tremila* bei Kevin auf dem Schreibtisch. Als er in die Küche ging, um Kaffee zu kochen, sah ich, dass einige Seiten fehlten. Seiten mit viel Text über Chris Cock. Und seine Frauen. Das fiel mir sofort auf. Denn ich lese die Zeitschrift nun einmal zufällig auch gern.«

»Schon gut, niemand macht Ihnen einen Vorwurf. Und was schlossen Sie daraus?«

»Na ja, wer reißt warum Seiten aus einer Klatschzeitschrift? Früher habe ich das mit Fußballern auch so gemacht. Mir zu Hause ein Album angelegt und so. Mir kam das komisch vor.«

Barbara fuhr sich durchs Haar, Max-Heinrich musste lächeln.

»Es war ein vager Verdacht. Aber weder Sie noch wir hatten etwas Besseres, oder?«

Der Senior legte den Hebel etwas weiter nach vorn – auf Carabinieri-Booten wurde selbstverständlich noch per Handknüppel statt mit alberner Drehknopf-Elektronik beschleunigt – und grüßte euphorisch die verdutzten Kapitäne und Gondolieri links und rechts. Die Gischt war eher die Ankündigung von Feuchtigkeit statt echter Nässe.

Ein Kormoran kreuzte scharf über der Wasseroberfläche den Weg des Boots, dann stieg er in einer jähen Kurve steil nach oben. Und dann spürte Max-Heinrich, wie sich ein Arm um ihn legte. Das hätte sich ziemlich gut angefühlt, wäre der Arm nicht außergewöhnlich schwer gewesen und nicht von der falschen Seite gekommen.

Es war Rocco, der sich zu dieser zärtlichen Geste berufen fühlte. Max-Heinrich schüttelte ganz leicht den Kopf und zuckte entschuldigend mit den Schultern.

Und der schicke Signor Li mit seinem Jean-Claude? Man hatte sich noch am selben Tag außergerichtlich geeinigt. DAUNE verzichtete auf eine Anzeige. Der Chinese überreichte dem DAUNE-Chef einen für ein Jahr gültigen Gutschein »All You Can Eat« für seine Restaurants *Frühlingslotos* in Venedig und *Winterjasmin* in Mestre.

Sowie einen Scheck für die Organisation über fünfzigtausend Euro.

Der Zehn-Millionen-Zuschauer-Kuss

Mittwoch, 18 Grad, klar, Scirocco aus dem Süden, Touristenstrom erneut auffrischend

»Das war immer unser Plan gewesen, ein Kreuzfahrtschiff zu entführen. Selbstverständlich symbolisch. Wir wollten es einfach vom Kurs abbringen und einige Seemeilen vor der Küste die venezianische Flagge hissen. Es sollte ohne Waffengewalt geschehen, niemand wäre zu Schaden gekommen, und das wäre, müssen Sie zugeben, eine großartige Aktion gewesen, die den Blick der Weltöffentlichkeit auf Venedig gelenkt hätte.«

»Und auf DAUNE«, warf Max-Heinrich ein.

»Und auf DAUNE«, gab Jean-Claude zu.

»Daher haben Kevin und ich über Monate Kapitäne und hochrangige Offiziere der wichtigsten und größten Kreuzfahrtschiffe beobachtet. Wir fanden nach und nach heraus, wo sie sich auf Landgang aufhielten, und wir hatten Strategien zu ihrer Festsetzung ausgearbeitet. Natürlich alles ganz harmlos! Außerdem machten wir uns mit den Grundlagen der Steuerung eines solchen Schiffes vertraut. Es ist auch nicht anders als ein großes Motorboot, und Bootsführerscheine haben in Venedig alle.«

»Können Sie sich vorstellen, dass Kevin all das ganz allein gemacht hat?«

Jean-Claude grinste schief. »Wenn ich das verneinen würde, belastete ich mich ja selbst, oder?«

»Dies ist noch kein offizielles Verhör.«

»Ehrlich gesagt, kann ich mir das nicht vorstellen. Was sagt denn Kevin?«

»Er ist geständig, alle fünf Anschläge auf die Prominenten selbst ausgeführt zu haben«, fasste Barbara die mehrstündigen Befragungen zusammen. »Weitere Attentate waren geplant, deren Wucht sich von Mal zu Mal steigern sollte. All das war zweifellos eine logistische Meisterleistung. Sein krudes Motiv: *Bewahrung Venedigs für kommende Generationen*.«

»Nun ja, es passte ihm nicht, dass die Stadt von den meisten Touristen nur als Hintergrund für ihre Selfies genutzt wird«, zeigte sich Jean-Claude verständnisvoll.

»Aber es ist doch sehr bedenklich, daraus ein Recht aufs Töten von Menschen abzuleiten«, gab Barbara scharf zurück.

»Natürlich, natürlich«, nickte Jean-Claude schnell. »Und gab es wirklich keine Hintermänner?«

»Dazu schweigt er eisern.«

»Obwohl in dem Drohbrief an Blasier, der von Kevin stammte, von *uns* die Rede war«, sagte Max-Heinrich gedankenversunken.

Äpfel kullerten vom Stand, ein kleines indisches Kind verlor sein Eis und weinte bitterlich, eine Zeitung wurde von einem Kiosk mitgerissen und entwickelte für wenige Meter ein flatterhaftes Eigenleben. Der Senior hatte es sehr eilig und lief, so wie nur ältere Herren liefen – mit großen Schritten und abgespreizten Armen, welche, neben dem wehenden knöchellangen Mantel, für einen großen Teil der Kollateralschäden in Venedigs Gedränge sorgten. Max-Heinrich war außer Atem, aber eher vom Stress eines Subalternen, der sich in der Heckwelle für das Verhalten seines Chefs links und rechts zu entschuldigen hatte. Auf den größeren Plätzen, wo die Menschen sich besser verteilten, waren es dafür die Tauben, die erschrocken aufstieben.

»Hello, photo!« Eine Gruppe Chinesen hatte sich auf der Brücke am Ende des Rio Terà San Leonardo unweit vom Ghetto platziert und sprang Max-Heinrich geradezu in den Weg. Max-Heinrich konnte schon immer schlecht Nein sagen, während der Senior innehielt und von einem Bein aufs andere hopste.

»Du musstest ja unbedingt noch die Monet-Ausstellung mitnehmen«, keuchte Max-Heinrich, als sie beide wieder Fahrt aufgenommen hatten und sich gegen mit Rollkoffern bewaffneten Gegenverkehr durchzusetzen versuchten.

»Monet ist jeden Sprint wert.«

»Du und der Impressionismus – das passt so gar nicht zu dir.«

»Das musst du mit deinen komischen Vögeln gerade sagen«, entgegnete der Senior.

Angesichts des Ameisenbaus auf LSD, der sie am Bahnhof Santa Lucia erwartete, erkannte Max-Heinrich, dass es manchmal doch gut war, einen klugen Vater zu haben, der die Fahrkarten vorausschauend organisiert hatte. Denn würden sie den Direktzug verpassen, müssten sie bis zum nächsten Tag warten. Und das bedeutete möglicherweise, ein Hotelzimmer mit dem Senior teilen zu müssen. Und das wäre doch ein arger Stresstest gewesen.

»Ich gebe gern zu, dass ich mich verschätzt habe«, schnaufte der Senior, als sie am Bahnsteig angelangt waren.

»Ich habe fünfzehn Minuten Dauer ausgerechnet, aber die vielen Menschen nicht berücksichtigt. Früher war es hier nie so voll.«

»Na, jetzt haben wir es ja geschafft. Du bist ziemlich gut in Form. Gehst du noch zur Seniorengymnastik?«

»Ach was. Mein einziger Sport ist es, Sargträger meiner sportlichen Freunde zu sein.«

Der Senior kokettierte gern mit seiner vermeintlichen Unsportlichkeit. Dabei war er durchaus fit und vor allem gut zu Fuß, verzichtete in München fast immer auf U-Bahn oder Taxi, machte jeden Morgen zehn Kniebeugen am geöffneten Fenster und pflegte jeden Sommer zwei Wanderwochen in den Kärntner Nockbergen zu verbringen.

Der Zug sollte in zwei Minuten losfahren, der Bahnsteig war nahezu leer, denn alle hatten schon Platz genommen. Auch Max-Heinrich und der Senior schickten sich an, ihren Wagen zu besteigen. Natürlich erste Klasse. Angesichts der strengen Spesenregelungen würde das Max-Heinrich niemand ersetzen. Doch ein wenig Luxus hatten sie sich verdient, denn immerhin hatten sie die Fälle gelöst und eine Katastrophe verhindert, und sogar der Bürgermeister war zum Händeschütteln vorbeigekommen. Max-Heinrich spukte zwar immer noch der Drohbrief im Kopf herum – *»Wisse, dass du auf unserer Liste stehst.«* Wen hatte Kevin damit bloß gemeint? Oder war das *unser* nur ein Bluff? –, aber jetzt schob er alle Gedanken weit nach hinten und freute sich erst einmal auf seine Tochter.

Am Ende des Kopfbahnhofs bemerkte Max-Heinrich eine plötzliche Bewegung. Es war eine Frau. Es war eine dunkelhaarige Frau.

Es war Barbara.

Sie war flink und stand bald atemlos vor ihm. Ihre Stirn

war heiß, und eine ihrer schwarzen Locken hatte sich malerisch an sie geheftet, wie bei der Comicfigur Betty Boop.

»Ich dachte, du wolltest den Nachtzug nehmen«, keuchte Barbara.

»Ja, aber wir haben keine Karten mehr bekommen«, sagte Max-Heinrich, den das überraschende Duzen sehr freute, »deswegen …«

»Ich verstehe.« Sie blickte zu Boden. »Aber ich wollte mich wenigstens verabschieden.«

Ein schriller Pfiff ertönte, und der Schaffner stürmte schimpfend auf die kleine Gruppe zu.

»Ah, es gibt noch Bahnsteigschaffner«, freute sich der Senior. »Hier geht es eben zivilisiert zu.« Er trat dem Schaffner entgegen, dessen Miene sich sofort beruhigte. Leise redeten die beiden miteinander, und wundersamerweise begann der Schaffner sogar zu lächeln. Der Uniformierte blickte über die Schulter des Seniors auf Max-Heinrich und nickte verständig. Wertvolle Sekunden waren gewonnen.

»Ich sollte jetzt besser einsteigen«, sagte Max-Heinrich, der aus dem Augenwinkel seinen Vater im Wagen verschwinden sah.

»Ja. Hoffentlich sehen wir uns bald einmal wieder. Danke für deine Hilfe.« Barbara beugte sich vor und gab ihm einen flüchtigen Kuss. Aber dafür auf die Lippen.

Unschlüssig standen sich beide noch eine Weile gegenüber, dann trat Barbara einen Schritt zurück.

Max-Heinrich hob die Hand und winkte noch einmal, dann stieg er ein.

Max-Heinrich nahm in den bequemen, weichen, nur ganz leicht nach Rauch stinkenden Sitzen der ersten Klasse der *Ferrovie dello Stato* Platz.

Der Senior lächelte, ohne dass er die Lippen verzog. Aber Max-Heinrich durchschaute ihn.

»Was ist?«, fragte er schließlich.

»Ein großer Regisseur hat einmal gesagt: ›Wenn sich die beiden Hauptpersonen am Ende küssen, kommen zehn Millionen Menschen mehr ins Kino.‹«

»Fritz Lang?«

»Nein, George Lucas«, gab der Senior indigniert zurück. »Ich bin alt. Aber nicht so alt.«

In jedem Fall war Max-Heinrich im Zustand allerschönster Verwirrung. Er war glücklich.

Auch der Senior war glücklich. Er fand, das hatte er doch ausnehmend gut gedeichselt.

Und noch jemand war glücklich. Der Schaffner befühlte den Zwanzig-Euro-Schein, den er von dem gutgekleideten Herrn dezent in Empfang genommen hatte. Morgen, nach seiner Rückkehr aus München, würde er mit seiner Frau flott essen gehen. Endlich mal wieder eine schöne Pasta mit den kleinen *vongole nostrane*, hach …

Insgesamt verließ also ein Zug mit einer leicht überdurchschnittlichen Zahl gut gelaunter Menschen den Bahnhof Santa Lucia, um über die Lagune dem kühlen Norden entgegenzufahren.

Eine langschwänzige Katze

Kevins Bald-Schwiegermutter saß in ihrem Rollstuhl und lächelte tröstend. Sie war mit dem Treppenlift in den ersten Stock des Palazzos gelangt. Eine langschwänzige Katze hielt sich fern von ihr, denn das Tier hatte schon schlechte Erfahrungen mit den Rädern gemacht, die zügig losrollten.

»Wir werden einen anderen finden. Einen Besseren. Einen Fähigeren. Und einen Hübscheren.«

Valeria, die auf dem Sofa ihr gegenübersaß, schluchzte erneut auf. »Meinst du wirklich?«

»Certamente.« Ein älterer Mann mit feschem silberfarbenem Haar löste sich aus dem Schatten des großen Arbeitszimmers und legte Valeria die Hand auf die Schulter. Er liebte sie beinahe wie eine eigene Tochter. Obwohl er mit ihrer Mutter erst seit zwei Jahren zusammen war. Der Frauenverschleiß der Grauen Eminenz war früher legendär gewesen, doch inzwischen hatte er sich beruhigt. Sein ganzer Ehrgeiz war längst auf Venedig umgeleitet. Seine Stadt. Ja, wirklich, er fühlte einen aufrichtigen Besitzanspruch an sie, so wie damals bei seinen Geliebten. Sie war *seine* Schönheit.

Camelia Dandolo erhob sich aus dem Rollstuhl. Das auftoupierte Haar, das sonst einem gelb angemalten Osterei ähnelte, war inzwischen etwas eingefallen, es waren anstrengende Tage gewesen. Die Reha ging viel besser voran, als die Ärzte prognostiziert hatten, aber das hatte Kevin ja nicht wissen müssen. Möglicherweise würde sie bald wieder selbst laufen können.

Kevins Querschläger war letztlich doch einiges wert gewesen, auch wenn es am Ende nicht geklappt hatte. Der Plan, der sich ihnen ganz zufällig durch den Unfall offenbart hatte, war gut gewesen. Nicht perfekt, das nicht – aber man brauchte ja Ziele im Leben.

Die Graue Eminenz hakte sie unter. Gemeinsam traten sie zu den großen Fenstern und blickten aufs Wasser, und es war, als stünde man mitten in der funkelnden Lagune und könnte die vorbeiziehenden Boote mit ausgestrecktem Arm berühren.

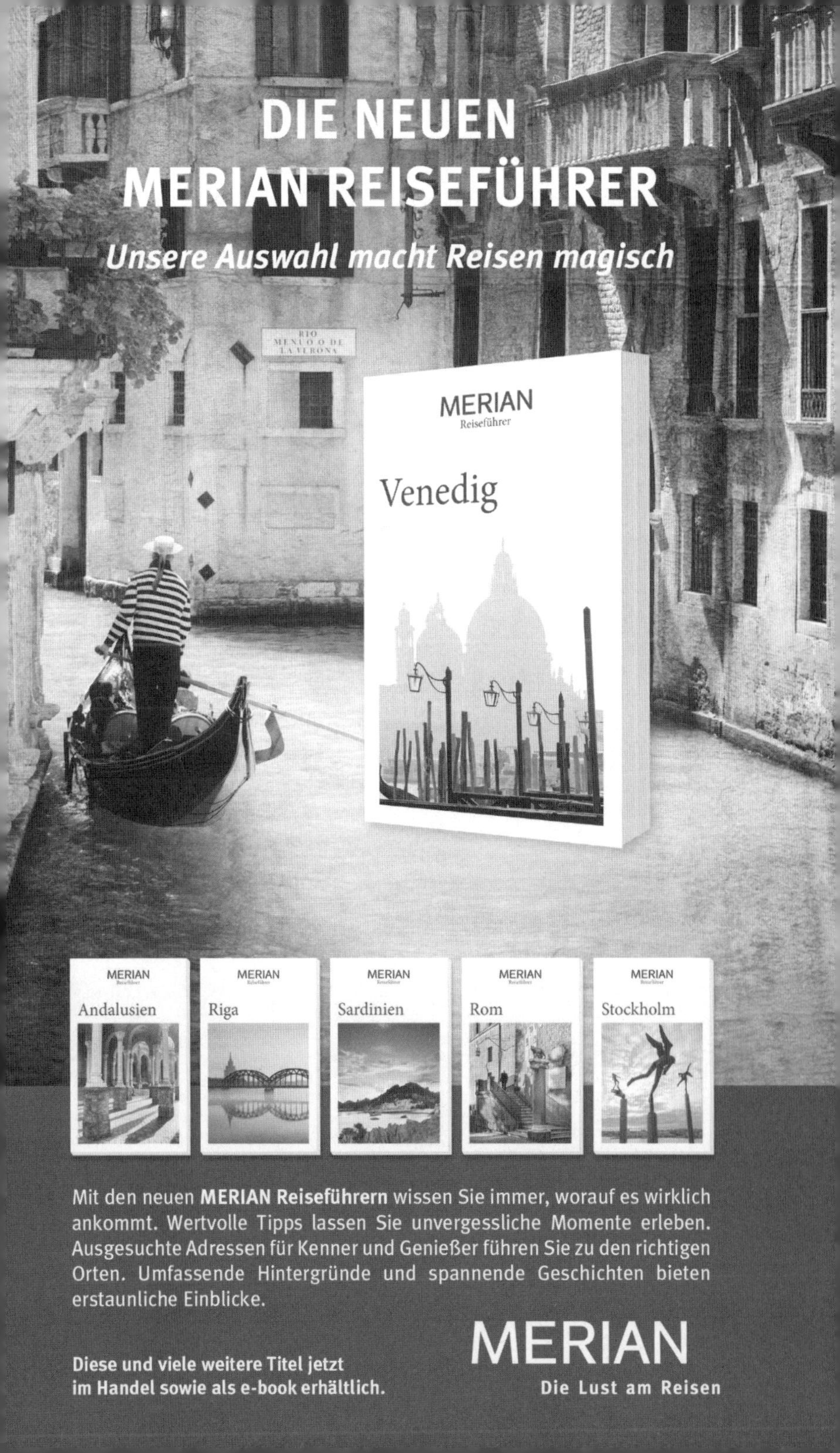
DIE NEUEN
MERIAN REISEFÜHRER
Unsere Auswahl macht Reisen magisch
MERIAN
Reiseführer
Venedig
MERIAN
Andalusien
MERIAN
Riga
MERIAN
Sardinien
MERIAN
Rom
MERIAN
Stockholm
Mit den neuen MERIAN Reiseführern wissen Sie immer, worauf es wirklich ankommt. Wertvolle Tipps lassen Sie unvergessliche Momente erleben. Ausgesuchte Adressen für Kenner und Genießer führen Sie zu den richtigen Orten. Umfassende Hintergründe und spannende Geschichten bieten erstaunliche Einblicke.
MERIAN
Die Lust am Reisen
Diese und viele weitere Titel jetzt
im Handel sowie als e-book erhältlich.